Walter Landin

Bluthitze

Kommissar Lauer ermittelt

mit Illustrationen von

Heiko Prodlik-Olbrich

wellhöfer VERLAG

Wellhöfer Verlag
Ulrich Wellhöfer
Weinbergstraße 26
68259 Mannheim
Tel. 0621/7188167
www.wellhoefer-verlag.de

Titelgestaltung: Uwe Schnieders, Fa. Pixelhall, Mühlhausen nach einer Illustration von Heiko Prodlik-Olbrich
Illustrationen: Heiko Prodlik-Olbrich
Autorenfoto: Florian Landin
Lektorat: Irene Landin, Nicole Fieber, Ulrich Wellhöfer
Satz: Bittner-Dokumedia, Hoisdorf

Alle Erzählungen sind frei erfunden. Ähnlichkeiten mit wirklichen Personen oder tatsächlichen Ereignissen sind nicht beabsichtigt und somit rein zufällig.

ISBN 978-3-939540-39-7

Inhalt

Prolog

»Ihre Mutter ist schon ganz unruhig!«

Klang da in der Stimme der Schwester ein Vorwurf mit?

»Sie sind spät dran heute.«

Tatsächlich, ein Vorwurf.

»Ja, ja, ich weiß, es tut mir leid.«

Die Schwester stand neben ihm und stemmte die Hände in die Hüften. Er beachtete sie nicht, stand mit dem Rücken zu ihr und drückte auf den Knopf am Fahrstuhl und wartete. Mit einem Schnauben verschwand die Schwester.

Mutter vergisst alles, dachte er. Alles, was man ihr erzählt. Nach kurzer Zeit. Dass ich ihr Sohn bin, das weiß sie manchmal auch nicht. Aber dass ich sie besuche, jeden Samstag pünktlich um halb fünf, das vergisst sie nicht, dachte er. Komisch, er verstand das nicht. Wie soll man auch etwas verstehen, das man sich so wenig vorstellen kann, dachte er. Endlich kam der Fahrstuhl, die Tür glitt auf, er drückte auf die Drei. Er war allein im Fahrstuhl.

An Dinge, die weit zurückliegen, an die kann sie sich erinnern. Wie er sich als Fünfzehnjähriger in diesem heißen Sommer den Arm bricht. Dieser Sommer ist genauso heiß wie damals. Wie er mit seiner ersten Lohntüte nach Hause kommt, Ausbildung als Bohrwerksdreher bei Bopp & Reuther. Wie er zum ersten Mal so richtig betrunken ist. Wie er ein Mädchen zum Sonntagsbraten mitbringt. Daran erinnert sie sich. An Dinge, die ihm schon längst entfallen sind. Mutter erinnert sich. Selbst an den Namen des Mädchens.

Der Fahrstuhl bremste ab, wieder glitt die Tür auf. Er sah sie schon vom Fahrstuhl aus. Sie stand unbeweglich vor ihrer Tür, blickte in seine Richtung.

»Hallo, Mutter«, rief er ihr zu und winkte. Sie machte eine Handbewegung, die aussah, als ob sie etwas in den Müll werfe. Dann drehte sie ihm den Rücken zu. Demonstrativ, fand er. Als er direkt hinter ihr stand und seine Arme nach ihr ausstreckte, drehte sie sich um und sagte: »Warum lässt du mich so lange warten. Ich stehe schon eine Ewigkeit hier.«

»Ich hatte zu tun, Mutter«, sagte er und dachte an diese Person, die ihn so gereizt hatte.

»Zu tun, zu tun«, äffte sie ihn nach. »Bin ich dir nicht mehr wichtig?«

»Es wird nicht wieder vorkommen, Mutter. Natürlich bist du mir wichtig. Der wichtigste Mensch in meinem Leben bist du. Es wird nicht wieder vorkommen, Mutter.«

»Komm her, mein Junge«, sagte sie und strich ihm über die Haare. Sie musste sich dafür auf die Zehenspitzen stellen.

»Komm rein«, sagte sie. »Es gibt Kaffee.«

»Und ich habe Streuselkuchen mitgebracht.«

Es war wie immer. Wäre da nicht das Treffen vorher gewesen.

Das weiße Sofa. Das Treffen mit dieser Person. Deswegen war er so spät gekommen. Es klopfte. Eine Schwester brachte das Abendessen. Zum Glück war es nicht die von vorhin.

»Alles gut aufessen!«, sagte die Schwester und ihre Stimme war eine Spur zu laut.

»Sie brauchen nicht zu schreien. Ich höre noch gut.«

Es war wie immer.

»Sie hat eine schlimme Nacht gehabt. Wir mussten ihr eine Spritze geben«, flüsterte die Schwester ihm zu, als sie das Zimmer verließ.

Er hatte sie unterschätzt, diese Person. Sie hatte so unbedarft geklungen am Telefon, so ungefährlich. Ungefährlich, ja, richtig locker, so hatte das Treffen begonnen. Sie hatte ihn erzählen lassen, hatte ihn in Sicherheit gewogen, ihn förmlich eingelullt. Und hatte ganz plötzlich und unvermittelt zugestoßen. Diese Person hatte ihn kalt erwischt. Er war überrascht, was sie alles kombinierte. Ihre Schlussfolgerungen verblüfften ihn. Im Grunde wusste diese Person alles. Was hätte er anderes tun können. Das weiße, blutige Sofa. Ihm war keine andere Wahl geblieben. Zum Glück hatte er alles dabei gehabt. Nur für den Notfall, hatte er vorher gedacht.

»Wer sind Sie? Was wollen Sie in meinem Zimmer? Ich kenne Sie nicht. Ich habe Sie noch nie gesehen. Wie kommen Sie in mein Zimmer? Fassen Sie mich nicht an. Ich rufe die Schwester. Ich habe Angst vor Ihnen.«

Es war wie immer. Er hob abwehrend die Hände.

»Kein Problem, ich gehe ja schon!«

»Schwester, Schwester, Hilfe, Hilfe!«

Ihre Stimme überschlug sich.

»Ist ja schon gut, ich gehe, ich gehe ja schon, ich bin ja schon weg«, sagte er.

Er verließ das Zimmer. Sie schrie weiter. Es dauerte eine Ewigkeit, bis die Schwester kam. Es war wie immer.

Montag, 16. Juli 2007

Null

Kriminalhauptkommissar Lauer von der Kriminalpolizei Mannheim, Dezernat 11, Tötungsdelikte, Vermisstenfälle, Brand- und Sprengstoffdelikte, hob den Kopf. Auf dem Flur, noch etwas entfernt, polterte es und er glaubte etwas von ›Idioten‹ zu hören. Im Zimmer war es schwül. Wäre es Winter gewesen, wäre er aufgestanden und hätte die Heizung, die sein Kollege Meißner immer viel zu hoch einstellte, zurückgedreht. Aber es war Juli, seit Tagen war es drückend heiß, eine Hitzewelle lag über der Stadt. Das Fenster zu den L-Quadraten war weit geöffnet. Das änderte nichts daran, dass es in dem Zimmer der beiden Kommissare stickig war. Der Lärm kam näher und Lauer glaubte, Meißners Stimme zu erkennen, laut und aufgebracht. Das war eigentlich unmöglich. Meißner war ruhig und besonnen. Die Ruhe in Person!

»Bin ich hier von lauter Idioten umgeben?«

Es gab keinen Zweifel. Es war Meißner, der auf dem Flur schrie. Lauer fiel die Mannheimer Bürgerin ein, die das Polizeipräsidium auf Trab hielt. Ihr Anruf bei der Polizei war ins Internet gestellt worden und entwickelte sich bei YouTube zum absoluten Renner. Die Mannheimerin wurde über Nacht berühmt, wurde in Talk-Shows herumgereicht und erhielt bei einem Privatsender einen Exklusivvertrag. Das Problem war nur, dass es bei der Polizei eine undichte Stelle geben musste, denn wie sonst hätte der interne Anruf plötzlich im weltweiten Netz auftauchen können.

»... weil der anner määnt, er wär der Idiot«, war ein Satz der Mannheimerin, dessen Sinn sich Lauer nicht ohne Weiteres erschloss, über den er jedoch herzlich lachen konnte. Meißner hatte sich sicher nicht im Begriff vertan, wenn er schon wieder auf dem Flur lautstark fragte, ob er hier von lauter Idioten umgeben sei.

Die Tür wurde aufgerissen und gleich danach wieder zugeschlagen. Meißner ließ sich auf seinen Schreibtischstuhl fallen.

»Was sind das bloß für Idioten! Schicken mich …«

»Jetzt machen Sie mal halblang, Meißner«, sagte Lauer zu seinem Kollegen.

»Sie meine ich gar nicht.«

»Da bin ich aber wirklich beruhigt.«

Meißner trat gegen den Papierkorb, der umkippte. Zusammengeknülltes Papier verteilte sich neben dem Schreibtisch.

»Was ist denn los, erzählen Sie!«

Julian Meißner fuhr sich mit beiden Händen durch die Haare, schüttelte den Kopf und atmete tief aus.

»Um halb sechs ruft die Einsatzstelle bei mir zu Hause an. Ich war gerade eingeschlafen. Meine Frau hatte eine schlimme Nacht hinter sich. Sie ist wieder schwanger, das dürfte inzwischen auch zu Ihnen durchgedrungen sein. Es gibt Komplikationen, müssen Sie wissen. Ich musste mehrmals aufstehen, Tee für meine Frau machen, mich um die Kinder kümmern, die aufgewacht waren.«

»Kommen Sie zum Wesentlichen«, drängte Lauer, der natürlich wusste, dass Meißner glücklich verheiratet war, dass er zwei Kinder hatte, einen Jungen im Alter von vier Jahren und ein Mädchen von sieben, dass seine Frau im sechsten Monat schwanger war, eine komplizierte Schwangerschaft, wie Meißner immer wieder betonte. Meißner ignorierte Lauers Einwand.

»Ich könnte jetzt einen Kaffee vertragen. Gegen Morgen ging es besser.«

Er war jetzt wieder der durch nichts aus der Ruhe zu bringende Kollege, den Lauer kannte und den er schätzte.

»Prompt meldet sich die Einsatzstelle. Ich bin noch keine fünf Minuten eingeschlafen. Und auch meine Frau kann sich endlich ein wenig entspannen. Ein Anruf sei gerade eingegangen, Mord und Totschlag, meldet der diensthabende

Beamte, nennt mir die Adresse, ›Eigene Scholle‹, mein Gott, denke ich, normalerweise werden da die Kollegen von der Streife gerufen, wenn ein sturzbesoffener Ehemann mal wieder seine Angetraute grün und blau geschlagen hat.«

»Meißner, lassen Sie die Stammtischparolen. So kenne ich Sie ja gar nicht. Wer war das Opfer? Wer wurde totgeschlagen?«

»Immer der Reihe nach. Als ich am Tatort ankomme, sind schon zwei Streifenwagen da. Die Kollegen haben das Gelände abgesperrt und die ersten Spuren gesichert. Ein Polizeiobermeister erstattet mir Bericht. Ein 72-jähriger Mann mit Krücke präsentiert mit stolz geschwellter Brust das Opfer.«

Meißner konnte nicht weiterreden, ein Lachanfall schüttelte ihn. Lauer starrte die Zimmerdecke an.

»Ein Eichhörnchen!«

Für einen Moment glaubte Lauer, sein Kollege sei übergeschnappt.

»Meißner, was erzählen Sie da?«

»Das Opfer, das Totschlagopfer, ein Eichhörnchen. Aber der Reihe nach. Um halb sechs sei das Eichhörnchen über eine offene Terrassentür in das Haus eingedrungen, bringe ich in Erfahrung, sei schnurstracks zum Schlafzimmer gehüpft und habe die schlafende Frau gebissen. Mit dem festgebissenen Tier am Körper sei die Frau im Nachthemd auf die Straße gelaufen und habe es geschafft, das Eichhörnchen abzuschütteln. Das wild gewordene Eichhörnchen habe sich auf einen gerade vorbeikommenden Bauarbeiter gestürzt, zur falschen Zeit am falschen Ort, fällt mir da nur ein, habe dem Bauarbeiter in die Wade gebissen und sei in einen Nachbargarten geflüchtet. Schließlich habe es dort einen alten Mann angefallen, der konnte nicht schlafen und vertrat sich im Garten die Füße. Das Eichhörnchen habe sich in den Daumen des Mannes verbissen.«

Meißner legte eine Kunstpause ein und wechselte danach von der indirekten Beschreibung ins Präsens.

»Bei dem Alten gerät das arme Eichhörnchen jedoch an den Falschen. Wütend schlägt der Rentner mit seiner Krücke auf das Tierchen ein, von dem nur noch ein blutiger Klumpen übrigbleibt. Die Leiche wird jetzt vom Veterinäramt auf Tollwut untersucht.«

Jetzt war es an Lauer zu lachen.

»Das gibt eine Pressekonferenz!«

In das Lachen der Kommissare hinein klingelte das Telefon. Lauer nahm ab.

»Ja, ja, wo? Aha. Gut. Ja. In zehn Minuten sind wir da.«

Er legte auf.

»Der Kaffee muss warten«, sagte er zu seinem Kollegen. »Die Pflicht ruft. Ein Toter im Auto, Wallstadter Straße, einen Kilometer vor Ilvesheim.«

Meißner sah seinen Kollegen ungläubig an.

»Sie wollen mich aber nicht auf den Arm nehmen? Davon habe ich für heute genug.«

»Wo denken Sie hin! Es geht los, Meißner, die Pflicht ruft.«

Eins

Beim Tengelmann bog Lauer von der Odenwaldstraße auf die Theodor-Storm-Straße ab. Vorne an der Brücke über die A6, genau da, wo die Wallstadter Straße beginnt, sah er, dass abgesperrt war. Ein Polizeiauto und ein Motorrad standen quer und zwei Polizisten leiteten die wenigen Autos, die nach Ilvesheim unterwegs waren, auf die Siebenbürger Straße um. Der Polizist legte die Hand an die Mütze und winkte Lauers Fabia durch.

»Zum Glück ist die Straße nicht viel befahren. Was glauben Sie, was los wäre, wenn das am Ring passiert wäre?«, sagte Meißner. »Nicht auszudenken.«

Obwohl auf der Wallstadter Straße angeblich nichts los war, drängelte sich eine Menschentraube von mindestens dreißig Personen vor dem rot-weißen Absperrband. Drei Streifenpolizisten hatten alle Hände voll zu tun, um die Neugierigen davon abzuhalten, die Absperrung zu durchbrechen. Lauer parkte mitten auf der Straße. Meißner suchte nach seinem Ausweis, doch mit den Worten ›Guten Morgen Herr Hauptkommissar‹, hob einer der drei Polizisten das Band hoch und winkte die Kommissare der Mannheimer Kripo durch.

»Morgen, Neuburger«, entgegnete Lauer und Meißner wunderte sich wieder einmal über das phänomenale Namensgedächtnis seines Kollegen, der alle Mannheimer Polizisten namentlich zu kennen schien. 50 Meter hinter der Absperrung stand ein Auto in Richtung Ilvesheim auf dem Radweg. Der Wagen, ein weißer Opel Kadett älteren Baujahrs, parkte mit allen vier Rädern etwas schräg auf dem Radweg, genau zwischen dem Ilvesheimer Friedhof Nord und dem kleinen Gehölz östlich der Straße. Von der rechten Fahrbahnspur führten deutliche Bremsspuren zu dem Kadett. Mehrere Beamte der Kriminaltechnik waren in ihren weißen Schutzanzügen rund um das Auto zu Gange. Ein Techniker machte sich gerade am Kofferraum des Kadetts zu schaffen.

»Ein polnisches Kennzeichen«, sagte Meißner, als sie näher kamen.

»Höre ich da einen ängstlichen Unterton?«, fragte Lauer. »Keine Angst, da wird nicht gleich die Ostblockmafia dahinterstecken.«

Meißner wollte gerade zur Retourkutsche ansetzen, wer verbreitet denn hier Stammtischparolen, kam jedoch nicht zum Zuge, weil Lauer dem Polizeiarzt die Hand entgegenstreckte.

»Grüß dich, Friedrich. Alles klar?«

»Alles klar, Leo. Lange nicht gesehen.«

»Urlaubszeit, die Gauner machen anscheinend auch Urlaub.«

Friedrich Adelmann, Polizeiarzt der Gerichtsmedizin Heidelberg, hatte endlich seine Gummihandschuhe ausgezogen und schüttelte Lauers Hand. Nachdem die Begrüßung relativ viel Zeit in Anspruch genommen hatte, kam der Arzt in seinem Bericht ziemlich schnell auf den Punkt.

»Männliches Opfer, 30 bis 35 Jahre alt, Tod wahrscheinlich durch Erschießen, Einschuss direkt in die Schläfe aus nächster Nähe, vermutlich steckt ein Projektil in der Schulter, in der linken, logisch, die ist ja der Tür und dem Fenster zugewandt, ein Einschuss im Armaturenbrett. Wir haben jetzt zwanzig nach acht. Vor vier, fünf Stunden, würde ich sagen. Alles Nähere nach der Obduktion. Mach es gut, Leo.«

»Also zwischen halb vier und halb fünf heute Nacht. Da war es noch dunkel.«

Meißners Schussfolgerung bekam der Polizeiarzt Friedrich Adelmann, der sich seinen Koffer geschnappt hatte, nicht mehr mit. Er war schon unterwegs zur Absperrung, allerdings in Richtung Ilvesheim.

»Die Warnblinker sind an«, sagte Meißner. »Oder unsere Leute haben sie eingeschaltet.«

Lauer ging auf Meißners Einwand nicht ein.

»Warum ist der Wagen jetzt erst entdeckt worden? Es wird doch schon viel früher hell.«

»Tote Hose hier draußen«, entgegnete Meißner. »Nachts kommt da kaum jemand vorbei.«

»Aber ein Auto auf dem Radweg und der Warnblinker ist noch dazu an«, ließ Lauer nicht locker.

»Chef, der Wagen steht mitten auf dem Radweg, nicht auf der Straße. Und dann steht der Kadett entgegen der Fahrtrichtung. Das Opfer saß zum Feld hin. Wenn wirklich einer vorbeikam, der hat sich nichts dabei gedacht. Wenn es jemandem überhaupt bewusst aufgefallen ist, dass auf dem Radweg ein Auto mit eingeschaltetem Warnblinker stand. Die Strecke hier lädt zum Losbrettern so richtig ein, trotz der vorgeschriebenen 70 Kilometer. Wer kontrolliert hier denn?«

Lauer und sein Kollege standen jetzt seitlich am Auto und sahen durch die geöffnete Fensterscheibe den Toten. Kurze braune Haare, eckiger Kopf, schmale Nase, dichte Augenbrauen, ein Schnurrbart, leichter Dreitagebart ums Kinn. Der Hinterkopf lehnte an der Nackenstütze. Kariertes Hemd, braune Cordhose, die Schuhe waren nicht zu erkennen. Die linke Hand hing neben dem Lenkrad, die rechte war anscheinend vom Schaltknüppel gerutscht. Ein dünner Blutfaden lief dem Opfer die Schläfe herunter. Das Einschussloch, direkt auf Höhe des Ohrs, war winzig klein und kugelrund. Fast wie ein überproportionaler Insektenstich, dachte Lauer und wunderte sich über seine abstrusen Gedanken.

Der Kriminaltechniker untersuchte inzwischen die Rückbank mit einer Pinzette und füllte unsichtbare Gegenstände in Plastiktüten, zumindest kam es Lauer so vor, als seien die Gegenstände unsichtbar. Ein Streifenpolizist kam auf Lauer und Meißner zu. Lauer kannte ihn, bei dem Mord in den Lauerschen Gärten im letzten Jahr hatte er am Tatort mit ihm zu tun gehabt. Ein junger, zuverlässiger Kollege, vielleicht eine Spur zu ehrgeizig, erinnerte sich Lauer. Er musste im Alter von Lauers Sohn sein, 28 oder 29. Der ist bestimmt schon acht, neun Jahre im Beruf und mein Sohn studiert noch immer, ging es Lauer durch den Kopf.

»Zwei Schulkinder, die die Feudenheim-Realschule besuchen, haben den Toten gefunden. Viertel vor acht. Sechstklässler. Der eine, so ein pfiffiger Kleiner, hat auf dem Handy die 110 angerufen. Ich habe ihre Personalien aufgenommen. Beide Mütter sind übrigens alleinerziehend und arbeiten. Ich habe bei den Arbeitsstellen der beiden Frauen angerufen. Keine war abkömmlich, um ihren Sohn in Empfang zu nehmen. Ich habe es dann in der Schule probiert und den Rektor erreicht. Der war sehr aufgeschlossen und hilfsbereit. Ich solle die Kinder einfach in die Schule schicken. Er nehme sie in Empfang und versuche, ob der Schulpsychologe sich um die Kinder kümmern könne. Die zwei Jungen waren gar nicht so begeistert, dass sie in die Schule sollten. Hier wäre es so spannend und in der Schule so langweilig. Doch ich habe mich nicht erweichen lassen.«

Meißner notierte sich die Namen, die Adressen der beiden Jungen und die Namen der Arbeitsstellen. Die Anschrift der Feudenheim-Realschule hatte der junge Kollege auch im Kopf. Jetzt fiel Lauer auch wieder der Name ein.

»Was hat die Kriminaltechnik bis jetzt herausgefunden, Polizeiobermeister Frühauf?«

Meißner fiel auf, dass ein Lächeln über Frühaufs Gesicht glitt. Der Streifenpolizist zog einen Block aus der Gesäßtasche und blätterte umständlich hin und her. Ein Moleskine-Block, bemerkte Lauer sofort. Fabian, sein Sohn, fuhr auch auf die schwarzen Blöcke und Notizbücher ab. Durch ihn kannte er überhaupt die edle Marke.

»Ach, hier«, sagte Frühauf endlich. »Der Kadett wurde

wahrscheinlich ausgebremst. Alles deutet darauf hin. Bremsspuren von zwei Autos auf der Straße. Auf dem Radweg kamen die beiden Autos zum Stehen. Die Zündung des Kadetts war aus, der Schlüssel steckte noch. Licht aus, Warnblinker an. Fahrerscheibe heruntergedreht.«

»Ist die Identität des Toten bekannt?«

Frühauf nickte.

»Er hatte seinen Pass dabei, sämtliche Papiere. Die Spurensicherung hat alles noch in den Fingern.«

Wieder blätterte Frühauf umständlich in seinem Block hin und her.

»Ach, hier. Mateusz Gorcyzka, polnischer Staatsbürger, geboren am 24. Januar 1973, aus Zgorzelek.«

»Direkt an der Grenze, gegenüber von Görlitz auf deutscher Seite«, sagte Meißner.

»Was hatte er hier zu suchen, wo wohnte er, wo arbeitete er?«, fragte Lauer.

Frühauf zuckte mit den Schultern.

»So weit sind wir noch nicht. Da kann ich im Moment nichts zu sagen. Ich kümmere mich darum.«

»Lassen Sie nur«, sagte Meißner. »Wir wollen ja auch was zu tun haben.«

»Danke, Frühauf«, sagte Lauer. »Gute Arbeit.«

Lauer postierte sich hinter dem Kadett, etwa drei Meter entfernt. Er fixierte die Rückseite und es sah aus, als ob er erstarrt sei. Dann umrundete er langsam das Auto. Meißner hatte inzwischen die Straße überquert, kniete auf dem Boden und studierte die Bremsspuren. Er zog sein Handy aus der Tasche, ein breites Smartphone, ganz neu und mit unglaublichen Möglichkeiten, wie er Lauer vor einigen Tagen erklärt und demonstriert hatte. Lauer hatte nichts verstanden und war froh, dass er mit seinem etwas altertümlichen Handy inzwischen problemlos telefonieren konnte. Die Fünf-Megapixelkamera hatte es Meißner besonders angetan. Lauer sah, wie Meißner Foto auf Foto knipste.

Anscheinend eine ganze Galerie von Bremsspuren. Bei seiner Umrundung des Kadetts war Lauer wieder am Kühler angekommen. Er beugte sich zur Stoßstange vor, strich mit dem Finger über den Lack, der schon reichlich angerostet war. Dann rief er den Kollegen der Kriminaltechnik zu sich, der noch immer das Innere des Kadett untersuchte.

»Da vorne sind kleine Kratzer und Lackspuren. Vielleicht hat das nichts mit dem hier zu tun, aber sicher ist sicher.«

»Klar, Herr Kommissar, das kommt alles noch dran, keine Angst. Und auch um das Auto herum werden wir jeden Quadratzentimeter unter die Lupe nehmen.«

Lauer warf einen Blick auf die Straße, aber die war leer. Meißner war verschwunden. Lauer hob den Blick, schaute um sich und entdeckte endlich seinen Kollegen, der sich vom Tatort entfernt hatte, in den Feldweg eingebogen war, der im rechten Winkel von der Straße abbog. Zielstrebig ging Meißner auf ein eingezäuntes Gelände zu, hinter dem sich ein kleiner Wald befand. Ratlos schaute Lauer seinem Kollegen hinterher.

Das Handy klingelte. Lauer kramte in seiner Tasche.

»Ja, wer ist dran?«

»Ich, siehst du doch an der Nummer«, war die Antwort.

Sein Sohn. Mit der Mutter hatte Lauer nie zusammengelebt. Trennung vor Fabians Geburt. Lauer hatte von der Existenz seines Sohnes erst erfahren, als dieser bereits ein Jahr alt war.

»Du kannst 'ne gute Flasche köpfen. Sohn beendet Studium. Endlich.«

»Wie? Was? Und die Prüfungen?«

Lauer war sichtlich irritiert. Fabian studierte schon ewig. Englisch, Politik und Erdkunde für das Lehramt an Gymnasien. Wenn Lauer sich auch nur vorsichtig nach dem Studienende erkundigte, gab es regelmäßig Streit.

»Im Ernst. Ich hab das Studium geschmissen.«

»Du machst Witze.«

»Überhaupt nicht. Ich hab ganz einfach die Nase voll. Will nicht als verknöcherter Beamtensack enden.«

»Und als was, wenn ich fragen darf, möchtest du denn enden?«, fragte Lauer und der aggressive Unterton war nicht zu überhören.

»Ich hab mich bei der Journalistenschule beworben. München.«

»Du spinnst doch.«

»Sachlich bleiben, Leo Philipp Lauer.«

Der Sohn wusste, dass er den Vater mit dieser Anrede provozieren konnte.

»Ich will nicht um den heißen Brei herumreden, ich brauche Geld, muss einige Tage nach München. Aufnahmetests.«

»Hätte ich mir ja denken können. Warum solltest du sonst anrufen? An welche Summe denkst du dabei?«

»Drei-, vierhundert würden mir fürs Erste schon helfen.«

»Keinen Pfennig bekommst du«, sagte Lauer und seine Stimme war lauter. Das ›Cent‹ rutschte ihm in solchen Augenblicken immer noch nicht über die Lippen.

»Keinen Pfennig! Und weißt du was? Den monatlichen Dauerauftrag, den sperre ich dir. Heute noch! Dann bekommst du schon im August kein Geld mehr.«

»Das ist nicht dein Ernst.«

»Mein voller Ernst.«

»Das kannst du nicht machen, Leo. Sonst ... Sonst!«

»Was denn sonst?«

Aber Lauers Sohn bekam diesen letzten Einwurf nicht mehr mit. Er hatte nach dem letzten theatralischen ›Sonst‹ aufgelegt. Meißner, der von seinem Ausflug zu dem eingezäunten Wäldchen zurück war und in einiger Entfernung zu Lauer gestanden hatte, trat näher, als er sah, dass Lauer sein Handy wegsteckte.

»Probleme?«

»Nichts von Bedeutung.«

»Was meinen Sie zu dem Ganzen, Chef?«

Meist nervte es Lauer, wenn Meißner ihn mit ›Chef‹ anredete, aber heute sagte er nichts.

»Vom Ablauf her erscheint es klar und einfach. Zwei Autos unterwegs von Feudenheim nach Ilvesheim. Ein Bremsmanöver, aus welchen Gründen auch immer. Der Kadett wird ausgebremst von einem unbekannten Fahrer. Beide Autos kommen auf dem Radweg zum Stehen. Der Pole schaltet die Zündung aus. Unlogisch, er ist in einer prekären Situation, er weiß nicht, was der Autofahrer da vorne von ihm will. Also lasse ich doch das Auto an, damit ich im Notfall schnell wegkomme. Das Licht ist auch aus. Ebenfalls unlogisch! Er drückt den Warnblinker, logisch und vernünftig. Kurbelt das Fenster herunter. Ist gespannt, was kommt. Hat Angst. Sieht, wie der Fahrer des vorderen Wagens aussteigt, näher kommt. Neben der Fahrertür steht, vielleicht was sagt, vielleicht auch nicht, die Pistole zieht, einmal schießt, zweimal, dreimal. Zu seinem Wagen zurückgeht, einsteigt, wegfährt.«

»Klingt im Großen und Ganzen logisch, ein wenig Spekulation und eine Ungereimtheit«, sagte Meißner.

Lauer musterte seinen Kollegen.

»Das mit dem Ausbremsen, logisch, den Polen durchs Fenster erschossen, in Ordnung. Danach weggefahren, klar. Aber Sie haben schon Recht, warum sollte der Pole das Licht ausgeschaltet haben? Und warum den Motor?«

»Vielleicht war es nicht der Pole, der Zündung und Licht ausgeschaltet hat.«

»Sie meinen, das könnte der Täter nach seiner Tat erledigt haben?«

»Genau, Meißner, so könnte es auch gewesen sein.«

»Durchaus denkbar. Was ganz anderes.«

Meißner deutete mit dem Arm in Richtung Wäldchen.

»Kommt Ihnen die Gegend nicht irgendwie bekannt vor?«

Lauer blickte auf, ließ seinen Blick schweifen, zum ersten Mal. Seit er das Absperrband passiert hatte, war er mit allen Sinnen auf den Kadett fokussiert, auf den Polen auf dem Fahrersitz, auf die Bremsspuren, auf die Kratzer an der Stoßstange, auf den unmittelbaren Tatort. Die weiten Felder. Der hochgeschossene Spargel. Die fleischigen, dunkelgrünen Blätter der Zuckerrüben. Die riesigen Strommasten, die vom Odenwald kommend die Landschaft zerstückelten. Die dick qualmenden Schornsteine von Benckiser. Erste Erdhügel im neuen Baugebiet nördlich von Ilvesheim, dem Mahlgrund. Und das Wäldchen mit dem Weiher, jetzt sah Lauer ihn auch, den malerischen Weiher, versteckt hinter Buchen, Weiden und Hecken. Nur ein winziger Fleck Weiherfläche war jetzt im Juli zu sehen. Der Weiher! Lauer schloss die Augen. Die Buchen verloren ihr Laub. Der Weiher war plötzlich ganz zu sehen. In voller Größe. In all seiner Pracht. Graue Wolken über den Feldern. Lehmverschmierte Schuhe.

»Sandra«, murmelte Lauer.

Meißner nickte.

November 2005. Angler finden eine stark verweste Frauenleiche im Weiher an der Wallstadter Straße. Sandra Maurer, 19 Jahre alt, Schülerin der 13. Klasse am Bach-Gymnasium in Neckarau. Vermisst seit dem 8. September. An diesem Abend hat sie im Asia-Imbiss in Ilvesheim gebackene Nudeln mit Ente gegessen und sich danach von ihren Freunden verabschiedet. Sie ist mit dem Rad auf eben diesem Radweg unterwegs, auf dem am 16. Juli 2007 das polnische Auto mit der Leiche gefunden werden wird. Sandra will nach Hause nach Wallstadt. Dort kommt sie nie an. In Seckenheim, auf Höhe des Schlösschens, findet die Polizei Tage später Sandras Rad im Neckar. Sie selbst bleibt verschwunden. Bis zu jenem Tag im November, als zwei Angler die Polizei rufen. Die Angler sitzen in ihrem Kahn. Bei Regenwetter sollen die Fische hier besonders gut beißen, wird gesagt. Plötzlich entdeckt einer der beiden am Ufer, von den tief hängenden Zweigen einer Trauerweide fast ganz verdeckt, ein Stoffbündel. Sie rudern zu der Stelle und sehen sofort, dass es ein Mensch ist, der da im Wasser liegt.

Sandra. Bei Mitschülern, Freunden, Lehrern beliebt. Sozial eingestellt. Hilfsbereit. Immer gute Laune verbreitend. Erwürgt. Einige Steine in die Hosen- und Jackentaschen gestopft. Durch ein Loch im Zaun das tote Mädchen zum Weiher geschleift. Mehr oder weniger dilettantisch versenkt. Nach acht Wochen als Wasserleiche entdeckt. Hinweise auf eine Vergewaltigung wurden nicht gefunden.

Eine Sonderkommission unter Lauers Leitung übernimmt den Fall. Unzählige Spuren werden verfolgt, unzählige Zeugen verhört. Nichts. Kein einziges greifbares Ergebnis. Lauer ist besessen von dem Fall. Er kann an nichts anderes mehr denken. Es gibt keine logischen Erklärungen. Keine Strukturen, keine Verbindungslinien, keine Ansatzpunkte. Jede Spur führt ins Leere. Lauer hat nur eine Erklärung und diese Erklärung treibt ihn zur Weißglut: der Zufall. Sandra ist ihrem Mörder zufällig über den Weg gelaufen. Sie hat ihn nicht gekannt. Und der Täter muss auf der Durchreise gewesen sein, ist längst schon wieder aus der Gegend verschwunden. Auf Nimmerwiedersehen.

Sandra. Ein sinnloser, zufälliger Mord. Der Stachel des ungelösten Falles, der jetzt bald zwei Jahre zurücklag, hatte sich tief in Lauers Fleisch eingegraben.

»Sandra«, sagte Meißner. »Gefunden in dem Weiher bei dem Wäldchen da drüben, im November 2005. Der Pole, keine 100 Meter entfernt ermordet, im Juli 2007. Kann das Zufall sein?«

Lauer kramte in seiner Jackentasche, weil er meinte, ein Handy klingeln zu hören.

»Meißner, was reden Sie da? Sie wollen doch nicht ernsthaft einen Zusammenhang konstruieren zwischen den beiden Fällen? Das alles kann nur Zufall sein. Purer Zufall! Nichts als Zufall!«

Lauer hatte sein Handy endlich gefunden. Es klingelte nicht. Der Ton war ihm auch irgendwie fremd vorgekommen. Dafür presste Meißner sein Handy zuerst an das Ohr, dann die Hand vor den Mund.

»Ja, ja, natürlich. Sofort. So schnell, wie es geht!«

Er steckte sein Handy ins Jackett zurück.

»Meiner Frau geht es schlecht. Ich muss dringend zu ihr. Fahren Sie mich ins Präsidium! Sofort!«

Als er Lauers Gesicht sah, fügte er noch ein ›Bitte‹ hinzu. Meißners Ton, das war Lauer klar, ließ keinen Widerspruch zu. Im Grunde hatten sie am Tatort alles gesehen. Also konnte er Meißner genauso gut zurückfahren.

»Was ist denn passiert?«

Aber Meißner war schon zu der Absperrung unterwegs. Lauer instruierte Polizeiobermeister Frühauf, unnötigerweise wies er ihn an, die Leiche, falls alle Spuren gesichert seien, in die Gerichtsmedizin bringen zu lassen. Meißner war zurückgekehrt und zog Lauer in Richtung Absperrband.

Lauer fand auf den reservierten Plätzen vor dem Polizeipräsidium in L6 tatsächlich eine Lücke. Ausnahmsweise machten sich keine Autos mit LU- oder RP- oder DÜW-Kennzeichen breit. Meißner riss die Seiten mit den Notizen zum toten Polen und zu den beiden Realschülern aus seinem Notizblock und rannte grußlos zu seinem eigenen Wagen, der um die Ecke geparkt war. Lauer fiel auf, dass sein Kollege ebenfalls einen dieser exklusiven Moleskine-Blöcke benutzte. Seine eigenen kleinen Spiralblöcke, echt preiswert, fünf Stück für einsneunzig, kamen ihm auf einmal unprofessionell vor. Erst als Meißner mit quietschenden Reifen davongebraust war, wurde es Lauer bewusst, dass sein Kollege die ganze Fahrt über kein Wort gesprochen hatte. Und er selbst hatte sich nicht getraut, nach Meißners Frau zu fragen. Sie arbeiteten schon einige Jahre zusammen. Lauer bildete sich ein, Meißner ein wenig zu kennen. Woher kam dann diese Sprachlosigkeit? Wenn er ehrlich war, er arbeitete gerne mit ihm zusammen, er schätzte seine Ruhe, seine Besonnenheit, seine Schlussfolgerungen, die schon oft den entscheidenden Hinweis zur Aufklärung eines Falles geliefert hatten. Warum hatte er dies Meißner noch nie gesagt?

Lauer stöhnte, als er an die unzähligen Treppenstufen dachte, die bis zu seinem Büro zu bewältigen waren. Er musste unbedingt etwas für seine Kondition tun. Schon auf dem Flur im dritten Stock hörte er die Stimme von Fritz Wunderlich, begleitet von Frau Werner, seiner Sekretärin.

»Dies Bildnis ist bezaubernd schön.«

Arie des Tamino aus der Zauberflöte. Wunderlichs Debütaufnahme, Stuttgart 1955. Lauer war im letzten Vierteljahr zum wahren Wunderlich-Experten geworden. Notgedrungen. Von morgens bis abends liefen im Büro Wunderlich-CDs. Lauer nahm es als Marotte von Frau Werner hin. In einigen Wochen würde es wieder vorbei sein, glaubte er. Obwohl er zugeben musste, dass die Wunderlich-Phase schon relativ lange anhielt. Fragte sich nur, was danach kommen würde. Vor der Wunderlich-Periode hatte Frau Werner auf esoterische Entspannungsmusik gestanden, verbunden mit dem Abbrennen von Räucherstäbchen. Allein die verrauchte Luft war Lauer unerträglich gewesen und er hatte die Verbindungstür zwischen den beiden Büros demonstrativ geschlossen. Seit seiner Zeit als Messdiener hatte er eine Aversion gegen Weihrauch und ähnliche Gerüche. Auf die gleichförmige Musik hatte er vom ersten Augenblick an aggressiv reagiert. Mit Fritz Wunderlich konnte er sich eher arrangieren. Einige der Arien kannte er inzwischen auswendig, aber er traute sich nicht mitzusingen. Er fand sich unmusikalisch.

»Guten Morgen, Chef. Heute sind Sie aber spät dran. Fast zehn. Das bin ich ja gar nicht gewöhnt von Ihnen.«

Annemarie Werner, etwas älter als Lauer, Anfang 50, gerade mal 1,50 Meter groß, mit immer guter Laune, behielt auch im größten Durcheinander den Überblick und hatte eine ausgeprägte Vorliebe für lange, farbige Halstücher.

»Morgen, Frau Werner, von wegen spät, ich laufe schon zum zweiten Mal hier ein.«

»Dann haben Sie sich den Kaffee aber verdient.«

Lauer informierte seine Sekretärin über den Mord an dem Polen und bat sie, alle verfügbaren Informationen über Mateusz Gorcyzka zu besorgen.

»Übrigens, Frau Werner, wissen Sie, was mit Meißners Frau ist?«

»Die ist schwanger.«

»Das weiß ich auch.«

»Ich weiß nicht, ob ich darüber reden darf. Herr Meißner hat es mir im Vertrauen gesagt«, druckste Frau Werner herum.

»Jetzt kommen Sie schon, wir sind doch fast so was wie eine Familie.«

»Eine tolle Familie, bei der der eine vom anderen nichts weiß. Aber schön. Es gibt Komplikationen. Sie haben Angst, das Kind zu verlieren. Vorzeitige Wehen, ab und zu leichte Blutungen. Kein Wunder, wenn Sie mich fragen, Chef. Bei zwei kleinen Kindern, wie soll die Frau sich da schonen? Und in ihrem Mann dürfte sie auch keine große Hilfe haben, bei dem seiner Arbeitsbelastung.«

Lauer gab Frau Werner den Zettel mit den Namen der beiden Schüler.

»Suchen Sie mir bitte die Telefonnummern der Arbeitsstellen der beiden Mütter heraus.«

Lauer schnappte sich den Kaffee und verschwand in seinem Büro.

Zwei

Neckarstraße 4, ein beeindruckendes Schulhaus. Als Knirps hätte Lauer sicherlich den Kopf eingezogen beim Anblick des Gebäudes.

»Rufen Sie mich sofort an, wenn Sie etwas über das Opfer herausgefunden haben«, hatte er zu Frau Werner gesagt, als er sich nach Feudenheim auf den Weg gemacht hatte. Er hatte vorher die Mutter eines der Jungen erreicht. Lauer hatte ihr am Telefon erklärt, was passiert war. Sie war zuerst erschrocken, hatte dann aber doch ihr Einverständnis für die Befragung gegeben, nachdem Lauer betont hatte, dass es sich um kein Verhör handelte. Die Mutter des zweiten Jungen hatte er noch nicht erreicht.

Er erwartete sich nicht viel von dem Gespräch mit den Jungen. Lauer hatte in dem Rondell hinter der Schule einen Parkplatz gefunden. Wieder hatte er die Hitze, die ihn beim Aussteigen förmlich in die Knie gezwungen hatte, als nur schwer erträglich empfunden. Nach wenigen Minuten war sein Hemd schweißnass. Die Schule hatte drei Eingänge. Über dem ersten, rechten Eingang stand ›Volksschule‹. Die Tür sah unbenutzt aus, also ging Lauer zielstrebig auf den mittleren Eingang zu. ›Mädchen‹ war in den roten Sandstein gehauen. Die Tür war verschlossen. Versuch und Irrtum. Lauer betrat das Jugendstilgebäude, erbaut Ende des 19. Jahrhunderts, durch den ›Knaben‹-Eingang. Eine angenehme Kühle empfing ihn. Die alten Gebäude heizen sich nicht so schnell auf wie die Bauten der Siebziger, dachte Lauer bei sich. Bohnerwachs war sein zweiter Eindruck. Das konnte nicht sein. Niemand benutzte heutzutage mehr Bohnerwachs. Trotzdem hatte Lauer ohne jeden Zweifel Bohnerwachsgeruch in der Nase. Beim Anblick des Schildes mit der Aufschrift ›Die Schule wird videoüberwacht, Stadt Mannheim‹ musste er lächeln. Die eingekerbten Buchstaben des Wortes ›Mannheim‹ waren mit rotem Filzstift ungeschickt nachgezogen. Lauer orientierte sich an der Hinweistafel im Erdgeschoss. Gymnasium, Realschule und Hauptschule waren in dem Gebäude untergebracht. Die Realschule war im dritten und vierten Obergeschoss. Einen Aufzug gab es nicht. Lauer machte sich an den Aufstieg. Im zweiten OG, im Bereich der Hauptschule, verschnaufte er und wischte sich mit einem Stofftaschentuch, das noch aus der Zeit seines Grundwehrdienstes stammte, über die Stirn. Am Treppenaufgang zum dritten Stock wurde es farbig. Ein dicker Mann in grüngestreiften Hosen, der mit dem Handy am Ohr die Treppe hochhetzte, war auf die Wand gemalt. Im Flur sonnte sich ein Elefant zwischen Palmen. Ein roter Bus mit der Aufschrift ›Feudenheim-Tours‹ und vielen Kindern an Bord war Richtung Treppe unterwegs. Lauer fand das Sekretariat nicht auf Anhieb, Zimmernummer 302A, es dauerte einige Zeit, bis er sich über die Systematik der Zählung im Klaren war. Sekretariat und Rektorat waren abgeschlossen. Er klopfte an die Tür schräg gegenüber. 8a las er auf dem Schild neben der Tür, Zimmer 310. Ohne auf eine Reaktion zu warten, trat er ein. Eine jüngere Lehrerin stand am Lehrerschreibtisch, hielt ein Blatt hoch, ein Junge, Lauer schätzte ihn auf 13 oder 14, stand vor der Lehrerin und schaute zu Boden.

»Entschuldigen Sie«, fing Lauer vorsichtig an.

Ohne ihn anzuschauen, sagte die Lehrerin: »Einen Moment bitte. Gleich habe ich für Sie Zeit.«

Dann wandte sie sich wieder ihrem Schüler zu.

»So, Maximilian, jetzt erzähle mir noch mal mit deinen Worten, was deine Mutter in der Entschuldigung geschrieben hat.«

Maximilian schaute zu Boden und schwieg. Es kam Lauer wie eine Ewigkeit vor, bis die Lehrerin weitersprach.

»Wie du willst. Dann lese ich vor: ›Sehr geehrte Frau Eder, Maximilian konnte über das Wochenende leider keine Mathematik-Hausaufgaben machen. Ihm war es die ganze Zeit über schlecht und er musste sich immer wieder übergeben.‹ Mir fehlen die Worte, Maximilian. Das kannst du deiner Mutter ausrichten.«

»Darf ich kurz stören, Frau Eder?«, wagte Lauer einen zweiten Versuch.

Jetzt endlich drehte die Lehrerin sich um und musterte den Besucher.

»Woher kennen Sie meinen Namen?«

»Den haben Sie gerade eben vorgelesen.«

»Und was wollen Sie hier mitten im Unterricht? Wer sind Sie überhaupt?«

Erst wollte er sich vor der Klasse vorstellen, dann fiel ihm ein, dass es vielleicht besser wäre, allzu großes Aufsehen zu vermeiden, und er hielt Frau Eder dezent seinen Dienstausweis hin. Der Junglehrerin rutschte ein ›Oh‹ heraus. Lauer beeilte sich, ihr zuzuflüstern: »Ich muss zwei Schüler Ihrer Schule sprechen, sie können uns eventuell mit ihrer Aussage in einem wichtigen Fall weiterhelfen.«

»Wie heißen die beiden?«

»Patrick Schäfer und Kevin Frank.«

Frau Eder überlegte kurz.

»Die Namen kommen mir bekannt vor. Die sind, glaube ich, in der Sechsten. Genau weiß ich es nicht, ich habe die zwei nicht im Unterricht.«

»Wer kann mir da weiterhelfen?«, fragte Lauer.

Frau Eder wandte sich an die Klasse.

»Wer von euch kennt Patrick Schäfer und Kevin Frank?«

Ein Junge, der auffallend kleiner war als der Rest der Klasse, meldete sich.

»Ja, Bastian«, ermunterte ihn Frau Eder.

»Die sind in der 6b.«

»Kevin, die Gurke«, tönte es aus der Klasse.

»Haltet euch zurück«, sagte Frau Eder streng.

Dann forderte sie Bastian auf, dem Herrn den Weg zu zeigen. Draußen auf dem Flur fragte Bastian Lauer: »Wer sind Sie eigentlich?«

»Kriminalhauptkommissar Lauer, Chef der Mordkommission in Mannheim«, sagte Lauer, ohne nachzudenken. Bastian lachte laut heraus.

»Wenn Sie ein richtiger Kommissar wären, dann würden Sie doch zuerst zum Rektor gehen und außerdem wären Sie nicht allein. Kommissare sind immer zu zweit.«

Lauer fand, dass der Junge Recht hatte, zumindest, was den Rektor betraf. Er ging zum Klassenzimmer der 8a zurück und fragte Frau Eder, wo der Rektor zu finden sei.

»Herr Becker ist im Unterricht«, kam es wie aus der Pistole geschossen. »Vertretung für den Streit. Schauen Sie einfach auf dem Vertretungsplan nach.«

Bastian zeigte Lauer den Vertretungsplan am Rektorat. Gemeinsam fanden sie heraus, dass Herr Becker in der 6b Vertretung hatte.

»Da haben Sie aber Glück«, sagte Bastian.

Nachdem Lauer den Rektor, einen freundlichen Mitvierziger, informiert hatte, meinte dieser: »Patrick und Kevin haben uns diese Geschichte schon erzählt, ich hielt es für richtig, dass wir nicht einfach zur Tagesordnung übergehen. Sie sind heute vom Unterricht befreit und befinden sich oben in unserem Sprechzimmer. Eine Referendarin ist bei ihnen. Ich habe auch den Schulpsychologen angerufen, aber er weiß nicht, ob er es heute noch schafft. Der schulpsychologische Dienst ist unterbesetzt, aber das ist Ihnen sicher bekannt. Die Mütter wissen über die Vernehmung der Jungen Bescheid und sind einverstanden?«

Lauer nickte, obwohl es nur zur Hälfte stimmte. Rektor Becker führte Lauer in den vierten Stock ins Elternsprechzimmer und ließ ihn dann mit den Jungen allein. Das Zimmer war direkt unter dem Dach und hatte schräge Wände. Die Temperatur im Zimmer war tropisch.

»Wenn Sie mich nicht brauchen …«, sagte eine junge Frau, die Lauer eher wie eine Schülerin vorkam und einen leicht gestressten Eindruck machte. »Ich muss noch eine Lehrprobe vorbereiten, übermorgen schon.«

»Natürlich, gehen Sie nur«, sagte Lauer und zeigte den Jungen seinen Polizeiausweis, den die beiden ausführlich studierten.

»Deine Mutter, Kevin, ist informiert, sie hat nichts dagegen, dass ich mit dir rede. Deine Mutter, Patrick, habe ich nicht erreicht. Ich kann es ja noch einmal versuchen.«

Jetzt klappte es und er erhielt ohne Komplikationen die Zustimmung zu der Befragung.

Die Jungen erzählten Lauer von ihrem Erlebnis auf dem Schulweg mit wachsender Begeisterung. Bremsspuren, Loch in der Schläfe, Blutspur. Lauer erfuhr nichts Neues, lobte jedoch die Jungen, dass sie schnell die Polizei gerufen hatten.

»Die Warnblinker waren an«, sagte Kevin.

»Gut beobachtet, aber das Licht habt ihr nicht ausgemacht, oder?«, sagte Lauer.

»Wo denken Sie hin«, sagte Kevin. »Wir haben nichts angepackt oder verändert.«

»Und das war ein Polenauto«, fügte Patrick hinzu. »Stimmt es, was mein Vater immer ...«

»Du spinnst doch«, ging Kevin dazwischen. »Der Mateusz war voll in Ordnung.«

»Langsam, langsam«, sagte Lauer, der bei den letzten Worten hellhörig geworden war. »Du kennst den Toten?«

»Klar, der Mateusz arbeitet bei Lena auf dem Hof. Erntehelfer.«

»Lena?«

»Die Lena aus der 6a.«

»Was für ein Hof?«

»Obst- und Gemüsehof Kleinert.«

»Und wo ist der Hof?«

»Da, wo Lena wohnt, im Heinrich-Lanz-Weg.«

»Welche Nummer?«

»Weiß nicht, aber egal, da gibt es nur ein einziges Haus.«

Lauer bedankte sich bei den Jungen, erklärte ihnen, dass

sie in den nächsten Tagen mit einem Elternteil nach L6 ins Polizeipräsidium kommen müssten, um das richtige Protokoll aufzunehmen. Seine Sekretärin werde sich bei ihnen melden, um einen Termin auszumachen.

Als Lauer sich von Rektor Becker verabschiedete, meinte dieser: »Sie haben Glück gehabt, sind gerade noch rechtzeitig gekommen. Nach der fünften Stunde, um 12:20 Uhr, gibt es hitzefrei.«

Lauer schaute auf die Uhr. Frau Werner hatte sich noch nicht gemeldet. Mit den Informationen der Schüler hätte er sich ohne Weiteres auf den Weg zur Arbeitsstelle des Polen machen können. Andererseits meldete sich sein Magen. Er war heute früh aufgestanden, hatte kaum etwas gefrühstückt, weil ihm aus dem Kühlschrank nur Leere entgegengestarrt hatte. Im Büro war er durch die Nachricht vom Tatort Wallstadter Straße daran gehindert worden, etwas zu essen. Er erinnerte sich an den ›Ochsen‹, wenige Meter nur von der Feudenheim-Schule entfernt, an der Sankt-Peter-und-Paul-Kirche vorbei, die Hauptstraße überqueren. Der ›Ochsen‹, Mannheims ältestes Gasthaus. ›Seit 1632‹ las er neben dem Eingang. Vor Jahren hatte sein Dezernat einmal das Weihnachtsessen hier eingenommen. Meißner hatte über die zu kleinen Portionen gemeckert. Ein anderer fand die Preise zu hoch. Und Frau Werner, die eingefleischte Pfälzerin, hatte sich beim Kellner beschwert, dass es keine pfälzischen Weine auf der Karte gab, dabei trank sie gar keinen Alkohol, grundsätzlich nicht. Der Kellner hatte auf eine Flasche Riesling verwiesen. Das ließ Frau Werner nicht gelten.

»Es gibt keinen offenen pfälzischen Wein«, beharrte sie.

Lauer selbst war zufrieden gewesen, regionale Küche mit saisonalen Zutaten, durchaus geschickt zubereitet. Im Biergarten, der direkt an der Hauptstraße liegt, war es ihm zu heiß und zu laut. Trotz Südumgehung war der Durchgangsverkehr nach Ilvesheim und umgekehrt in die Innenstadt immer noch enorm. Von den Straßenbahnen ganz zu schweigen, die direkt vorm Biergarten von der Hauptstraße abbogen. Die neuen, breiteren Straßenbahnen quietschten in der Kurve vor der Kirche erbärmlich und nervten die Anwohner, hatte Lauer kürzlich in der Zeitung gelesen. Die Gaststube war leer und kühl. Lauer bestellte einen ›Nudelsalat Antipasti‹ als Vorspeise, ein seltsamer Name, zugegeben, dann einen Lammspieß mit Zucchini, Paprika und Zwiebeln und als Nachtisch gönnte er sich einen gegrillten Fruchtspieß. Über die Weinkarte hätte Frau Werner keinen Grund zur Klage mehr gehabt. Die Pfalz hatte auch bei den offenen Weinen Einzug gehalten. Lauer entschied sich für einen Rosé Cuvé eines jungen Winzers aus Laumersheim. Letztes Jahr hatte er einen Artikel über den Aufsteiger des Jahres im Rhein-Neckar-Anzeiger gelesen. Der Wein schmeckte frisch, spritzig und leicht, fast französisch, genau richtig an einem heißen Sommertag. Lauer deckte sich mit Wein bei einem Winzer in Dirmstein ein, der keinen Wert auf Auszeichnungen legte, dafür zivile Preise hatte. Der Kellner hatte gerade den Lammspieß serviert, als Lauers Handy klingelte. Frau Werner.

»Neuigkeiten von unserem armen Polen.«

»Lassen Sie mich raten, Frau Werner. Unser Pole war Erntehelfer und arbeitete bei einem Bauern hier, sagen wir beim Obst- und Gemüsehof Kleinert«, verblüffte Lauer die Sekretärin.

»Sie nehmen mich auf den Arm, Chef. Ich recherchiere für Sie, obwohl ich weiß Gott anderes zu tun hätte und Sie, Sie wissen schon alles.«

Lauer klärte Frau Werner auf und berichtete von seinem Besuch in der Realschule und den überraschenden Erkenntnissen. Frau Werner wollte beschreiben, wie ihr Chef zum Aussiedlerhof kam, doch auch hier kam sie nicht zum Zuge. Lauer kannte den Weg. Zwei Neuigkeiten konnte sie dennoch loswerden. Der erste Hinweis war für den Gang der Ermittlungen irrelevant. Frau Werner lobte die Spargel des Obst- und Gemüsehofes in den höchsten Tönen. In der Spargelzeit kaufe sie nur hier ein. Die war leider längst schon vorbei. Der zweite Hinweis konnte von Bedeutung sein. Mateusz Gorcyzka war in Polen verheiratet und hatte drei Kinder.

»Informieren Sie die Angehörigen«, sagte Lauer, obwohl ihm nicht klar war, wie dies funktionierte, Angehörige in Polen zu benachrichtigen.

»Alles schon in die Wege geleitet«, sagte Frau Werner.

Nach dem Essen war Lauer so gesättigt, dass er sich noch ein Kirschwasser zur Verdauung bestellte. Jetzt einen kleinen Mittagsschlaf, dachte er.

Er fand den Heinrich-Lanz-Weg auf Anhieb. Und auch der Obst- und Gemüsehof war nicht zu verfehlen. Er fuhr durch das geöffnete schmiedeeiserne Tor und wollte vor dem Wohnhaus parken, als sich ihm eine Frau in Kittelschürze und Gummistiefeln entgegenstellte.

»Montagnachmittag geschlossen, das steht doch auf dem Schild.«

Lauer schaltete die Zündung aus und stieg aus. Die Hitze drückte ihn fast zu Boden. 36 Grad Außentemperatur hatte das Thermometer im Auto angezeigt. Da die Klimaanlage auf Hochtouren lief, war es im Inneren des Autos durchaus auszuhalten. Und dass es draußen tropisch heiß war, vergaß Lauer immer ziemlich schnell. Lauer zeigte der Bäuerin seinen Ausweis. Die wurde kleinlauter.

»Unsere polnischen Erntehelfer, deswegen sind Sie doch hier, die sind alle ordentlich angemeldet. Da nimmt es mein Mann sehr genau.«

»Keine Angst, Frau ...«, sagte Lauer.

»Kleinert, ich bin die Ruth Kleinert«, ergänzte die Bäuerin.

»Also, Frau Kleinert, ich komme zwar wegen eines polnischen Erntehelfers, aber ich bin nicht vom Dezernat für illegale Beschäftigungen. Lauer ist mein Name, Kriminalhauptkommissar, Leiter des Dezernats 11, Tötungsdelikte. Oder, wie es im Volksmund heißt, ich komme von der Mordkommission.«

»Mein Gott! Was ist mit Mateusz? Warten Sie, ich hole meinen Mann.«

In der Küche der Kleinerts waren die Rollläden fast ganz heruntergelassen, es war ziemlich duster, aber die Hitze war ausgesperrt geblieben. Hier konnte man es aushalten. Vor Lauer stand ein Schoppenglas mit Apfelwein, herrlich kalt, wie er schon gemerkt hatte, und naturtrüb, weil ungefiltert, wie Bauer Kleinert betonte.

»Mateusz ist heute Morgen nicht zur Arbeit gekommen. Und das ist noch nie passiert«, sagte der Bauer und goss Lauer nach.

»Jetzt sagen Sie schon, was passiert ist«, drängte die Bäuerin. »Mateusz wird doch nichts mit der Sache auf der Wallstadter Straße zu tun haben. Wir haben die Polizei gesehen, als wir auf dem Feld waren.«

»Mateusz Gorcyzka ist tot«, sagte Lauer und stellte sein Glas zurück auf den Tisch, ohne getrunken zu haben. »Er wurde ermordet, heute gegen Morgen. Zwei Schuljungen haben ihn in seinem Auto gefunden.«

»Wie ist er gestorben?«, fragte der Bauer.

»Ich weiß gar nicht, ob ich Ihnen das sagen darf, aber morgen steht es sowieso in der Zeitung. Er wurde erschossen.«

»Das ist nicht möglich, Herr Kommissar!«

Die Bäuerin griff nach Lauers Arm. Sie konnte zupacken. Alle Achtung, dachte Lauer.

»Mateusz war eine Seele von Mensch. Der war lieb und freundlich und hat jedem geholfen. Der hat den ganzen Tag gelacht. Der konnte niemandem etwas zuleide tun.«

Frau Kleinert hatte Tränen in den Augen.

»Keine krummen Dinger?«, fragte Lauer vorsichtig.

»Ich weiß, worauf Sie anspielen, Herr Kommissar. Damit liegen Sie vollkommen falsch. Sicher gibt es auch bei den Polen schwarze Schafe, so wie es bei den Deutschen welche gibt. Mateusz war schwer in Ordnung. Für ihn hätte ich meine Hand ins Feuer gelegt«, sagte Wolfgang Kleinert.

»Was jetzt nicht mehr nötig und möglich ist«, sagte Lauer und befreite sich aus dem Schraubstockgriff der Bäuerin. Er nahm einen tiefen Schluck.

»Der Tote wurde noch nicht offiziell identifiziert. Und Angehörige dürften ja auch so schnell nicht greifbar sein. Vielleicht können Sie uns da helfen. Nach dem jetzigen Stand der Ermittlungen sind wir jedoch sicher, dass es sich bei dem Toten um Mateusz Gorcyzka handelt. Das Opfer trug seinen Pass bei sich.«

»Wir kommen vorbei und machen das. Sie müssen uns nur sagen, wohin wir gehen sollen«, sagte der Mann und drückte die Hand seiner Frau, die immer noch weinte.

»Die arme Petra, wenn die das erfährt.«

Lauer zog seinen einfachen Spiralblock heraus.

»Petra? Seine Frau in ...«

Er brach irritiert ab. Seit wann war Petra ein polnischer Mädchenname?

»Petra ist seine Freundin aus Ilvesheim. Die beiden wollten im Herbst heiraten.«

Lauer brauchte noch einen kräftigen Schluck. Bauer Kleinert schenkte ein weiteres Mal nach.

»Das geht mir zu schnell. Alles der Reihe nach. Meines Wissens war Herr Gorcyzka in Polen verheiratet und hatte drei Kinder.«

Lauer erfuhr, dass Mateusz schon lange von seiner Frau getrennt lebte, dass er sich letzten Winter in Petra Sievers, eine Freundin der Kleinerts, verliebt hatte. Dass Petra schwanger war. Dass Mateusz vorgehabt hatte, in zwei Wochen nach Polen zu fahren. Dass eine Scheidung in Polen immer noch nicht so einfach sei. Dass der Scheidungstermin jedoch schon feststand. Nach insgesamt drei geleerten Schoppengläsern, mit der Adresse von Petra Sievers auf seinem Block und der Versicherung, Beamte, die die Arbeitskollegen des Polen vernehmen sollten, vorbeizuschicken, gab Lauer sich Mühe, auf dem Weg zu seinem Wagen keine Schwäche zu zeigen.

»Der Mateusz war grundehrlich«, rief ihm Bauer Kleinert hinterher. »Wirklich! Der hat noch nie ein krummes Ding gedreht. Der hätte nicht einmal im Traum daran gedacht, etwas Verbotenes zu tun.«

Lauer schlug die Augen auf. Er schaute auf die Uhr. Viertel nach acht. Ihm fehlten einige Stunden. Er saß in seinem Auto, der Nacken schmerzte ihn, eine Folge seiner unnatürlichen Schlafhaltung. Der Fabia stand auf dem Parkplatz vor dem Ilvesheimer Hallenbad. Petra Sievers. Wohnhaft in Ilvesheim in der Weinheimer Straße. Die Frau, die schwanger war. Von Mateusz schwanger. Der am frühen Morgen auf dem Weg nach Ilvesheim erschossen worden war.

Nach dem Besuch beim Obst- und Gemüsehof Kleinert hatte Lauer im Polizeipräsidium angerufen und Frau Werner beauftragt, dafür zu sorgen, dass zwei Beamte auf den Hof geschickt wurden, um dort alle Erntehelfer zu verhören. Danach war Lauer in die Weinheimer Straße zu Petra Sievers gefahren.

Lauer liebte durchaus seinen Beruf. Er war gerne bei der Kripo. Wenn er ehrlich war, konnte er sich keinen schöneren Beruf vorstellen. Diese Momente, wenn er Angehörigen die Todesnachricht überbringen musste, diese Momente hasste er. Die Frau, 34 Jahre alt, geschieden, keine Kinder. Eine unscheinbare, zierliche, etwas herbe Frau, glattes braunes Haar, die Nase etwas zu lang. Eine Frau, die man leicht übersah. Mit verweinten Augen stand sie vor Lauer, der sie vom ersten Moment an sympathisch fand. Petra Sievers war bemüht, die Fassung zu bewahren.

»Was erzählen Sie mir da? Es ist manches schiefgelaufen in meinem Leben. Seit ich Mateusz kenne, ist alles anders. Mateusz! Was Besseres hätte mir nicht passieren können. Wir werden heiraten. Gleich wenn Mateusz geschieden ist.«

Hat sie mich nicht verstanden?, fragte sich Lauer.

»Frau Sievers, Herr Gorcyzka ist tot.«

»Der Scheidungstermin steht fest. In ein paar Wochen ist Mateusz frei. Alles wird gut.«

Und nach einer Pause: »Was erzählen Sie da? Sie wollen mir nur Angst einjagen.«

Und nach einer weiteren Pause: »Ich habe gewusst, dass etwas Schlimmes passiert sein musste. Es ist noch nie vorgekommen, dass Mateusz über Nacht nicht gekommen ist. Ich habe die ganze Zeit geweint, und als ich heute Mittag erfahren habe, dass er nicht zur Arbeit erschienen ist ...«

Die Frau schüttelte den Kopf.

»Mateusz soll tot sein? Sagen Sie das nicht! Seien Sie ruhig!«

Und als Lauer nicht reagierte: »Nein, nein, nein.«

Wie in Trance war Lauer aus dem Haus gestolpert. Als er im Auto saß, klingelte sein Handy. Frau Werner teilte ihm mit, dass die Erntehelfer auf dem Obst- und Gemüsehof erst morgen verhört werden konnten. Auf die Schnelle war es nicht gelungen, einen polnischen Dolmetscher aufzutreiben. Lauer startete den Motor, bog in die Wachenheimer Straße ab und traf auf die Heddesheimer Straße. Vor ihm tauchten die Neckarhalle und das Ilvesheimer Hallenbad auf. Er sah den großen, fast leeren Parkplatz, sah die schattigen Parkplätze, wusste, was zu tun war.

Jetzt war es Viertel nach acht. Jetzt war die größte Hitze vorbei. Petra Sievers. Mateusz Gorcyzka. Sollte er nach Hause fahren in seine stickige Wohnung auf der Rheinau? Julian Meißner. Seine Frau, die wieder schwanger war. Komplikationen in der Schwangerschaft? Zum Schlösschen in Seckenheim am Neckarufer war es nur ein Katzensprung. Der Biergarten mit Blick auf den Neckar. Lauer hatte sich ein Weizenbier verdient. Was war mit Meißner?

Dienstag, 17. Juli 2007

Drei

Er war mitten in der Nacht aufgewacht. Schweißgebadet. Er hatte geträumt. Den Traum, den er immer träumte. Und er konnte nicht wieder einschlafen. Wälzte sich hin und her. Sah diese Person vor sich liegen.

Auf dem weißen Sofa. In dieser unnatürlichen Haltung. Er sah sie vor sich, wie sie ihm die Tür geöffnet hatte. Wie sie ihm Tee angeboten hatte. Wie sie mit ihm geplaudert hatte. Wie sie ihn ausgehorcht hatte. Wie sie ihn in die Enge getrieben hatte. Wie sie sich ahnungslos vor ihn hingekniet hatte. Wie sie ..., nein, das wollte er nicht sehen. Er fuhr sich über die Augen, schüttelte den Kopf, stand auf, zog den Rollladen hoch. Es dämmerte bereits.

Er sah seine Mutter vor sich. Seine richtige Mutter. Mit weit aufgerissenen Augen. Wie sie ihn angestarrt hatte, sprachlos zuerst. Wie sie gewimmert hatte.

»Nein, nein, nein.«

Immer wieder. Wie sie ihn in den Arm genommen hatte. Wie sie auf ihn eingeredet hatte.

»Was hast du nur getan? Du konntest ja nicht wissen. Alles wird gut. Das hast du für mich getan. Nur für mich. Dich trifft keine Schuld. Du konntest ja nicht wissen.«

Wie sie gezittert hatte.

Er ging zum Briefkasten, aber für die Zeitung war es noch zu früh. Er kippte Wasser in die Kaffeemaschine, suchte eine Filtertüte und löffelte Kaffeepulver hinein. Er setzte sich an den Küchentisch und wartete auf den Kaffeeduft, der in wenigen Minuten das Zimmer erfüllen würde. Letzten Samstag. Der Besuch bei seiner Mutter. Bei Kaffee und Kuchen war sie ganz klar gewesen. Dass sie ihn zwischendurch nicht erkennt, das ist normal. Dann war der Besuch eskaliert.

»Trink deinen Kaffee aus, los, los«, fährt seine Mutter ihn an, als die Schwester weg ist.

»Es ist besser, du gehst.«

So hat sie noch nie mit ihm geredet.

»Und unterstehe dich und sage noch ein einziges Mal Mutter zu mir.«

»Aber, Mutter ...«

»Hast du mich nicht verstanden? Ich bin nicht deine Mutter. Das weißt du!«

So hat sie noch nie mit ihm geredet.

Er holte einen Becher und goss sich Kaffee ein. Er warf ein Stück Zucker hinein und rührte um.

»Ich bin nicht deine Mutter. Das weißt du!«
Natürlich wusste er es. Aber für ihn war sie trotzdem seine Mutter. Er überlegte kurz, nahm dann ein weiteres Stück Zucker. Warum nicht? Er rührte lange um. Dann ging er nach draußen. Der Rhein-Neckar-Anzeiger lag jetzt im Briefkasten. Er blätterte die Zeitung im Stehen hastig durch. Wieder in der Wohnung schenkte er sich Kaffee nach und nahm sich die Zeitung zum zweiten Mal vor. Dieses Mal nahm er sich Zeit, nicht so hektisch wie vorhin. Er las jeden Artikel an, bis er auch wirklich sicher war. Er fand nichts von dieser Person. Kein einziges Wort.

Vier

Als Lauer im dritten Obergeschoss des Polizeipräsidiums ankam, war sein T-Shirt klatschnass. Er hatte schlecht geschlafen, wirr geträumt, ohne sich an einen Traum erinnern zu können. Die Luft in seinem Schlafzimmer war zum Schneiden gewesen. Stickig, abgestanden, nicht die Spur eines Luftzuges, obwohl das Fenster die ganze Nacht über weit geöffnet gewesen war. Am Abend hatte er wieder Besuch bekommen. Wie jeden Abend in der letzten Zeit. Er musste sich nur auf seinem Balkon niederlassen, da tauchte der schwarz-weiße Kater auch schon auf. Lauer hatte sich inzwischen darauf eingestellt. Gestern hatte es ein kleingeschnittenes Wiener Würstchen gegeben, das der Kater mit Heißhunger hinuntergeschlungen hatte. Lauer hatte mitten in der Nacht kalt geduscht, das hatte er noch nie gemacht, und sich erfrischt gefühlt, zumindest für fünf Minuten.

Kurz vor acht war er im Büro. Schon im Flur hörte er Fritz Wunderlich.

»Ich hab kein Geld, bin vogelfrei.«

»Der Bettelstudent« von Carl Millöcker. Aufnahme mit dem Münchner Rundfunkorchester, im Oktober 1957 eingespielt, aber da war Lauer sich nicht ganz sicher. Er war überrascht, dass Frau Werner schon da war. Vor halb neun kam sie sonst nie. Sie hatte auch schlecht geschlafen und klagte über die Hitzewelle.

»Hundstage, richtige Hundstage«, sagte sie. »Obwohl die offiziell erst am 23. Juli anfangen.«

Dann deutete sie in sein Büro. Lauer wunderte sich über Frau Werner, wieder einmal. Was sie alles wusste!

»Eine Frau wartet auf Sie, Chef.«

»Kennen Sie sie?«

»Nein, sie hat sich als Frau Geerdt vorgestellt.«

»Kenne ich nicht«, sagte Lauer. »Und was will sie?«

»Hat sie mir nicht verraten. Nur, dass sie Sie sprechen will.«

Die Hand auf der Türklinke hielt Lauer inne.

»Was von Meißner gehört?«

»Seine Frau ist im Krankenhaus. Die Kinder ...«

Das Fax sprang an.

»So retten wir halt Polen.«

Lauer schaute Frau Werner an.

»Schauen Sie mich nicht so an. So heißt die letzte Zeile in dem Lied. Dafür kann ich doch nichts.«

Sie reichte Lauer das Blatt. Es war von Dr. Adelmann handschriftlich verfasst in einer winzigen, kaum lesbaren Schrift.

»Hallo, Leo«, las der Kommissar. »War fleißig. Pole bis auf einen Leistenbruch kerngesund.«

Der gute Friedrich vergisst das Loch in der Schläfe des Polen, aber das war ja nur winzig, dachte Lauer.

»Der erste Schuss, der in die Schläfe, war bereits tödlich. Zwei weitere Einschüsse, einer in die Schulter, der andere in die Brust, aber da war er schon tot, als die ihn trafen. Techniker haben drei weitere Einschüsse gefunden, einmal Armaturenbrett, zweimal Beifahrersitz. Magazin leer geballert. Übrigens Kaliber neun, Näheres von der Spurensicherung. Unser Mörder ist ein kleiner Wutbolzen, anscheinend.

Nun zum Todeszeitpunkt:

- leichte fühlbare Abkühlung an bedeckt gewesenen Körperteilen,
- Rektaltemperatur: 31 Grad,
- Konfluenz der Todesflecken, unter Fingerkuppendruck noch vollständig wegdrückbar,
- Todesstarre noch nicht vollständig ausgebildet, nach Brechen erneutes Auftreten,
- Auslösung einer idiomuskulären Wulst möglich,
- Pupillenreaktion durch Atropingabe positiv.

Also wurde der Pole ungefähr um Viertel vor fünf erschossen, plus minus zehn Minuten.

Und noch etwas: Speichelspuren im Gesicht, an der Nase und am Backen. Es könnte sein, dass der Täter sein Opfer angespuckt hat. Wutbolzen, aber das sagte ich bereits.

Gruß

Friedrich!«

Warum setzte Adelmann bei seinen Berichten immer ein Ausrufezeichen hinter seinen Namen? Lauer nahm sich vor, ihn bei Gelegenheit zu fragen.

»Sagen Sie dem guten Doktor mal, er soll seine Diagnosen mit dem Computer tippen«, sagte Frau Werner.

»Was glauben Sie, wie oft ich das schon gesagt habe?«

»Ein kleiner Wutbolzen«, sagte Lauer mehr zu sich selbst und betrat sein Büro.

»Hallo, Leo«, wurde er begrüßt.

Mateusz Gorcyzka in seinem weißen Kadett, das Loch in der Schläfe, die feine Blutspur, die festgetrocknete Spucke auf der Backe, alles verschwamm vor Lauer. Vor ihm stand eine Frau mit kurzen braunen Haaren, zierlich und schlank, sie sah geschafft aus, so als habe sie schlecht geschlafen. Ihre Augen waren verweint. Sie hatte sich kaum verändert in all den Jahren. Sie lächelte und Lauer fand sie noch genauso attraktiv wie früher.

»Sybille.«

Die Frau strahlte ihn mit ihren verweinten Augen an.

»Ich glaub's nicht, Sybille Krämer.«

»Krämer, das war einmal. Vor meiner Heirat. Sybille Geerdt jetzt übrigens.«

Lauer nahm die Frau in die Arme und ließ sie nicht wieder los.

»Jetzt mach mal halblang. Jahrelang wolltest du nichts von mir wissen.«

Frau Werner stand in der Tür und räusperte sich.

»Der Kaffee.«

Lauer ließ die Frau los und deutete auf den Stuhl vor seinem Schreibtisch.

»Setz dich, Sybille. Danke, Frau Werner, stellen Sie das Tablett bitte auf den Tisch. Wir bedienen uns.«

Lauer wartete, bis Frau Werner das Zimmer verlassen hatte, dann goss er seiner Besucherin Kaffee aus der Glaskanne ein.

»Danke, Leo. Ohne Milch und Zucker, bitte.«

»Das habe ich nicht vergessen. Wie lange, Sybille, haben wir uns eigentlich nicht gesehen?«

»Das müssen mehr als fünfzehn Jahre sein«, sagte die Frau. »Fabian war dreizehn, als er anfing, dich alleine zu besuchen. Und vorher war er der einzige Grund gewesen, warum wir uns noch gesehen haben.«

»Fünfzehn Jahre, nicht zu glauben«, sagte Lauer. »Gut siehst du aus«, fügte er hinzu, war sich aber sofort darüber im Klaren, dass seine Aussage reichlich floskelhaft daherkam.

»Für dein Alter, fehlt noch. Du bist auch nicht jünger geworden, Leo.«

Lauer goss Kaffee nach.

»Warum hat das mit uns nicht geklappt?«

»Das müsste ich dich fragen, du wolltest deine Freiheit, hast mich mit dem Kind sitzen lassen.«

»Aber davon wusste ich doch nichts. Warum hast du mir damals nichts gesagt?«

»Hätte das etwas geändert? Wärst du dann aus Mitleid bei mir geblieben? Danke, kein Bedarf! Im Übrigen dachte ich, das Thema sei bei uns inzwischen durch, zumal wir uns ja mehr als einmal darüber gestritten haben, nachdem du erfahren hattest, dass Fabian dein Sohn ist.«

»Wir waren doch noch so jung, Sybille. Du darfst das nicht zu eng sehen.«

Lauer überfiel plötzlich die Angst, dass das Treffen mit seiner ehemaligen Freundin und Mutter seines Sohnes Fabian zur reinen Nostalgieveranstaltung verkommen könnte.

»Du bist sicher nicht zu mir ins Büro gekommen, um über die guten alten Zeiten zu plaudern«, versuchte er, dem Gespräch eine andere Wendung zu geben.

»Ich weiß nicht mehr ein noch aus«, sagte Sybille Geerdt. Eine Träne lief ihr über die Backe. Lauer fühlte sich unwohl, wusste nicht, ob er ihr ein Taschentuch geben sollte, dachte an sein überdimensioniertes Stofftaschentuch, wusste nicht, was ihn im weiteren Verlauf des Gespräches noch alles erwartete.

»Mein Sohn ist verschwunden!«

»Was, Fabian?«

Sie weinte.

»Es geht nicht um Fabian. Pascal ist verschwunden, mein kleiner Sohn, neun Jahre alt. Ich habe Angst, dass Pascal entführt wurde.«

»Wie kommst du drauf, dass dein Sohn entführt wurde? Es kann doch alles Mögliche passiert sein.«

Wortlos holte Sybille Geerdt einen Zettel aus ihrer Handtasche und legte ihn vor Lauer hin.

»Der lag gestern Abend in meinem Briefkasten.«

Ein Computerausdruck, Tintenstrahldrucker, sah Lauer sofort, denn an mehreren Stellen waren die Buchstaben verwischt.

»Pascal geht es gut! Keine Polizei, sonst sehen Sie Ihren Sohn nicht wieder.«

Lauer griff zum Telefonhörer.

»Das Schreiben leite ich sofort an die Kriminaltechnik weiter. Zwar unwahrscheinlich, aber vielleicht finden sich doch noch Spuren.«

»Kommt nicht in Frage«, sagte die Frau, die vor ihm saß. »Keine Anzeige. Auf keinen Fall.«

Lauer war überrascht von der erregten Reaktion der Frau, die ihm gegenübersaß.

»Gut, darüber reden wir später nochmal. Erzähl erst mal, was genau passiert ist«, versuchte er, die Wogen zu glätten.

»Gestern Nachmittag sollte Fabian ihn um sechs vom

Fechten abholen. Die beiden sind nicht zu Hause angekommen.«

Also geht es doch um Fabian, dachte Lauer.

»Weißt du, ob Fabian ihn überhaupt abgeholt hat?«

»Gesehen wurde er im Fechtstudio nicht. Das war auch nicht üblich. Fabian wartete immer draußen im Auto.«

»Hast du mit dem Trainer gesprochen?«

»Klar. Ich bin sogar gestern Abend um zehn zu ihm nach Hause gefahren. Pascal hat sich verabschiedet, wie immer, er war ganz normal. Nichts Auffallendes. Alles wie immer.«

Frau Werner erschien in der Tür und hielt eine Hand ans Ohr. Anscheinend ein Anruf. Lauer schüttelte den Kopf.

»Ich möchte jetzt unter keinen Umständen gestört werden«, sagte er zu der Sekretärin, die die Tür geräuschvoll hinter sich schloss.

»Was sagt dein Mann dazu?«

Sybille Geerdt sah ihn an, als wäre er ein Wesen von einem anderen Stern, das eine vollkommen unverständliche Frage an sie gerichtet hatte.

»Mein Mann? Rudolf ist letzten Dezember verstorben.«

»Entschuldigung. Das wusste ich nicht. Tut mir leid.«

»Herzinfarkt! Ohne Vorzeichen. Ohne irgendwelche Beschwerden. Es kam ganz überraschend. Trotzdem habe ich das weggesteckt. Es geht mir wieder gut. Finanziell bin ich abgesichert. Mein Mann hatte gut vorgesorgt. Rente, Lebensversicherung. Und der Verkauf des Geschäftes hat auch einiges eingebracht. Du wirst es nicht glauben, ich bin jetzt eine richtig gute Partie. Alles in Ordnung. Bis gestern Abend.«

Der kleine Pascal. Lauer kannte den Jungen nicht. Er wusste nur von Fabian, dass der einen Bruder hatte. Sybille hatte den Elektromeister Rudolf Geerdt geheiratet, als Fabian schon fünfzehn war. Deshalb hatte er auch den Namen seiner Mutter behalten. Fabian Krämer. Bis zur Heirat mit Geerdt hatte sie Fabian allein großgezogen. Lauer bezahlte Unterhalt für seinen Sohn, Sybille hatte es abgelehnt, Geld für sich von ihm zu nehmen. Der kleine Pascal, neun Jahre alt. Seit gestern Abend verschwunden.

»Was sagt Fabian dazu?«

»Der ist wie vom Erdboden verschluckt. Sein Handy ist ausgeschaltet. In seiner Wohnung am Luisenring ist er nicht anzutreffen. Keiner seiner Freunde weiß was. Unsere Beziehung ist in den letzten Tagen ziemlich abgekühlt. Vor zwei Tagen gab es einen Riesenstreit. Ich will dich nicht beunruhigen, aber Fabian hat sein Studium geschmissen.«

Lauer erzählte von dem Telefongespräch mit seinem Sohn, von den Geldforderungen, von seiner Ankündigung, die Zahlungen an Fabian sofort und komplett einzustellen. Sybille Geerdt schlug die Hände vor das Gesicht. Lauer legte seinen Arm um ihre Schultern. Sie lehnte sich an ihn und Lauer spürte ein Gefühl der Ruhe, das in ihm hochkroch und ihn all die Probleme der letzten Tage vergessen ließ. Die Frau in seinem Arm kam ihm vertraut vor und er fragte sich, wie es möglich gewesen war, dass er die letzten Jahre, immerhin fast dreißig, ohne sie hatte leben können. Sybille Geerdt beruhigte sich wieder und Lauer erfuhr, dass Fabian mit seiner Mutter eine ähnliche Auseinandersetzung gehabt hatte. Sonntagnachmittag. Gleicher Ausgang. Androhung der Streichung sämtlicher Unterstützung, falls Fabian seine Pläne mit der Journalistenschule nicht aufgab und umgehend sein Studium wieder aufnahm.

»Also steht Fabian seit gestern vollkommen mittellos da. Er braucht Geld!«

»Lauer, was willst du damit sagen? Du glaubst doch nicht ...«

Sie legte die Hand vor den Mund. Wieder klopfte es und Frau Werner streckte den Kopf zur Tür herein.

»Der Polizeipräsident ...«

»Ich will nicht gestört werden, verdammt noch mal, nicht mal vom Papst. Bitte!«

Frau Werners Kopf verschwand. Die Tür wurde leise geschlossen.

»Ich will überhaupt nichts andeuten, Sybille. Es ist eine Tatsache, dass ich bei der Polizei arbeite. Und als Polizist muss ich alles hinterfragen, darf ich keine Möglichkeit außer Acht lassen.«

»Aber Fabian wird doch nicht seinen eigenen Bruder …«

»Niemand hat das behauptet oder auch nur unterstellt«, unterbrach Lauer die Frau, die von ihrem Stuhl aufgesprungen war. Wie sie so zwischen Verzweiflung und Wut vor ihm stand, fand er sie noch anziehender.

»Warum, Sybille, hat das damals nicht mit uns beiden geklappt?«

»Nein!«, schrie sie jetzt los. »Was geht in dir vor? Mein Sohn ist verschwunden. Ich bin am Durchdrehen vor Angst. Und du willst über eine Beziehung reden, die fast dreißig Jahre zurückliegt.«

Lauer ärgerte sich über sich selbst. Er ließ sich von seinen innersten Gefühlen leiten, er verhielt sich absolut unprofessionell.

»Ich hole uns noch einen Kaffee«, sagte er, griff nach der leeren Kanne und verließ das Zimmer.

»Endlich«, empfing ihn Frau Werner. »Unser aller Chef, Polizeipräsident Dr. Faulhaber, möchte Sie sprechen. Dringend. Absolut dringend! Er ruft alle fünf Minuten hier an. Er ist kurz vor dem Herzinfarkt.«

Lauer hatte in den Jahren seiner Arbeit bei der Kripo in Mannheim gelernt, mit seinem Vorgesetzten umzugehen. Ruhig goss er sich Kaffee nach.

»Halten Sie den alten Choleriker noch ein klein wenig hin, Frau Werner, Sie schaffen das!«

Zurück in seinem Büro fasste Lauer den Stand zusammen, routiniert, distanziert. Pascal sollte um 18 Uhr von seinem großen Bruder Fabian vom Fechttraining abgeholt werden. Pascal verabschiedet sich von seinem Trainer und geht. Mit dem Verlassen der Fechtschule in den U-Quadraten verliert sich die Spur. Lauer schrieb sich die Adresse der Fechtschule, den Namen und die Telefonnummer des Fechtlehrers auf.

Mit Fabian kann Sybille keinen Kontakt aufnehmen. Sie weiß nicht, wo er sich befindet. Sie ruft bei Pascals Freunden an, bei Verwandten, bei Lehrern, bei allen möglichen Leuten, besucht den Fechtlehrer zu Hause, überall Fehlanzeige. Pascal ist verschwunden. Sie fährt die Strecke vom Fechtstudio in den U-Quadraten auf den Almenhof zu ihrer Wohnung zweimal ab. Sie sucht Spielplätze auf, auf denen Pascal gespielt hat, sie ist auf der Reißinsel unterwegs, weil er die liebt, sie geht zum Grab ihres Mannes auf dem Friedhof in Neckarau. Überall ohne Erfolg. Pascal bleibt verschwunden.

»Hat sich irgendjemand bei dir gemeldet? Hat jemand angerufen?«

»Niemand hat angerufen«, sagte sie.

»Irgendeine Nachricht auf dem Anrufbeantworter?«

»Den habe ich in der Hektik noch nicht abgehört.«

Lauer fand es eher unüblich, dass ein etwaiger Erpresser sich auf dem Anrufbeantworter melden würde, aber sie mussten alle Möglichkeiten in Betracht ziehen.

»Ich weiß, das hätte ich machen sollen. Ich hätte mich auch schon gestern Abend bei dir melden müssen. Aber ich stand völlig neben mir. Ich bin kopflos durch die Gegend gefahren, die halbe Nacht.«

»Gut, ich werde Patrick sofort zur Fahndung ausschreiben.«

»Mein Sohn heißt Pascal! Nein! Auf keinen Fall!«, sagte Sybille Geerdt. »Ich darf meinen Sohn nicht in Gefahr bringen. Ich bitte dich nur um einen Gefallen. Verstehst du das? Bring mir meinen Sohn gesund zurück. Und bitte keine Polizei! Auf keinen Fall!«

»Aber ich bin die Polizei!«

»Nein, Leo, in diesem Fall bist du der Vater von Fabian. Einmal im Leben kannst du mir doch einen Gefallen tun! Wenigstens das bist du mir schuldig!«

Aus diesem Blickwinkel hatte er die Angelegenheit bisher noch nicht gesehen. Er sah ein, dass Sybille sich nicht umstimmen ließ.

»Okay, ich ermittle unter der Hand. Falls sich der Erpresser wieder meldet und seine Forderungen stellt, dann müssen wir aktiv werden. Vielleicht ist alles ja nur ein Dummer-Jungen-Streich.«

»Ganz bestimmt nicht, Leo. So was hat Pascal noch nie gemacht. Er hat noch nie woanders übernachtet. Nicht einmal bei seinem besten Freund. Auch nicht bei seinem Bruder.«

Lauer hatte bei seinem Ausspruch nicht unbedingt an Pascal gedacht. Er hielt es in der stickigen Luft seines Büros nicht mehr aus und riss das Fenster auf. Die Luft, die ins Zimmer strömte, brachte keine Abkühlung. Im Gegenteil. Hundstage! Frau Werner hatte Recht. Die Sonne brannte vom Himmel. Die Vögel im Schatten der Bäume vor dem Polizeipräsidium in der Bismarckstraße schwiegen.

»Du gehst nach Hause, bleibst dort, unbedingt, du musst da sein, falls ein Erpresser anruft. Ruh dich aus. Und wenn es was Neues gibt, meldest du dich.«

Lauer gab Sybille seine Handynummer und die Nummer von Frau Werner. Dann brachte er sie zur Tür. Sie hatte fast schon das ganze Zimmer von Frau Werner durchquert, als sie sich umdrehte und zurückkam.

»Danke, Leo«, sagte sie und drückte ihm einen Kuss auf die Backe. Lauer wollte zurück an seinen Schreibtisch, viele Gedanken gingen ihm durch den Kopf. Frau Werner holte ihn unsanft in die Wirklichkeit zurück.

»Unser aller Polizeipräsident erwartet Sie, dalli, dalli«, sagte sie. »Damit Sie mich nicht falsch verstehen, dalli, dalli, das waren die Worte des Polizeipräsidenten.«

Lauer wusste, dass es keine Chance gab, sich dieser Anweisung zu widersetzen.

»Eine nette Frau«, rief seine Sekretärin ihm nach. »Und Sie beide passen so wunderbar zusammen.«

»Dalli, dalli«, äffte Lauer Frau Werner nach. »Was Neues von Meißner?«, fragte er, als er sich auf den Weg zum Polizeipräsidenten machte.

»Heute kommt er nicht mehr. Hat niemanden für die Kinder gefunden«, bekam er zur Antwort.

»Gerade jetzt, wo so viel los ist«, brummte Lauer und ließ die Tür eine Spur zu laut zufallen. Sybille. Der Computerausdruck, den sie ihm gezeigt hatte. Ist sie offen und ehrlich zu mir, fragte sich Lauer, als er zum Büro des Präsidenten unterwegs war.

»Da sind Sie ja endlich«, empfing ihn der Mannheimer Polizeipräsident.

Lauer, obwohl er schon oft im Büro des Polizeipräsidenten gewesen war, war jedes Mal aufs Neue beeindruckt von dem geräumigen Zimmer mit der reich verzierten Stuckdecke und der alten Spiegelwand. Der Polizeipräsident war im Turmzimmer mit einer runden Wand untergebracht. Kurfürstlich, dachte Lauer. Was für ein Gegensatz zu den engen Sachbearbeiter-Büros im dritten Stock mit ihren niedrigen Decken!

»Meißner muss Kindersitter spielen und ich sitze allein da. Und der Fall mit dem erschossenen Polen ist ganz schön knifflig. Und dann ...«

Gerade noch fiel ihm ein, dass er seinem Vorgesetzten von Pascals Verschwinden nichts erzählen durfte.

»Vielleicht kann Ihnen ja geholfen werden«, sagte Polizeipräsident Faulhaber und zeigte gönnerhaft auf einen freien Ledersessel. Lauer setzte sich und nahm erst jetzt die junge Frau mitten auf dem Zweisitzersofa wirklich wahr. Faulhaber setzte sich hinter seinen Schreibtisch, der abseits von der Sitzgruppe mit drei Ledersesseln und dem Sofa stand. Lauer wusste inzwischen, dass es eine Marotte seines Vorgesetzten war, sich bei Gesprächen in seinem Büro abzusondern. Über die Motive wurde im ›Mutterhaus‹ viel spekuliert. Die am meisten verbreitete Meinung war, dass Faulhaber sich distanziere, um den Eindruck zu erwecken, er stehe über den Dingen, er sei ein unabhängiger Schiedsrichter. Lauer weigerte sich, darüber nachzudenken. Er hatte seine feste Meinung, er fand das Verhalten des Polizeipräsidenten schlicht und einfach arrogant. Basta. Punkt. Aus. Schluss.

»Unser Gockel«, sagte Lauer des Öfteren zu Frau Werner, wenn er mit ihr allein im Zimmer war.

»Darf ich Ihnen unser Fräulein Dobler vorstellen.«

Lauer stand außer Verdacht, feministische Anwandlungen zu haben, aber Fräulein kam ihm reichlich antiquiert vor. Die letzte Frau, die auf dem Fräulein bestanden hatte, war Fräulein Gemmeke gewesen, Lauers erste Musiklehrerin auf dem Karl-Friedrich-Gymnasium.

»Fräulein Dobler kommt von der Polizeischule, macht nächstes Jahr ihren Abschluss und wird bei uns ein Praktikum absolvieren, acht Wochen, soweit ich weiß. Frau Dobler hat ein Jahr FH-Studium hinter sich und ist in ihrem Praktikumsjahr.«

Die junge Frau, die, wie Lauer jetzt fand, verloren auf dem Sofa saß, strahlte Lauer unsicher an.

»Fräulein Dobler wird unser Dezernat verstärken.«

Schöne Verstärkung, dachte Lauer. Eine Praktikantin! Laut sagte er: »Willkommen im Team, Frau Dobler!«

Susanne Dobler auf dem Sofa strahlte noch mehr.

»Da werden Sie den Ausfall von Meißner doch eher verschmerzen können.«

Für einen kurzen Augenblick glaubte Lauer, der Polizeipräsident sei jetzt vollends senil geworden.

»Nehmen Sie, lieber Lauer, unser Fräulein Dobler unter Ihre Fittiche.«

»Bin ich vielleicht eine Glucke?«, fragte Lauer und merkte gleich, dass er sich im Ton vergriffen hatte.

»Lauer, jetzt seien Sie doch nicht so humorlos!«

»Entschuldigen Sie, Herr Polizeipräsident, das sollte ein Witz sein. Kein Problem. Wir werden das Kind schon schaukeln.«

Was rede ich da für einen Schwachsinn, dachte Lauer. Was für ein Kind? Frau Dobler, ein Kind? Fräulein Dobler? Ich will mich um keine Praktikantin kümmern. Ich brauche Meißner, verdammt noch mal.

Die junge Frau auf dem Zweisitzersofa, höchstens 25 Jahre alt, schulterlange, braune, glatte Haare, anthrazitfarbenes T-Shirt mit dezentem V-Ausschnitt, weiße Sneakers. Sie könnte meine Tochter sein, dachte Lauer. Locker. Das Telefon auf dem Schreibtisch des Präsidenten, der nach wie vor hinter seinem Schreibtisch thronte, klingelte. Faulhaber nahm den Hörer ab.

»Ja, ja, sicher, der ist hier. Einen Moment. Für Sie, Lauer.«

Leo Lauer nahm den Hörer in Empfang. ›Okay‹ und ›ja‹ waren seine einzigen Worte. Dann legte er auf und stemmte sich aus dem Sessel hoch.

»Mord in der Schimperstraße«, sagte er und ging zur Tür. Die junge Frau blieb auf dem Sofa sitzen. An der Tür drehte er sich um.

»Auf geht's, Frau Dobler. Ihr erster Einsatz bei der Mannheimer Kripo!«

Lauer hatte schon fast das Rundzimmer verlassen, als der Präsident ihm nachrief: »Lauer, Sie wissen, was ich von Ihnen erwarte. So lange unser Kripochef in Urlaub ist, möchte ich von Ihnen in allen wichtigen Vorgängen auf dem Laufenden gehalten werden.«

Fünf

Während der Fahrt in die Neckarstadt hatte Susanne Dobler geredet. Sie hatte sich nach Lauers letztem Toten erkundigt, der unglückliche Pole, hatte nach dem ersten gefragt, aber Lauer wusste nichts darauf zu sagen. Die neue Praktikantin wollte wissen, was er beim Anblick einer Leiche empfand, ob es eine Art Abstumpfung gebe, je mehr Leichen man in Augenschein genommen habe. Und immer wieder hatte sie betont, dass sie, außer ihrem Großvater, noch keinen wirklich richtigen Toten gesehen habe, dass sie aufgeregt sei, dass er sie doch bitte Susanne nennen solle.

»War Ihr Großvater denn nicht wirklich tot, Frau Dobler?«, unterbrach Lauer ihren Redefluss.

Natürlich sei er tot gewesen, aber ihren Großvater habe sie gut gekannt, er sei ihr vertraut gewesen, als Leiche zähle er da nicht, zumal er ja auch eines natürlichen Todes gestorben sei, zum Glück natürlich. Lauer war genervt, antwortete nur einsilbig oder schwieg. Schließlich fuhr er die junge Praktikantin an: »Frau Dobler, Sie sehen doch den Verkehr. Ich muss mich konzentrieren!«

»Sagen Sie doch Susanne zu mir«, ließ die junge Frau nicht locker.

»Von mir aus Susanne, wenn Sie damit glücklich sind. Bis in die Schimperstraße sind Sie jetzt bitte ruhig!«

Lauer sah schon von Weitem den Auflauf vor dem Haus. Er parkte um die Ecke in der Egellstraße, direkt vor dem Biergarten der Osteria Limoni.

»Polizei, lassen Sie uns doch durch!«

Es dauerte einige Zeit, bis Lauer und die Praktikantin es endlich geschafft hatten, sich bis zur Eingangstür der Nummer 13 in der Schimperstraße durchzukämpfen. Das imposante Jugendstilhaus mit gelbem Sandstein und Verzierungen an den Gesimsen stand schräg gegenüber der Osteria

Limoni. Lauer kannte den Italiener. Ab und zu, wenn er Lust auf Fisch hatte, schaute er vorbei. Die Fischgerichte dort hatten es ihm angetan.

»So sieht man sich wieder, Herr Hauptkommissar.«

Polizeiobermeister Frühauf legte die Hand an die Mütze.

»Heute in attraktiver Begleitung, alle Achtung.«

Lauer ignorierte Frühaufs Spruch, während Susanne rot anlief.

»Machen Sie sich auf einiges gefasst. Da drinnen ist es heftig. Zu heftig für die junge Dame, finde ich.«

Lauer fand auch diesen Spruch unangebracht, aber dass es heftig werden würde, da hatte Frühauf wahrscheinlich Recht. Schon im zweiten Stock war es zu riechen. Im dritten war der Geruch merklich stärker geworden. Lauer zog sein kariertes Bundeswehrtaschentuch aus der Tasche und wollte es sich an die Nase drücken. Er sah Susanne von der Seite an und reichte ihr wortlos das Taschentuch, das sie sofort vor Mund und Nase presste. Mit jeder Stufe wurde der Geruch intensiver. Vor der geöffneten Wohnungstür im fünften Stock stand eine junge Streifenkollegin, die Lauer noch nicht kannte. Lauer zeigte seinen Ausweis und stellte die Praktikantin vor. Die Polizistin reichte Lauer und Susanne zwei Atemmasken und winkte sie in die Wohnung. Auch mit der Maske musste Lauer den Impuls unterdrücken, die Wohnung fluchtartig zu verlassen, am liebsten rückwärts, weil er so am wenigsten Zeit verlieren würde. Susannes Augen waren weit aufgerissen. Lauer hob seine Maske leicht an.

»Wenn es Ihnen zu viel wird, Susanne, gehen Sie einfach raus. Das ist keine Mutprobe.«

Unter der Maske glaubte Lauer die Andeutung eines Lächelns zu sehen. Susanne nickte und schüttelte gleich darauf den Kopf.

Im Wohnzimmer vor einem Glastisch mit blutbespritzter Glasplatte lag eine Frau. Auch das weiße Sofa hatte das unregelmäßige rote Muster. Die Frau lag auf dem Bauch. Lauer konnte nicht genau sagen, wie alt die Frau war, bestimmt nicht jung, da ihre Haare, so weit man sie sehen konnte, von grauen Strähnen durchzogen waren. Ihr Schädel klaffte auseinander, eine Masse, bestehend aus getrocknetem Blut und Knochensplittern, quoll heraus. Ein Beamter der Spurensicherung, der gerade an einem Wasserglas auf dem Couchtisch Fingerabdrücke einsammelte, deutete auf den Sessel links neben dem Tisch. Eine kleine Axt mit einem kurzen Griff lag dort. Der Stiel sah alt und grau und reichlich verwittert aus. Der stählerne Keil war rostig und verschmiert. Zumindest entfiel damit vermutlich die Suche nach der Tatwaffe. Dem Mörder sei Dank! Lauer wollte sich gerade an den Kriminaltechniker wenden, als er Susanne ansah. Die junge Praktikantin hielt beide Hände vor den Mund und hatte die gleiche schneeweiße Gesichtsfarbe wie die Atemmaske. Lauer legte ihr den Arm um die Schulter und dirigierte sie in den Flur. Dort kniete sich Susanne Dobler zitternd auf den Boden. Lauer zog sie hoch und führte sie zur Treppe.

»Polizeimeisterin ...«

»Breuers, Ingrid Breuers«, ergänzte die Kollegin.

»Kümmern Sie sich bitte um Frau Dobler. Bringen Sie sie nach unten.«

»Aber Polizeiobermeister Frühauf hat ...«

»Sie sehen doch, in welchem Zustand unsere Kollegin ist.«

Polizeimeisterin Breuers nickte und ging mit Susanne die Treppe hinunter. Am Treppenabsatz zum vierten Stock begegnete sie einem Mann mit einem kleinen Lederkoffer, der laut und falsch vor sich hinpfiff. Mit viel Phantasie glaubte Lauer, ›Yellow Submarine‹ herauszuhören.

»Mensch Leo, diese Woche ist aber die Hölle los. Urlaub ab Freitag, zum Glück!«

Dr. Adelmann, Polizeiarzt vom Institut für Rechts- und Verkehrsmedizin des Universitätsklinikums Heidelberg.

»Du bist spät dran, Friedrich. Sonst komme ich meist nach dir.«

»Hab eigentlich frei heute, war unterwegs zum Stollenwörthweiher. Mal ehrlich, bei dem Gestank kommt es auf fünf Minuten nicht an.«

Lauer musste dem Arzt Recht geben.

»Anscheinend kann der Gestank deiner guten Laune nichts anhaben«, sagte er.

»Langjährige Erfahrung. Tag für Tag. Professionelles Herangehen. Oder total abgestumpft. Such's dir aus, Leo. Ich verstehe nur nicht, dass uns niemand im Haus früher gerufen hat. Bei dem Gestank.«

Lauer verstand das auch nicht, aber er hatte darüber noch nicht nachgedacht. Er informierte erst einmal seinen Kollegen.

»Schädel gespalten mit einem rostigen Beil, muss schon einige Zeit tot sein.«

»Stellst du jetzt neuerdings die Diagnose?«

Dann sah der Arzt die Leiche und sagte gar nichts mehr.

Lauer bekam hinter seinem Atemschutz einen Anfall von Platzangst und riss sich die Maske weg. Er fühlte sich befreit, selbst der Geruch kam ihm nicht mehr so penetrant vor. Der Mensch gewöhnt sich an alles, dachte er, um sich gleich darauf heftig zu widersprechen. Nein, nein, dass ein Mensch dem anderen den Schädel mit einer Axt spaltet, daran kann sich kein Mensch gewöhnen.

Adelmann machte sich an die Arbeit und Lauer schaute sich im Wohnzimmer um. Das Zimmer war alles andere als aufgeräumt. Leere Flaschen, Bier- und Weinflaschen bunt durcheinander, waren über den Boden verstreut. Dazu Pizzakartons mit fettigen Essensresten. Regale bis an die Decke, vollgestopft mit Büchern. Bücher auch auf dem Boden vor den Regalen. Und Zeitungen! Zu Stapeln aufgetürmt auf dem Teppich, neben dem Sofa, vor der Heizung, auf der Kommode am Fenster. Eine aufgeschlagene Zeitung lag auf dem Couchtisch. Lauer zog sich Gummihandschuhe über und griff nach der Zeitung. Der Neckarstädter Bote, ein Werbeblatt, das sich durch Anzeigen finanzierte und hie und da durch einen redaktionellen Beitrag aufgepeppt wurde.

»Wenn Sie hier fertig sind, lassen Sie alle Zeitungen zusammenpacken und in mein Büro bringen«, wies Lauer einen der Beamten der Spurensicherung an.

»Alle, ausnahmslos alle. Haben Sie verstanden?«

Lauer wartete eine Antwort nicht ab und ging in den Flur zurück. Auch neben der Garderobe stapelten sich Zeitungen. Das Bad hingegen war penibel aufgeräumt. Alle kosmetischen Artikel, Cremes, Zahnpasta, Schminkutensilien waren in einem Spiegelschränkchen verstaut. Die Wäschetonne war leer, die Waschmaschine auch. Im Flusensieb in der Badewanne entdeckte Lauer kein einziges Haar. Das Schlafzimmer, das sah Lauer schon vom Flur aus, glich eher dem Zustand des Wohnzimmers. Ein zerwühltes Bett, Wäschestücke, wahrscheinlich gebraucht, über dem Boden verstreut und wieder Zeitungen. Lauer betrat das Schlafzimmer und bemerkte erst jetzt, dass sich jemand an einem Notebook, das neben dem Kleiderschrank auf einem Sekretär stand, zu schaffen machte.

»Sie können doch nicht so einfach an Beweismitteln rumfuhrwerken!«

Susanne Dobler drehte sich um.

»Ich habe die Kollegen von der Kriminaltechnik gefragt, es geht in Ordnung, hier sind sie schon fertig. Ich schaue mich ein wenig um auf dem Notebook. Computerauswertung war an der FH vor dem Praktikum unser Schwerpunkt. Vielleicht finde ich was Brauchbares.«

Lauer brummelte einige unverständliche Laute vor sich hin, machte ein paar Schritte in Richtung Tür, hielt inne, es sah aus, als ob er konzentriert nachdachte. Schließlich trat er neben den Sekretär.

»Das Notebook nehmen natürlich wir mit. Dafür sind Sie verantwortlich, Susanne. Im Präsidium können Sie das

Teil genauer unter die Lupe nehmen. Und ich hoffe es endet nicht in Dilettantismus.«

Bevor Susanne protestieren konnte, war Lauer ganz aus dem Zimmer, doch er kam umgehend wieder zurück.

»Was suchst du überhaupt noch hier?«

»Mir geht es schon wieder gut. Kein Problem.«

Lauer wurde sich bewusst, dass er Susanne Dobler gerade geduzt hatte.

»Entschuldigung«, sagte er. »Das ist mir nur so rausgerutscht.«

Susanne gab ihm sein überdimensioniertes Stofftaschentuch zurück.

»Das brauche ich jetzt nicht mehr.«

Lauer wollte das Tuch einstecken, überlegte es sich jedoch anders und wischte sich mit dem Tuch über die Stirn und anschließend über das ganze Gesicht. Als er das Taschentuch in die Hosentasche steckte, fühlte es sich feucht an. Er ging ins Wohnzimmer zurück. Dr. Adelmann hatte noch immer an der Leiche zu tun. Draußen im Flur hörte Lauer einen lautstarken Disput.

»Du weißt genau, was ich dir für Anweisungen gegeben habe.«

»Aber ...«

»Kein Aber! Du verlässt nicht deinen Platz, habe ich dir gesagt. Habe ich mich nicht klar genug ausgedrückt? Das wird Konsequenzen haben. Darauf kannst du dich verlassen!«

Lauer war an die Wohnungstür getreten.

»Höchstens Konsequenzen für Sie, Frühauf, wenn Sie weiter auf Polizeimeisterin Breuers herumhacken! Ich leite hier die Ermittlungen. Die Kollegin hat ausdrücklich auf meine Anweisungen hin gehandelt. Ein Notfall! Haben Sie verstanden?«

»Jawohl!«

»Wissen Sie etwas über die Tote?«

Frühauf blätterte in seinem edlen Moleskine-Block.

»Ach, hier, Magdalena Moormann, 58 Jahre alt, Journalistin, freiberufliche Mitarbeiterin beim Neckarstädter Boten.«

»Sie können wieder nach unten«, sagte Lauer versöhnlich. »Ach, Frühauf, eine Frage noch«, rief er dem Polizisten hinterher. »Warum hat uns niemand aus dem Haus früher informiert? Bei dem Gestank.«

»Gute Frage, Herr Hauptkommissar. Eine Antwort kann ich Ihnen nicht geben.«

Lauer zog seinen Block aus der Tasche und machte sich Notizen. Dr. Adelmann war inzwischen ebenfalls vor die Wohnung getreten.

»Ihr könnt die Leiche abtransportieren«, sagte er zu Lauer.

»Was ist mit den Fotos?«

»Die sind längst im Kasten, Herr Hauptkommissar«, rief Frühauf von unten hoch.

»Okay, Frühauf. Und noch was: Kümmern Sie sich um Polizeimeisterin Breuers. Helfen Sie ihr, machen Sie ihr nicht das Leben unnötig schwer.«

»Danke«, sagte die Streifenpolizistin, als Frühauf außer Hörweite war, »aber ich kann mich schon alleine durchsetzen.«

Lauer wandte sich dem Arzt zu.

»Und, was hast du herausgefunden?«

»Saubere Arbeit vom Mörder. Ein einziger Schlag. Schädel gespalten. Die Frau hat ihrem Mörder wahrscheinlich den Rücken zugewandt.«

»Wann ist der Mord passiert? Dem Gestank nach muss die arme Moormann schon ewig hier liegen.«

»Das täuscht, Leo. Die Hitze am Wochenende, die wirkt wie ein Brandbeschleuniger.«

Lauer fuhr sich wieder mit dem Taschentuch über die Stirn.

»Geht es auch ein wenig genauer.«

»Die Hitzewelle ist schon so gut wie vorbei. Spätestens für Donnerstag ist Regen angesagt.«

»Ich war weniger am Wetterbericht für die nächsten Tage interessiert, Friedrich.«

»Todeszeitpunkt? Schwierig. Keinerlei Muskelreflexe, Leichenflecken ziemlich dunkel, vollständig ausgeprägt, würde ich sagen, Todesstarre gelöst, Fäulnis hat das Anfangsstadium überschritten, mindestens 48 Stunden, weniger auf gar keinen Fall, mehr ist gut möglich.«

»Also Sonntag oder Samstag?«

»So in etwa, Näheres nach der Obduktion.«

Adelmann drückte Lauer die Hand.

»Und der Pole?«, fragte der Kommissar. »Was Neues?«

»Eigentlich nicht. Doch! Die Spucke! Die stammt definitiv nicht vom Opfer. Bring mir einen Verdächtigen und ich sage dir, ob er der Täter ist.«

Adelmann hatte bestimmt schon das Haus verlassen. Lauer stand immer noch im Treppenhaus und dachte über die Worte des Polizeiarztes nach. Die Spucke an der Backe stammte nicht vom Polen selbst. Wie auch? Welche Motivation sollte jemand haben, sich selbst an die Backe zu spucken? Ganz abgesehen von der praktischen Umsetzung.

Lauer ging in die Wohnung zurück und suchte seine Praktikantin. Sie saß immer noch im Schlafzimmer am Notebook.

»Ich warte auf Sie in der Osteria Limoni, im Biergarten schräg gegenüber.«

Die Hitze unten auf der Straße war im Vergleich zu den Temperaturen in der Dachgeschosswohnung fast so etwas wie eine Wohltat. Von der Entspannung an der Geruchsfront ganz zu schweigen. Bei Limoni war es leer, kein Wunder, es war erst kurz nach elf. Vor der Theke stand ein Kellner, der sich mit dem Besitzer unterhielt. Lauer bestellte eine Apfelsaftschorle, riesig und eiskalt, und setzte sich draußen an den Ecktisch rechts neben der Tür. Er trank sein Glas in einem Zug leer, immerhin 0,4 Liter, und bestellte gleich ein zweites.

»Eine verflixte Hitze, aber wenn Sie so kühles Zeugs in diesen Mengen in sich hineinschütten, werden Sie nur noch mehr schwitzen. Von den Problemen mit Ihrem Magen ganz zu schweigen.«

Lauer schaute zu dem alten Mann am Nebentisch. Er hatte ein Glas Tee vor sich stehen.

»Sie sind von der Polizei, habe ich Recht?«

Lauer nickte. Bevor er seine Frage stellen konnte, bekam er schon die Antwort geliefert.

»Hier wimmelt es nur so von Polizisten. Und mein Gefühl sagt mir, dass Sie dazugehören. Mordkommission, stimmt's?«

Lauer nickte.

»Darf ich mich vorstellen, Lehnert, Anton Lehnert, Rentner. 43 Jahre habe ich im ›Café Landes‹ gearbeitet. Gefängniswärter. Da bekommt man ein Gespür dafür, wer zur Polizei gehört. Kapitalverbrechen?«

Lauer verzog keine Miene. Insgeheim fragte er sich, ob die Leute in Mannheim eigentlich noch wussten, dass mit ›Café Landes‹ die Vollzugsanstalt im Herzogenried gemeint war.

»Mord?«

Lauer zuckte mit den Schultern. Der ehemalige Gefängniswärter ignorierte seine Reaktion.

»Lassen Sie mich raten, es hat mit der Zeitungstante zu tun, Schimperstraße 13, fünfter Stock unterm Dach.«

»Vielleicht«, sagte Lauer. »Woher glauben Sie das zu wissen?«

Anton Lehnert nippte vorsichtig an seinem Tee.

»Kamille, ich muss mit dem Magen aufpassen.«

Lauer nickte schnell, um zu verhindern, dass der Rentner ihm seine komplette Krankengeschichte erzählte.

»Wie kommen Sie denn drauf, dass es um die Journalistin gehen könnte?«

»Na ja, ich kenne mich hier aus, weiß, dass die nun mal in dem Haus wohnt, in dem Sie ermitteln. Und dann hat sie kein Blatt vor den Mund genommen. Die hat Missstände aufgedeckt. Und da macht man sich keine Freunde. Vor einiger Zeit erst hat sie sich mit dem Neu angelegt.«

Lauer konnte mit dem Namen nichts anfangen.

»Wolfgang Neu, der Miethai. Hat zwei schöne Häuser in der Mittelstraße von einer Erbengemeinschaft gekauft, ist noch kein Jahr her, will alle Mieter rausekeln. Die Wohnungen sollen umgebaut und dann mit Gewinn weitervermietet werden.«

»Sie sind gut informiert«, sagte Lauer.

»Als Rentner hat man viel Zeit. Und die Journalistin konnte schreiben. Die Mieter werden terrorisiert von dem Neu. Krach durch Umbauarbeiten, Strom und Heizung abgestellt, selbst Penner hat der in leerstehende Wohnungen einquartiert. Nur um die Mieter zu ärgern. Eine Schande ist das.«

»Und die Journalistin?«, unterbrach Lauer den Redeschwall.

»Die hat im Neckarstädter Boten darüber geschrieben. Hat den Neu angeprangert. Wenn Sie einen Verdächtigen suchen ...«

»Sie präsentieren mir einen hochgradig Verdächtigen, aber Sie wissen doch noch nicht einmal, was passiert ist.«

»Es geht doch um die Journalistin. Jetzt erzählen Sie doch, Herr Kommissar.«

Der Kellner brachte Lauers zweite Apfelschorle.

»Glauben Sie dem Alten nicht alles. Der bringt vieles durcheinander. Alzheimer«, sagte der Kellner leise zu Lauer, während er das Glas auf den Tisch stellte.

»Aus ermittlungstaktischen Gründen kann ich Ihnen leider nichts über unseren Einsatz in der Schimperstraße verraten, Herr Lehnert.«

»Schimperstraße.«

Der Rentner ließ das Wort auf der Zunge zergehen.

»Schimperstraße.«

Anton Lehnert fing an, mit brüchiger Stimme und auf die Melodie ›Eine Seefahrt, die ist lustig‹, zu singen.

»In der Schimperstraße 16 in einem Kleiderschrank,
fand man 'ne nackte Leiche, die ganz entsetzlich stank.«

Lauer wusste nicht, was er mit dieser Vorstellung anfangen sollte. Vielleicht hatte der Kellner ja Recht.

»Sie halten mich für verrückt? Ich habe kein Alzheimer, Herr Kommissar. Sie sind doch Kommissar?«

»Hauptkommissar.«

»Verzeihen Sie mir, Herr Hauptkommissar. Wissen Sie nicht, dass es hier in der Schimperstraße schon einmal einen spektakulären Mordfall gegeben hat? Einen Mordfall, durch den Mannheim in ganz Deutschland berühmt wurde!«

Lauer wusste das nicht.

»In den zwanziger Jahren, 1926, wenn ich mich richtig erinnere. Ich war damals ein kleiner Pimpf. Genau hier in diesem Haus ist es passiert.«

»In der Osteria Limoni?«, fragte Lauer.

»Unterm Dach. Auch im Sommer, im August, während einer Hitzewelle. Allerdings hieß die Gaststätte damals noch ›Paradies‹. Eine Kellnerin von hier, ein hübsches Weibsbild soll sie gewesen sein, verdiente sich was dazu und hatte, wenn die Kneipe geschlossen war, ab und zu Herrenbesuch. Und in jenem August '26, vielleicht passierte alles auch 1925, stank es im Treppenhaus fürchterlich.«

Lauer brauchte seine Phantasie nicht zu bemühen, um sich den Gestank vorstellen zu können.

»Hat es drüben auch so gestunken?«

Bevor Lauer antworten konnte, fuhr Anton Lehnert fort.

»Bestimmt hat es da auch so gestunken. Die Nachbarn riefen die Polizei und die ließ die Tür zum Mansardenzimmer der Bedienung aufbrechen. Da fanden sie den armen Kerl im Kleiderschrank. Ein Bankkaufmann, verheiratet, drei Kinder. Verblutet soll er sein. Den Penis soll ihm das Luder abgebissen haben. In der Ekstase. Sachen gibt es. Und die Kellnerin war wie vom Erdboden verschluckt.«

Susanne Dobler setzte sich zu Lauer an den Tisch, das Notebook der ermordeten Magdalena Moormann unter den Arm geklemmt. Eine Praktikantin, von deren Qualifikation niemand etwas weiß und dann so ein wichtiges Beweismittel wie der Computer eines Mordopfers, dachte Lauer. Hoffentlich ist das kein Schuss, der nach hinten losgeht, wenn Susanne sich am Notebook austobt!

»Im Krieg als Soldat, '39 muss das gewesen sein, lag ich noch ein Stück hinter Breslau, das war seinerzeit weit, weit weg von Mannheim. Und ein Mannheimer war ein seltenes Exemplar. Bei einem Appell hörte mein Spieß, ich sei aus der Quadratestadt. Da brüllte der vor versammelter Mannschaft laut los: ›Sind Sie der aus dem Kleiderschrank?‹«

Lauer sah den pensionierten Gefängniswärter fragend an. Der ließ sich jedoch nicht beirren.

»Ja, ja, so war das damals. 1926, es passierte 1926, mitten im August, und es war ähnlich heiß wie heute. Die hübsche Kellnerin nahm den Bankkaufmann mit nach oben, heiß hergegangen muss es da sein, und ab war er, der Penis. Was tun? Die Kellnerin packt die Panik, sie zerrt ihren Liebhaber in den Kleiderschrank, verschließt den Schrank und die Mansarde und macht sich aus dem Staub. Das Mansardenzimmer direkt unterm Dach, von wegen Dämmung, es dauerte nicht lange, da stank das ganze Haus.«

Lauer schaute zu Susanne und sah an ihrem Gesichtsausdruck, dass sie dasselbe dachte wie er.

»Die Kinder und die Witwe, angesehene Leute übrigens, der Unglückliche war schließlich bei der Bank angestellt, haben noch lange unter dem Spott der Leute gelitten. Den Gassenhauer habe ich Ihnen ja schon vorgesungen.«

Lauer sah, dass Susanne Dobler auf der Stuhlkante saß, so als ob sie nur darauf wartete, endlich aufstehen zu können.

»Interessant, was Sie uns da erzählt haben«, sagte er zu dem Rentner und an Susanne gewandt fragte er: »Sie möchten nichts trinken?«

»Nein, nein, nicht nötig. Wenn es Ihnen nichts ausmacht,

würde ich gerne ins Polizeipräsidium zurück und mir das Notebook genauer anschauen.«

Lauer verabschiedete sich von Anton Lehnert, zahlte an der Theke direkt beim Chef, der ihn aufforderte, mal wieder vorbeizuschauen, so richtig zum Essen. Lauer versprach es. Zusammen mit seiner Praktikantin verließ er die Osteria Limoni in der Schimperstraße.

Sechs

Frau Werner hielt Lauer eine Mappe hin, als er zur Tür hereinkam.

»Die Tatortfotos.«

»So schnell?«

»Die vom Polen.«

»Gibt es ein Plätzchen für mich?«

Susanne Dobler stand mitten in Frau Werners Büro und hielt das Notebook wie eine Jagdtrophäe in den Händen. Lauer stellte Susanne vor und an der Art, wie Frau Werner ihr die Hand gab, merkte er sofort, dass die Sekretärin die Praktikantin mochte.

»Lassen Sie sich vom Chef bloß nicht einschüchtern.«

Susanne fiel keine schlagfertige Antwort ein, sie beschränkte sich darauf, Frau Werner freundlich anzulächeln.

»Ja, wo bringen wir Sie unter?«

Lauer dachte an Meißner.

»Hier, in meinem Büro, Meißners Schreibtisch ist verwaist.«

Lauer schaute sich die Fotos an. Mateusz Gorcyzka. Aus allen denkbaren Perspektiven. Von oben, von unten, von der Seite, von vorne. Mateusz mit dem winzigen Loch in der Schläfe. Petra Sievers. Das gemeinsame Kind. Die bevorstehende Scheidung. Die Heirat. Dann das Auto, von vorne, von hinten, von der Seite, Nahaufnahme der Stoßstange, der kleine Kratzer, die Farbe war nicht zu erkennen. Er würde eine Vergrößerung anfordern. Dann die nähere Umgebung des Tatortes. Das Gras am Rand des Graswegs, die kleine Böschung, keinen Meter tief. Auf den zweiten Blick erkannte er ein kleines Teilchen, wahrscheinlich rund, das zum Teil vom Gras verdeckt war. Gelb. Beim ersten Hinschauen hatte er es für eine abgebrochene Butterblume gehalten. Lauer suchte die Nummer des Kollegen von der Spurensicherung heraus.

»Klaus, hallo, ja, so weit alles okay, genau, die Hitze, einfach tödlich, im wahrsten Sinn des Wortes, aber was will man machen. Die Tatortfotos vom Polen, Wallstadter Straße, ein kleines rundes Teilchen, wahrscheinlich Plastik, gelb, im Gras vor dem Kadett. Ist schon unterwegs? Vielleicht schon da? Bist du dir sicher? Danke. Das war's schon. Ich werde mich darum kümmern. Und wenn ich Fragen habe, melde ich mich.«

Lauer hatte gerade aufgelegt, als das Telefon schon wieder klingelte.

»Hallo, Leo, hier Klaus noch einmal. Ich habe was Wichtiges vergessen. Am Lichtschalter und am Zündschlüssel haben wir Fingerabdrücke gefunden.«

»Das dürfte doch nicht unüblich sein, oder überrascht dich das, Klaus?«

»Natürlich nicht! Aber es waren nicht die Abdrücke des Opfers.«

Lauer fiel sein gestriges Gespräch mit Meißner ein. Der Mörder könnte das Licht und die Zündung ausgeschaltet haben.

»Bringe mir einen Verdächtigen, Leo, ich nehme ihm die Fingerabdrücke ab und sage dir, ob er der Mörder ist.«

»Einen Verdächtigen präsentieren? Woher nehmen und nicht stehlen?«

Lauer wollte gerade bei Frau Werner nach dem gelben Teilchen fragen, als Susanne einen Schrei ausstieß.

»Bingo! Volltreffer!«

»Was ist denn los, Susanne?«

»Die ermordete Journalistin war an einer brisanten Sache dran.«

»Darf ich raten? Ein böser Miethai?«

»Woher wissen Sie das?«

»Susanne, ich bin hier der Boss, ich weiß alles!«

Susannes Blick drückte aus, dass sie sich auf den Arm genommen fühlte. Lauer erzählte ihr von dem Gespräch mit dem Rentner Lehnert.

»Einen Moment, ich lass das gerade schnell ausdrucken.«

Kurze Zeit später hielt Lauer den Ausdruck in der Hand. Susanne lehnte sich auf Meißners Stuhl zurück und verschränkte die Hände im Nacken.

NECKARSTÄDTER BOTE VOM 11. JULI 2007

Entmietung in der Mittelstraße

Mieter sollen von skrupellosem Vermieter mit allerlei Tricks aus ihren Wohnungen geekelt werden.

Den Mietern zweier Häuser in der Mittelstraße ist das Lachen gründlich vergangen, seit im letzten Jahr Wolfgang Neu, Unternehmensberater aus Ladenburg, die beiden alten Wohnblocks erwarb. Der neue Vermieter will umbauen, sanieren, die Wohnungen verkleinern und als Studentenappartements vermieten. Allen 36 Mietparteien wurde deshalb letztes Jahr gekündigt. 25 Mieter haben bereits die Kündigung akzeptiert und sind ausgezogen. Elf Mieter lassen sich bisher nicht vertreiben. Und so setzt Vermieter Neu härtere Mittel ein. Tätliche Gewalt, aufgebrochene Türen, verwüstete Wohnungen. Alltäglicher Wahnsinn in der Mittelstraße.

»Das wird etwas zu viel«, sagte Susanne. »Einige Passagen kann ich auch zusammenfassen. Als nächstes erzählt ein Grundschullehrer, Daniel S., wie Bauarbeiter die Wohnungstür eintraten, während er mit seiner Freundin beim Abendessen saß. Die Bauarbeiter zeigten den beiden ein rotes Kreuz auf der Tür. Das sei ein Zeichen dafür, dass die Wohnung leerstehe. Der Lehrer zeigte der Journalistin auch einen Flyer, den der Vermieter in den Quadraten und auf dem alten Messplatz hatte verteilen lassen.«

Lauer saß immer noch mit verschränkten Händen da.

»Kostenlose Wohnmöglichkeiten! Eigentümer stellt in der kalten Jahreszeit kostenlosen Wohnraum zur Verfügung. Alle offenen Wohnungen können frei genutzt werden.«

»Krawall und Gewalt stehen jetzt auf der Tagesordnung«, sagt Mieterin Hermine Z., eine rüstige Rentnerin.

»Vorgestern hat im Flur einer eine Bierflasche zerschlagen. Ich habe mich nicht getraut rauszugehen. Später habe ich dann die Scherben zusammengefegt.«

»Erst letztes Wochenende«, unterbrach Susanne wieder das Vorlesen, »eskalierte die Situation während einer ominösen Party. Die Polizei musste gerufen werden. Vor dem Haus gab es einen Auflauf. Der Vermieter hatte das Gerücht verbreitet, in den beiden Häusern in der Mittelstraße finde eine kostenlose Party mit Freibier und Pizza statt. Massen kamen. Vom Freibier keine Spur. Die gelinkten Partygäste ließen ihrer Wut freien Lauf. Eingetretene Türen, demolierte Blumenständer im Treppenhaus, zerschlagene Blumentöpfe. Für die Renterin Hermine Z., die hier seit 40 Jahren wohnt, war das ein regelrechtes Schockerlebnis. Und jetzt dreht die Moormann auf. Hören Sie!«

Susanne lebte beim Vorlesen richtig auf.

Kriminelle Methoden, findet der Neckarstädter Bote. Vom Vermieter wird dies energisch bestritten.

»Diese Obdachlosen, die wurden doch von mir hier hereingeholt, damit sie im Winter ein Dach über dem Kopf haben«, erklärte der neue Vermieter dieser Zeitung. »Man darf mich doch aufgrund meines sozialen Engagements nicht verteufeln!«

Der neue Vermieter Wolfgang Neu, der eine luxuriöse Villa in Ladenburg bewohnt, will komplett sanieren und umbauen. Deshalb müssen die Mieter raus. Die Parteien müssen mitansehen, wie die Häuser nach und nach verwüstet werden. Schon jetzt gleichen die früher stattlichen Gebäude Bauruinen. Wie es weitergeht? Das wissen die Mieter nicht. Nur eines wissen sie: Sie lassen sich nicht unterkriegen.

M. M.

»Ein guter Artikel, finden Sie nicht?«, fragte Susanne.

»Nicht schlecht, spitz formuliert, angriffslustig. Den Neu könnten wir uns mal vorknöpfen, Susanne. Vielleicht fahren wir morgen früh nach Ladenburg. Und Sie kommen mit.«

Susanne strahlte, wieder einmal.

»Aber wir sollten uns nicht zu viel versprechen. Zu Beginn einer Untersuchung führen viele Spuren ins Leere. Und diese Spur erscheint mir irgendwie zu offensichtlich.«

Draußen, im Zimmer von Frau Werner, polterte es. Und dann wurde Lauers Sekretärin laut. Das kam selten vor.

»Sind Sie von allen guten Geistern verlassen? Was soll das? Schaffen Sie die Kisten sofort wieder weg!«

Lauer öffnete die Tür. Vor Frau Werners Schreibtisch stapelten sich die Kisten bereits so hoch, dass Lauer die resolute Sekretärin gar nicht mehr sehen konnte.

»Was ist hier los?«

»Die wollen uns die Luft zum Atmen nehmen, Chef. Kisten, überall Kisten, das ganze Büro voll. Alle voll mit Zeitungen.«

Lauers Handy klingelte.

»Ja, ja, ich bin's, einen Moment.«

Er ging in sein Büro zurück und schloss die Tür.

»Der Entführer? Nein? Hat Fabian sich endlich gemeldet? Nein? Du hast ihn nicht erreicht. Und sonst irgendjemand? Auf dem Anrufbeantworter? Gestern schon? Sybille, bitte sag', dass das nicht stimmt, was du mir da gerade erzählst. Wie ist das möglich? So was darf doch einfach nicht passieren! Im Moment geht es ganz schlecht. Ich komme vorbei, sobald ich mich hier frei machen kann.«

Er legte auf.

»Entführer? Habe ich da etwas verpasst?«

»Wie kommen Sie darauf, Frau Dobler?«

Lauer benutzte bewusst die förmliche Anrede, um Susanne einzuschüchtern.

»Es gibt keinen Entführungsfall! Haben Sie das verstanden?«

Susanne nickte. Lauer ging wieder nach draußen und kam nicht weit. Frau Werners Büro war inzwischen fast vollkommen zugestellt. Er sah, wie Polizeiobermeister Frühauf eine weitere Zeitungskiste auf dem Boden abstellte und gerade dabei war, das Zimmer zu verlassen.

»Frühauf, was soll das hier?«

Frühauf blieb stehen, drehte sich betont langsam herum, zeigte mit einer weit ausholenden Handbewegung auf das Meer von Kisten im Büro.

»Ihre Anweisung, Herr Kriminalhauptkommissar. Ich befolge nur Ihre Anweisung. Um auf Ihre Frage zurückzukommen …«

»Welche Frage, Frühauf?«

»Na, Ihre Frage von vorhin, warum uns niemand aus dem Haus früher informiert hat. Bei dem Gestank. Ist einfach zu beantworten. Einige Wohnungen stehen leer, einige Mieter sind in Urlaub. Ein Rechtsreferendar vom Amtsgericht ist an Sommergrippe erkrankt und krank gemeldet. Der Student aus dem 2. Stock war von Sonntagmorgen bis heute Vormittag bei seiner Freundin. Er hat uns auch gerufen. Am Sonntag, sagt er, habe es höchstens ein wenig muffig gerochen. Und die Alte im Erdgeschoss ist jenseits von Gut und Böse. Nur in der zweiten Wohnung im fünften Stock haben wir noch keinen angetroffen. Dort soll angeblich ein arbeitsloser Mann Mitte 40 leben. Niemand im Haus kann Angaben zu ihm machen.«

Und weg war er. Lauer griff in die erstbeste Kiste und hielt einen Neckarstädter Boten in der Hand. Susanne winkte ihm. Lauer erzählte ihr von seiner Anordnung, deren Ausmaß er in der Schimperstraße nicht überblickt hatte.

»Eigentlich«, sagte Susanne, »brauchen wir die ganzen Zeitungen nicht. Alle wichtigen Angaben finden wir wahrscheinlich auf Magdalena Moormanns Notebook.«

»Kommando zurück«, rief Lauer Frau Werner zu. »Wenn der Frühauf zurückkommt, sagen Sie ihm, dass alle Zeitschriften in den Keller ins Archiv kommen. Alle! Und zwar sofort!«

»Hier Ihre bereits abgehörten Meldungen. Anruf vom 16.7. um 14:32 Uhr: Hallo, Mami, kann Pascal heute Nachmittag leider nicht vom Fechten abholen. Muss umdisponieren.

Geht nicht anders. Tut mir leid, ehrlich. Melde mich, sobald es geht. Kuss Fabian.«

Lauer hatte sich, nachdem er die Kistenanweisung an Frau Werner gegeben hatte, in sein Auto gesetzt. Vor dem Suezkanal stauten sich die Autos. Im Schritttempo zockelte er durch die Unterführung. Lauer trommelte auf das Lenkrad. Auf der Meerfeldstraße ging es endlich flotter voran, er fuhr an John Deere entlang und bog von der Steubenstraße ab. Die Karl-Marx-Straße im Almenhof, die parallel zur Niederfeldstraße verläuft. Das Haus, in dem Sybille wohnte, frisch renoviert, dezentes Hellblau, dunkelblau abgesetzte Fensterläden, ein neues Dach, glasierte Ziegel, alles vom Feinsten. Den Vorgarten musste ein Gärtner angelegt haben. Exklusiv. Bevor er auf die Klingel am Gartentor drücken konnte, stand Sybille schon in der geöffneten Haustür.

»Endlich!«

Lauer drückte auf die Wiederholungstaste. Fabians Stimme ertönte wieder aus dem Anrufbeantworter. Lauer konnte es nicht fassen.

»Dein Sohn ist verschwunden. Den Anrufbeantworter hörst du nicht ab. Du bist nicht auf dem Laufenden. Dein kleiner Sohn ist seit fast 24 Stunden überfällig. Dein anderer Sohn, der vom Alter her eigentlich erwachsen sein müsste, ist nicht erreichbar. Dass es einen Zusammenhang geben könnte zwischen Pascals Verschwinden und Fabians Abgetauchtsein, das bezweifelst du vehement. Den Polizeiapparat einschalten, kommt nicht in Frage. Ausgeschlossen. Was soll das alles, Sybille? Sollen wir hier sitzen und Däumchen drehen, darauf warten, dass ein Wunder geschieht, dass es plötzlich klingelt und Pascal vor der Tür steht? Sybille, was für ein Spiel spielst du?«

»Es ist besser, wenn du jetzt gehst, Leo«, sagte Sybille und hielt Lauer die Haustür auf.

Nachdem er ohne Stau zurück zum Polizeipräsidium gekommen war, musste Lauer zu seiner Enttäuschung feststellen, dass Frau Werner schon weg war. Die Zeitungskisten waren noch da. In diesem Chaos war es unmöglich, nach dem gelben Teilchen zu suchen, das ihm die Kriminaltechnik zugeschickt hatte. Und außerdem hasste es Frau Werner, wenn Lauer ihre Ordnung durcheinanderbrachte. Lauer schaute auf die Uhr. Viertel nach sechs. Er war überrascht, dass es schon so spät war. Susanne saß immer noch vor dem Notebook.

»Machen Sie Schluss für heute«, sagte er zu der jungen Frau.

»Einen Moment noch«, bekam er zur Antwort. »Ich bin da an was dran.«

Fünf Minuten später drückte Susanne Lauer einen Ausdruck in die Hand.

»Die Moormann hat sich nicht nur mit einem Miethai angelegt. Auch mit den Mannheimer Jägern lag sie im Clinch.«

Lauer überflog den Artikel.

NECKARSTÄDTER BOTE VOM 4. JULI 2007

Tod eines unschuldigen Dackels

Es sollte, wie jeden Morgen, ein langer Spaziergang in der Feudenheimer Au werden. Für den Dackel Moritz, zwölf Jahre alt, endete der Ausgang, auf den er sich so freute, tödlich. Schuld daran sind ein skrupelloser Jäger und sein blutrünstiger Hund.

Um halb zehn machte sich Maria Maier (Name von der Redaktion geändert) für den Spaziergang fertig. Jeden zweiten Tag fährt sie mit ihrem Dackel aus der Neckarstadt in die Feudenheimer Au, damit der Hund die Natur erleben kann.

»Wir gingen durch die Unterführung an der Esso-Tankstelle. Dann haben wir uns rechts gehalten und sind am Bolzplatz vorbeigekommen«, erzählt uns Maria Maier unter Tränen. Noch immer ist sie überwältigt von dem Albtraum, der sich an jenem Morgen abspielte.

Ihr Dackel, das betont Frau Maier, sei wie jeden Tag angeleint gewesen. Sie habe das Auto von weitem schon gehört. Ein alter Jeep, dunkelgrüne Farbe. Er sei in schnellem Tempo an ihr vorbeigefahren.

»Und dann sind die Hunde gekommen, ohne Begleitung, natürlich nicht angeleint, drei große Jagdhunde.«

Ihr Moritz fängt zu bellen an, er fühlt sich bedroht. Einer der Hunde, ein ausgewachsener Weimaraner Rüde, stürzt sich ohne Vorwarnung auf den friedlichen Dackel. Maria M. sieht ihren Liebling in den Fängen des blutrünstigen Jagdhundes, sieht, wie ihr Hund laut winselnd durch die Luft fliegt und im Gras neben dem geteerten Weg liegen bleibt. Der Jeep hat in ungefähr 100 Metern Entfernung angehalten, der Fahrer in grünem Anzug hat die Kofferraumklappe geöffnet, der Weimaraner Rüde setzt gerade zum Sprung an. Dann kümmert sich Frau Maier um ihren Liebling, der reglos und stark blutend im Gras liegt. Der Tierarzt kann nur noch den Tod des geliebten Dackels feststellen. Zwei Tage später ruft sie bei uns in der Redaktion an. Unsere Redakteurin trifft sich mit Frau Maier.

Den Mann im Jeep habe sie schon des Öfteren in der Au mit seinem Auto gesehen.

»Der Mann, scheinbar ein Jäger, ist zu faul, um mit seinen Hunden Gassi zu gehen«, berichtet Maria Maier.

Teilnahmslos und ohne selbst einzugreifen habe der Jäger den Vorfall beobachtet. Und dass er sich danach mit keinem Wort nach dem Schaden erkundigt habe, von einer Entschuldigung ganz zu schweigen, darüber ist Frau Maier sichtlich erschüttert.

Der Neckarstädter Bote hat recherchiert und ist fündig geworden. Bei dem skrupellosen Jäger handelt es sich um den stellvertretenden Kreisjägermeister der Vereinigung der Jäger Mannheims e.V. Wir besuchten Thomas Weber in der Reiherstraße in Käfertal. Seine Antwort war entlarvend. So etwas passiere halt unter Hunden. Und er fuhr fort: »Um den kleinen Köter ist es nicht schade.«

Wir finden, diese Aussage des stellvertretenden Kreisjägermeisters spricht für sich! Auf unsere Vermittlung und unser Anraten hin hat sich Maria Maier einen Anwalt genommen, der beim Amtsgericht Mannheim im Namen seiner Mandantin Klage eingereicht hat.

Wir bleiben dran an der Sache! Der Neckarstädter Bote wird seine Leserinnen und Leser auf dem Laufenden halten.

M. M.

»Ja, Susanne, das könnte eine Spur sein. Wenn wir alles mit Optimismus betrachten, könnten wir sagen, dass wir jetzt schon zwei Verdächtige haben.«

Mittwoch, 18. Juli 2007

Sieben

Kurz nach sieben. Lauer war so früh wie schon lange nicht mehr im Büro. Adelmanns Vorhersage war eingetroffen. In der Nacht zum Mittwoch war es ein wenig abgekühlt, ein leichter Wind war aufgekommen. Der Kater hatte ihn diesen Abend nicht besucht. Während der Tagesthemen war Lauer eingeschlafen. Und obwohl es auf seinem Sofa nicht gerade gemütlich war, hatte er tief und entspannt geschlafen. Bis sein Handy klingelte. Er brauchte einige Augenblicke, um sich zurechtzufinden. Als er sich endlich orientieren konnte und realisiert hatte, wo er gerade war, fand er sein Handy nicht. Das war in der Zwischenzeit sowieso verstummt. Er entdeckte es nach langem Suchen schließlich im Badezimmer. Er konnte sich nicht daran erinnern, das Handy neben die Seifenablage am Waschbecken gelegt zu haben. Er nahm das Telefon und sah, dass es zwanzig vor vier war. Mitten in der Nacht. Lauer schob seine Besorgnis über seine Vergesslichkeit zur Seite und fragte sich, wer um diese Zeit bei ihm anrief. Eigentlich konnte es sich nur um einen Einsatz handeln. Bitte, kein neuer Mordfall! Mit dem Polen und der Journalistin hatten sie wirklich genug am Hals, und Meißners Ausfall hatte Lauer noch nicht verkraftet. Und um Pascals Verschwinden musste er sich ja auch noch kümmern, nebenher. Sybille. Wenn sie angerufen hatte? Er drückte auf seinem Handy den Menüpunkt ›letzte Anrufe‹, dann ›Anrufe in Abwesenheit‹. Schon war er am Ziel und wusste genauso viel wie vorher.

»18.7.2007, 3:38 Uhr, unbekannter Teilnehmer«.

Dann klingelte sein Handy wieder. Es war Sybille.

»Er hat sich gemeldet, um halb vier, mitten in der Nacht.«

»Wer? Fabian?«

»Nein, der Entführer.«

»Ich komme vorbei. In einer Viertelstunde bin ich bei dir.«

Lauer fuhr durch das auto- und menschenleere Mannheim von seiner Wohnung in der Mutterstadter Straße auf der Rheinau auf den Almenhof zu Sybille Geerdts Häuschen in der Karl-Marx-Straße. Sie erwartete ihn schon an der Haustür. Lauer nahm sie in die Arme und drückte sie. Sie machte sich frei.

»Eine metallene Stimme, hat sich unnatürlich angehört«, sagte sie.

»Einfach zu bewerkstelligen. Kein Problem mit einem Computer und der entsprechenden Software. Das würde auch Fabian hinkriegen.«

»Leo, lass bitte diese Sticheleien. Ich bin absolut nicht dazu in der Stimmung. Deine Unterstellungen nerven mich. Das sind doch Wahnvorstellungen! Wenn du deinen Sohn nur ein ganz klein wenig kennen würdest, wäre dir klar, dass er nichts, aber auch gar nichts mit der Sache zu tun hat. Fabian liebt Pascal.«

Lauer wusste, dass er zu weit gegangen war.

»Anstatt deinen Sohn zu verdächtigen, solltest du dich für die Fakten interessieren.«

»Entschuldigung«, brachte Lauer über die Lippen. »Aber gehen wir doch erstmal ins Haus. Dann erzählst du mir, was passiert ist. Und einen starken Kaffee könnte ich auch gebrauchen.«

Während Sybille den Kaffee aufsetzte, erzählte sie Lauer von dem Anruf. Punkt halb vier habe das Telefon geklingelt, eine metallene Stimme, wie gesagt. 150 000 Euro die Forderung. Bis wann? Freitag. Wo? Das erfahre sie zu gegebener Zeit. Keine Polizei! Und Pascal? Dem gehe es gut. Ob sie mit ihm sprechen könne. Selbstverständlich. Pascals Stimme, leise, eingeschüchtert. Was er gesagt habe?

»Mama, mach dir keine Sorgen. Mir geht es gut. Es ist nur so dunkel hier. Und der Mann mit der Kapuze macht mir Angst. Ich will zu dir.«

Und? Nichts weiter. Aufgelegt. Lauer trank zwei Tassen Kaffee und war hellwach. Sybille wollte noch immer keine

Polizei, auf keinen Fall. Lauer wusste, dass es falsch war, aber er versprach ihr, die Entführung weiterhin geheim zu halten. Ob sie so viel Geld in so kurzer Zeit auftreiben könne?

»Ich gehe zur Bank. Größere Probleme dürfte es nicht geben. Das Geld vom Verkauf des Elektrogeschäfts. Die Lebensversicherung.«

Wie sie sich den weiteren Verlauf vorstelle?

»Abwarten, Leo, einfach nur abwarten. Ich weiß, diese Warterei ist schrecklich. Ich darf Pascal nicht in Gefahr bringen. Ich will Pascal zurück, egal wie. Also keine Polizei, keine Polizei!«

Ob sie Fabian erreicht habe?

Sybille schüttelte den Kopf.

»Funkstille.«

Sie nahm Lauers Arm, legte ihn um ihre Schulter und lehnte ihren Kopf an. Lauer saß hellwach auf dem Sofa. Sybille Geerdt war nach wenigen Minuten in Lauers Arm eingeschlafen. Kurz vor sieben legte er sie vorsichtig auf das Sofa, deckte sie zu, ließ die Haustür ins Schloss fallen und fuhr ins Büro.

Um Viertel vor acht kam Frau Werner und freute sich, dass ihr Chef bereits Kaffee gekocht hatte. Über die unzähligen Kisten in ihrem Büro war sie hingegen weniger erfreut. Lauer packte eine Kiste und schleppte sie auf den Flur. Nach der achten Kiste gab er auf. Seine Arme schmerzten, der Flur war schon vollgestellt und im Büro selbst konnte er kaum eine Veränderung feststellen. Um acht lief Susanne Dobler ein und setzte sich gleich wieder an das Notebook der Journalistin. Frau Werner brachte Lauer den Bericht von der Vernehmung der polnischen Erntehelfer und eine Plastiktüte mit dem gelben Teilchen vom Tatort. Lauer konzentrierte sich zuerst auf den Bericht. Polizeihauptmeister Neuburger und zwei weitere Kollegen hatten vier der fünf Erntehelfer vernommen, die zur Zeit beim Obst- und Gemüsehof arbeiteten. Der fünfte Pole hatte frei und war nicht aufzufinden. Er sollte am Mittwoch, also heute, vernommen werden. Unter arbeitsrechtlichen Gesichtspunkten gab es keine Beanstandungen. Die Vernehmung hatte sich als ein schwieriges und zeitraubendes Unternehmen herausgestellt, weil es bei der Übersetzung zu Problemen gekommen war. Die Eltern des Kollegen von Neuburger stammten aus Oberschlesien, hatten Polen Mitte der fünfziger Jahre verlassen. Und dieser Kollege konnte etwas polnisch. Er war nicht immer mit der Übersetzung der Dolmetscherin einverstanden. Das kostete Zeit. Die Aussagen der vier Polen glichen sich. Mateusz Gorcyzka. Hilfsbereit, freundlich, ein guter Kollege, ehrlich und so weiter. Keine Hinweise auf einen kriminellen Hintergrund. Kein Hinweis auf ein Tatmotiv. Alles so glatt, keine Reibungspunkte, keine Ecken, keine Kanten. Fast schon verdächtig. Die Vernehmungen des Bauern, seiner Frau und ihrer drei Kinder fügten sich in dieses Bild. Mateusz. Bei allen beliebt, von allen geliebt. Keine Feinde, kein Motiv. Nach dem jetzigen Stand der Ermittlungen verbrachte Mateusz einen Großteil seiner freien Zeit bei Petra Sievers, bei der er auch gewohnt hatte. Außer den Bauern und den anderen Erntehelfern war Petra der einzige soziale Kontakt, den er gepflegt hatte. Auch bei den Kunden des Obst- und Gemüsehofes, so die Aussage des Bauern, sei Mateusz beliebt gewesen. Nein, an einen Streit mit einem Kunden erinnere er sich nicht. Nach der Lektüre von Neuburgers Bericht war Lauer ratlos. Das soziale Umfeld des Polen ergab keine Anhaltspunkte. Ohne Motiv stockte jede Ermittlung. Und in diesem Fall fehlte selbst die Andeutung eines Motivs.

Blieb das gelbe Teilchen. Rund, so groß wie ein Zwei-Euro-Stück, mit einem kleinen Nippel an der Rückseite. Vielleicht ein Teil einer Autoverzierung, eine Schraubenabdeckung oder etwas Ähnliches. Ein Teil der Stoßstange. Lauer hatte zwar in der Garage einen alten Cadillac stehen. Und diesen

Oldtimer hegte und pflegte er. In technischen Dingen, vor allem bei neueren Autos, war er vollkommen unbedarft. Zwanzig nach acht stieß Susanne einen Schrei aus, den Lauer gestern schon einmal gehört hatte.

»Bingo, Chef!«, rief sie. »Schauen Sie sich die E-Mails mal an.«

Susanne deutete auf den Notebook-Bildschirm.

Betreff: Verleumdung
Von: Wolfgang Neu <wneu@wan-consulting.de>
Datum: 12. Juli 2007, 10:38
An: magdalena.moormann@web.de

Sehr geehrte Frau Moormann!
Ihr Artikel »Entmietung in der Mittelstraße« ist eine einzige Frechheit. Sie ziehen einen angesehenen Bürger, der sich an Recht und Gesetz hält und pünktlich seine Steuern zahlt, in den Schmutz. Wenn Sie mit Ihrer Hasskampagne nicht sofort aufhören, werden Sie Ärger mit meinen Anwälten bekommen. Damit Sie es wissen: Ich habe einflussreiche Freunde. Sehen Sie sich vor.
W. N.

Betreff: AW: Verleumdung
Von: magdalena.moormann@web.de
Datum: 12. Juli 2007, 14:56
An: Wolfgang Neu <wneu@wan-consulting.de>

Hochverehrter Herr Neu,
das war erst der Anfang! Mich können Sie nicht einschüchtern. Es geht weiter! Freuen Sie sich auf die nächste Ausgabe des Neckarstädter Anzeigers am kommenden Mittwoch. Sie werden sich noch wundern.
Mit den allerbesten Grüßen
Ihre Magdalena Moormann

Betreff: Verleumdung
Von: Wolfgang Neu <wneu@wan-consulting.de>
Datum: 12. Juli 2009, 22:12
An: magdalena.moormann@web.de

Sie wollen es anscheinend unbedingt auf die Spitze treiben. Sie wollen es nicht anders. Das wird Ihnen noch leidtun.

Lauer nickte anerkennend.

»Wenn es so weitergeht, könnte der Neu durchaus noch ein Problem bekommen. Diese Drohungen soll er uns erst einmal erklären. Der Mord in der Schimperstraße, es geht voran. Vielleicht haben wir da sogar zwei mögliche Verdächtige, zwei Motive sind auch denkbar, zumindest andeutungsweise. Ganz anders beim Polen. Weit und breit kein Motiv. Von einem Verdächtigen ganz zu schweigen.«

Sybille ließ die Mails ausdrucken und legte sie auf Lauers Schreibtisch. Der rief durch die geöffnete Zimmertür: »Was macht eigentlich der Meißner, Frau Werner?«

»Der ist gerade zur Tür hereingekommen«, rief sie zurück.

»Wurde ja auch endlich mal Zeit.«

Lauer ging ins Nachbarbüro. Meißner war durch die Kisten verdeckt, sodass er zuerst nicht sah, was er auf dem Arm hielt.

»Wann werden die verflixten Kisten endlich weggeschafft?«

»Im Moment ist kein Kollege verfügbar. Ferienzeit hat angefangen. Und auf dem Paradeplatz ist eine Kundgebung. Türken protestieren gegen die Kurden im Nordirak. Und am Wasserturm versammeln sich Kurden gegen die Unterdrückung durch den türkischen Polizeiapparat. Heute Mittag soll das alles in den Keller kommen. Wobei ich nicht weiß, Chef, wo das da hin soll.«

»Das ist nicht unser Problem, Frau Werner.«

»Meißner, was stehen Sie da rum, kommen Sie!«

Lauers Handy klingelte.

»Hat sich gemeldet? Endlich. Wie bitte? Aus München? Vorstellungsgespräch. Und das glaubst du ihm? Wirklich, das ist doch zu billig. Nein, im Moment geht es nicht. Unmöglich. Nebenbei habe ich noch einen Beruf!«

Lauer unterbrach die Verbindung. Er war wütend. Fabian angeblich in München. Wenn das mal stimmte! Zum Glück war Fabian weit, weit weg in diesem Augenblick. Dann hörte Lauer das Kind. Das weinende Kind auf Meißners Arm.

»Was ist denn, mein Kleiner? Drückt der Bauch? Er hat Bauchschmerzen, müssen Sie wissen«, sagte Meißner zu Frau Werner gewandt.

»Bin ich hier im Irrenhaus?«, sagte Lauer. »Sind Sie von allen guten Geistern verlassen, Meißner? Wir sind hier im Polizeipräsidium, nicht im Kindergarten.«

Meißners vierjähriger Sohn schrie noch lauter.

»Bleiben Sie sachlich«, versuchte Frau Werner die Wogen zu glätten.

»Meine Frau liegt im Krankenhaus. Sie verliert vielleicht unser Kind. Mein Sohn ist krank, ich kann ihn nicht im Kindergarten abgeben. Mit meinen Eltern bin ich zerstritten. Und die Schwiegereltern wohnen in Niedersachsen, Hameln, wenn Sie eine Vorstellung haben, wo das liegt.«

Meißner hatte anfangs ruhig und langsam geredet, zum Ende hin war er schneller, erregter und lauter geworden.

»Sie werden dafür bezahlt, dass Sie gegen Mannheims Verbrecher ermitteln, für Babysitting werden Sie nicht bezahlt.«

»Geben Sie Ihren Großen mal her, ich kann mich ja auch ein wenig um ihn kümmern«, sagte Frau Werner. Meißner gab ihr den Jungen. Frau Werner hielt ihm einen grünen Stein aus ihrer Sammlung hin. Fritz Wunderlich beendete gerade seine Arie.

Für kurze Zeit vergaß der Junge sein Weinen.

»Jetzt kommen Sie schon, Meißner«, drängte Lauer.

»Damit ich es Ihnen aber gleich sage, Lauer, ich kann gut

hier im Büro arbeiten, aber weg, das geht nicht, da spielt der Kleine nicht mit. Und um zehn nach eins muss ich Verena aus der Schule abholen.«

Lauer, so war er von Meißner noch nie angeredet worden, Chef oder Herr Kommissar oder Herr Hauptkommissar oder, wenn es ganz förmlich zugehen sollte, Herr Kriminalhauptkommissar. Aber einfach Lauer? Lauer überlegte, ob er etwas erwidern sollte, aber er unterdrückte den Impuls.

»Darf ich Ihnen Frau Dobler, unsere neue Praktikantin, vorstellen, Meißner?«

Schließlich redete er selbst seinen Kollegen seit jeher einfach mit Meißner an.

»Sagen Sie einfach Susanne zu mir.«

»Nur wenn Sie mich Julian nennen.«

Was soll das Gesäusele, dachte Lauer und drückte Meißner die Tüte mit dem gelben Teilchen in die Hand.

»Bekommen Sie heraus, was das ist, wozu das gehört, wenn es ein Teil von einem Auto ist, Modell, Daten aller zugelassenen Fahrzeuge, Halter und so weiter. Sie wissen schon. Frau Dobler und ich sind in Ladenburg. Vernehmung eines Mordverdächtigen im Schimperstraßen-Mordfall. Frau Werner wird Sie über den Fall informieren. Auf geht's, Susanne. Die Pflicht ruft.«

Susanne packte ihre Handtasche, griff nach den Ausdrucken auf Lauers Schreibtisch, den Artikeln aus dem Neckarstädter Boten und den E-Mails von Neu und Moormann, und folgte Lauer. Frau Werner war so sehr mit der Betreuung von Meißners Jungen beschäftigt, dass sie auf Lauers »Wiedersehen, Frau Werner!« nicht reagierte. Susanne und Lauer waren schon im Flur, als Meißner hinter ihnen hergelaufen kam.

»Hier, das war heute bei uns im Briefkasten. Ist vielleicht für die Schimperstraße interessant«, sagte er und hielt Lauer eine Ausgabe des Neckarstädter Boten hin.

Acht

Lauer überlegte, wie er am besten nach Ladenburg fahren sollte. Landstraße über Seckenheim und Ilvesheim oder lieber Autobahn? Er tendierte zur Landstraße, suchte beim Fahren nach seinem Spiralblock, entschied sich für die Autobahn, als Susanne sagte: »Das ist ja echt ein Ding. Die Moormann wurde gestern brutal ermordet aufgefunden und heute ist ein Artikel von ihr der Aufmacher auf Seite eins.«

Lauer hatte seinen Block gefunden und reichte ihn Susanne.

»Suchen Sie bitte mal Neus Adresse raus. Die muss da irgendwo stehen.«

»Hören Sie mir überhaupt zu? Sie müssen den Artikel unbedingt lesen.«

Sie hielt ihm den Neckarstädter Boten von Meißner direkt vor das Gesicht. Lauer schob die Zeitung weg.

»Wollen Sie, dass ich einen Unfall baue? Lesen Sie vor!«

NECKARSTÄDTER BOTE VOM 18. JULI 2007

Entmietungsservice Neu – Wir sind die Experten!

Viele Vermieter kennen das Problem: Hartnäckige Mieter, welche die Immobilie einfach nicht räumen wollen, dabei wollen Sie gewinnbringend sanieren oder Sie haben einen interessanten Kaufinteressenten an der Angel. Egal ob es sich um langfristige Mietverträge oder gar Mietverträge auf Lebenszeit handelt, wir sorgen dafür, dass Ihre Mieter nur noch eines wollen: möglichst schnell raus aus den Mietobjekten!

Sie möchten ein Mietshaus luxussanieren und dann teuer neu vermieten, aber die alten Mieter stören? Kein Problem! Wir vom Entmietungsservice Neu, Ihre Topadresse für erfolgreiche und effektive Entmietung, setzen Ihnen Drogensüchtige in den Hausflur, lassen verwahrloste Jugendcliquen Schutzgeld an der Haustür kassieren und füllen leerstehende Wohnungen mit arbeitsscheuen, gewaltbereiten Alkoholikern auf.

Unsere kompetenten Mitarbeiter für gezielte Entmietung sind durch die Bank versoffen und gewalttätig. Genau das sind die Eigenschaften, die für eine fachgerechte Entmietung nötig sind. Dabei leisten wir noch einen wertvollen Beitrag für den Sozialstaat, indem wir unvermittelbare Arbeitslose wieder einer sinnvollen Beschäftigung zuführen.

Achtung, liebe Leserinnen und Leser: Der Neckarstädter Bote weist ausdrücklich daraufhin, dass dies ein satirischer Artikel und somit nicht ernst gemeint ist. Wir versichern ausdrücklich, dass es keinen derartigen Entmietungsservice gibt. Wohl gibt es einen Vermieter Wolfgang Neu, der in der Neckarstadt in der Mittelstraße mit eben diesen Methoden seine Mieter terrorisiert. Mehr noch: Nach einem Artikel im Neckarstädter Boten vom 11. Juli 2007 drohte er unserer Journalistin mit den Worten: »Das wird dir noch leidtun, du Schlampe!«

Wie lange darf eigentlich der Miethai noch sein schändliches Spiel treiben?

M. M.

Schon während Susanne am Lesen war, hatte Lauer abgebremst, den Blinker gesetzt und war in eine freie Parklücke am Ende der Augustaanlage gerollt.

»Mit der Wahrheit nimmt es die Moormann wohl nicht so ernst, von wegen Schlampe!«, kommentierte Susanne. »Und wie können die so einen Artikel veröffentlichen? Haben die keine Pietät? Schließlich wurde die Frau gestern tot aufgefunden. Warum haben die die Auslieferung nicht gestoppt?«

Susanne war aufgeregt.

»Wahrscheinlich war die Ausgabe gestern schon gedruckt. Einstampfen kommt nicht in Frage. Denk nur an die bezahlten Werbeanzeigen. Der Verlag hätte enormen Verlust. Und so eine Schlagzeile kurbelt vielleicht das Geschäft noch an.«

Lauer blätterte das Anzeigenblättlein durch. Auf Seite drei hielt er inne.

»Die Moormann ist allgegenwärtig«, sagte er.

Neckarstädter Bote vom 18. Juli 2007

Anzeigenflut gegen Jäger

Im Fall des totgebissenen Dackels gibt es neue Entwicklungen.

Vor über zwei Wochen zerfleischte ein blutrünstiger Jagdhund einen friedlichen Dackel. (Wir berichteten darüber im Neckarstädter Boten vom 4. Juli 2007). Die unglückliche Besitzerin, Frau Maria Maier (Name von der Redaktion geändert) aus der Neckarstadt, hat jetzt Anzeige gegen Thomas Weber, den Besitzer des Jagdhundes, erstattet. Für den stellvertretenden Kreisjägermeister der Vereinigung der Jäger Mannheims e.V. kommt es jetzt wahrlich knüppeldick. Nachdem er unsere Redakteurin Magdalena Moormann massiv beleidigte, hat diese ihn auch angezeigt. Unsere Redakteurin hatte den stellvertretenden Kreisjägermeister zu Hause in Käfertal besucht. Zu Beginn des Gesprächs zeigte er sich jovial und weltmännisch.

»Alle meine Hunde haben ohne Beanstandung den Wesenstest bestanden.«

Mit seinem rüpelhaften Verhalten konfrontiert, setzte er Magdalena Moormann kurzerhand vor die Tür.

»Mach, dass du ganz schnell verschwindest, du Dreckschleuder, sonst hole ich meine Hunde.«

Wir finden, das bedarf keines weiteren Kommentars. Wir halten unsere Leser auf dem Laufenden.

M. M.

Susanne schaute Lauer an. Der schwieg.

»Ich glaube ...«, fing sie an, brach aber gleich wieder ab.

»Was glauben Sie?«

»Nein, nichts, Sie sind der Chef, ich will mich nicht in die Ermittlungen einmischen.«

Lauer musste grinsen.

»Ich glaube, ich weiß, was Sie glauben. Wir sollten umdisponieren. Der Neu läuft uns nicht weg. Wir sollten uns mit den Verantwortlichen des Neckarstädter Boten beschäftigen.«

»Genau das wollte ich auch sagen, hätte es aber nicht so schön ausdrücken können.«

Lauer war sich nicht sicher, ob da eine leise Ironie mitschwang.

Susanne fand im Impressum der Zeitung die Telefonnummer und die Anschrift des Verlages: Kurpfälzische Anzeigengesellschaft mit Sitz in Schwetzingen. Sie rief an und kündigte ihren Besuch an. Lauer wollte mittlerweile die Adresse in sein Navigationsgerät eingeben, obwohl er es hasste, mit dem Navi zu fahren. Aber in Schwetzingen kannte er sich nicht aus. Er wusste nur, wie er zum Schlosspark kam.

»Nicht nötig«, sagte Susanne. »Ich komme aus Schwetzingen. Ich finde das.«

Frau Mayerbaum von der Kurpfälzischen Anzeigengesellschaft, die mehrere Anzeigenblätter in Mannheim und Umgebung herausgab, zeigte sich betroffen.

»Schrecklich, was mit unserer Frau Moormann passiert ist. Ich habe gestern Abend im Radio davon gehört. Die Mittwochsausgabe des Neckarstädter Boten, tragisch, aber wir konnten die Auslieferung unmöglich stoppen. Wir sind wirtschaftlichen Bedingungen unterworfen. Wir stehen in keinem Vakuum.«

Lauer fragte nach, was das bedeutete.

»Wir sind Zwängen unterworfen, knallharten wirtschaftlichen Zwängen. Unsere Publikationen müssen Gewinn abwerfen. So einfach ist das.«

Lauer wollte wissen, ob die Kampagnen der Frau Moormann von der Geschäftsleitung gedeckt waren.

»Sie sprechen ein heikles Thema an. Unsere Telefone stehen nicht still. Seit der heutigen Ausgabe rufen die Leute an wie verrückt.«

Wie denn die Tendenz sei, fragte Lauer.

»Große Zustimmung innerhalb der Leserschaft.«

Das werde die Geschäftsleitung doch freuen, meinte Lauer. Frau Mayerbaum reagierte zurückhaltend.

»Natürlich freuen wir uns über Zustimmung. Aber wir leben nicht von der Zustimmung unserer Leser. Wir leben von den geschalteten Anzeigen. Und unsere Anzeigenkunden waren nicht so begeistert.«

Sie solle sich doch ein wenig konkreter ausdrücken, bat Lauer.

»In der letzten Zeit stieg die Auflage, sicherlich auch ein Verdienst von Frau Moormann und ihrer engagierten Berichterstattung. Einige Anzeigenkunden reagierten verärgert. Herr Neu zum Beispiel, dem Frau Moormann sich ja ausgiebig widmete, stornierte bereits nach dem ersten Artikel sämtliche weiteren Anzeigen seiner WAN-Consulting AG. Das traf uns nicht schwer, das Auftragsvolumen war nicht sonderlich umfangreich. Eine große Baufirma jedoch, ich möchte den Namen jetzt nicht nennen, war regelrecht pikiert. Die wollten sämtliche Anzeigen canceln, falls wir weiterhin die Kampagnen gegen Hausbesitzer nicht unverzüglich einstellten. Und ein Bürgermeister hat auch angerufen.«

Ob der Bürgermeister etwa aus Mannheim sei, fragte Lauer nach.

»Genau, der Bürgermeister für Sicherheit und Ordnung.«

Lauer musste an die ›Froschkönig‹-Affäre aus dem Sommer 2005 denken und konnte sich ein Grinsen nicht verkneifen. Zwei gewichtige Politiker aus der Mannheimer CDU, eben jener Bürgermeister und der Fraktionsvorsitzende der Gemeinderatsfraktion, hatten im Online-Forum des Rhein-Neckar-Anzeigers Kollegen aus der eigenen Partei diffamiert. Ein Landtagsabgeordneter der CDU wurde als ›verdeckter Strippenzieher‹ bezeichnet. Außerdem wurde der ›Skalp‹ des baden-württembergischen Finanzministers, eines Parteifreundes, gefordert. Mannheim stand bundesweit in den Schlagzeilen. Dem Ansehen der Stadt hatte diese Provinzposse eher geschadet. Der Fraktionsvorsitzende hatte Mannheim Hals über Kopf verlassen und war, wie es hieß, aus ›beruflichen‹ Gründen umgezogen. Der Bürgermeister hatte die Affäre tapfer ausgesessen, wie schon so manch andere Affäre auch.

»Der Bürgermeister hat uns auf die Verdienste des Geschäftsführers der WAN-Consulting AG hingewiesen.«

Wie Frau Moormann das aufgenommen habe, fragte Lauer.

»Frau Moormann, sie war über das Ziel hinausgeschossen, aber das hat sie nicht eingesehen. Sie hat jegliches Augenmaß vermissen lassen.«

Was sie damit meine, wollte Lauer wissen.

»Nun, nehmen Sie die Geschichte mit dem Dackel. Aufgebauscht. Total aufgebauscht. Und Privates mit Geschäftlichem verquickt, das ist immer fatal. Es war doch ein offenes Geheimnis, dass der tote Dackel der Hund von Frau Moormann gewesen ist. Dann noch der einfallslose Name der angeblich Betroffenen, Maria Maier! Privates und Geschäftliches, da muss eine strikte Trennung her.«

Später im Auto würde Lauer zugeben, dass die Dackel-Geschichte ihm von Anfang an befremdlich vorgekommen war. Frau Mayerbaum wedelte mit einem Blatt.

»Das hätte Frau Moormann gestern ausgehändigt werden sollen. Leider war dies nicht mehr möglich«, sagte Frau Mayerbaum triumphierend und wedelte, ohne dass sie damit herausrückte, was denn in dem Schreiben so Geheimnisvolles stand. Lauer sah Susanne an, dann schaute er auf seine Uhr und sagte eher beiläufig, es stünden noch einige Termine an, man müsse langsam aufbrechen.

»Eine Abmahnung!«

Frau Mayerbaums Stimme hatte sich verändert. Rein sachlich, betont geschäftsmäßig. Lauer hatte jedoch den Eindruck, dass ein leicht beleidigter Unterton mitschwang.

»Frau Moormann hätte gestern ihre Abmahnung erhalten und ihre Handlungsmöglichkeiten wären stark eingeschränkt worden. In Zukunft hätten alle Artikel vorher unserem Geschäftsführer vorgelegt werden müssen.«

Das sei aber aufwändig, sagte Lauer. In seinem Innern dachte er an Zensur. Er wollte Frau Mayerbaum aber nicht vor den Kopf stoßen.

»Wenn der Erfolg oder der Misserfolg eines Unternehmens auf dem Spiel stehen, gibt es keinen Aufwand, der zu groß ist.«

Ob es noch weitere, unveröffentlichte Artikel von Frau Moormann gebe, fragte Susanne.

»Nein, die sogenannte Satire heute und der neuerliche Dackelrundschlag waren ihre letzten Ergüsse.«

Das seien keine pietätvollen Worte über eine immerhin brutal ermordete Journalistin ihres Unternehmens, sagte Susanne und Lauer wunderte sich, mit welcher Gelassenheit sie die Pressesprecherin der Kurpfälzischen Anzeigengesellschaft anging.

»Frau Moormann war durch ihre couragierte Art bei den Lesern unserer Zeitung beliebt, aber in letzter Zeit hatte sie ein gewisses Augenmaß vermissen lassen. Höhere Auflage, das heißt höhere Preise für Anzeigen. Andererseits leben wir von den Anzeigen der Firmen der Region. Wenn die ausbleiben, weil sie von uns verprellt werden, und das tat Frau Moormann mit ihren Artikeln, können wir nicht existieren.«

Dann komme Frau Moormanns Ermordung der Kurpfälzischen Anzeigengesellschaft ja nicht gerade ungelegen, schlussfolgerte Lauer.

»Ich verbitte mir solche Unterstellungen.«

Zum Schluss wollte Lauer noch wissen, ob Frau Moormann außer dem Consulting-Menschen und dem Jäger aus Mannheim noch weitere Feinde gehabt habe.

»Feinde? Ich glaube nicht, dass dies den Sachverhalt trifft, aber ich weiß, was Sie meinen. Mir sind nur die Mietsache und die Dackelposse als brisante Themen der letzten Zeit bekannt.«

Wie es mit länger zurückliegenden Sachverhalten sei, fragte Lauer nach.

»Da muss ich leider passen. Ich bin erst seit drei Monaten in dieser Position tätig.«

Als Lauer der Pressesprecherin zum Abschied die Hand reichte, sagte diese: »Da fällt mir doch noch etwas ein. Am Samstagnachmittag erhielt ich von Frau Moormann eine SMS. Absolut untypisch. Alle Kontakte liefen über E-Mail. Einen Moment.«

Sie kramte auf ihrem Schreibtisch herum, drückte dann hektisch auf ihr Handy und reichte es schließlich Lauer.

»Alles über die 47er Sache aus dem Heft nehmen. Moormann.«

»Wissen Sie, was damit gemeint war?«

Frau Mayerbaum schüttelte den Kopf.

»Ich habe in der Redaktion angerufen. Die haben mir bestätigt, dass im kommenden Heft, also der heutigen Mittwochsausgabe nur die bekannten zwei Artikel der Moormann eingeplant wären. Von einer 47er Sache wusste niemand etwas.«

»... in dieser Position tätig, erst seit drei Monaten«, äffte Lauer die Pressesprecherin nach, als er und Susanne das Gebäude nach einer kühlen Verabschiedung verließen.

»Wissen Sie was, Susanne, ich lade Sie zum Essen ein. Was können Sie denn empfehlen, Sie als Schwetzingerin?«

»Kommt nicht in Frage. Ich lade Sie ein. Und zwar ins Schwetzinger ›Brauhaus zum Ritter‹, ganz hier in der Nähe, direkt am Schloss.«

Lauer wollte protestieren, aber Susanne war schon losmarschiert.

»Noch zwei Espressos, bitte.«

Das Schnitzel ›Berner Art‹ hatte Lauer ausgesprochen gut geschmeckt. Susanne hatte ihren vegetarischen Flammkuchen nicht ganz geschafft. Lauer trank den letzten Schluck des naturtrüben Biers, eine Empfehlung von Susanne, und wischte sich über den Mund. Sie saßen auf der Terrasse mit Blick auf das Schwetzinger Schloss. Lauer winkte der Bedienung.

Susanne lachte.

»Sie finden mich bescheuert. Ich weiß, dass die Mehrzahlbildung falsch ist. Espressi, das hört sich, finde ich, affig an.«

Nicht die Bedienung, eine junge Frau Anfang zwanzig, brachte den Espresso, sondern eine Frau in Lauers Alter.

»Darf ich dir meinen Chef vorstellen, Herrn Kriminalhauptkommissar Lauer vom Mannheimer Dezernat 11 – Tötungsdelikte. Chef, meine Mutter.«

Lauer stand auf und gab der Frau die Hand.

»Ich wusste gar nicht, dass Ihre Eltern das Brauhaus hier führen.«

»Hat es Ihnen denn wenigstens geschmeckt?«

»Vorzüglich!«

»Meine Tochter hat uns gestern schon viel von Ihnen erzählt. Sie ist ganz begeistert von Ihnen, hat Sie in den höchsten Tönen gelobt. Passen Sie nur auf unsere Susanne auf!«

Auf dem Weg von Schwetzingen nach Ladenburg schmollte Lauer, aber Susanne durchschaute ihn schnell.

»Die böse Miene, die Sie aufgesetzt haben, Chef, das kann doch nicht Ihr Ernst sein. Sie können doch nicht wirklich sauer auf mich sein.«

»Sie haben mich ganz schön an der Nase herumgeführt.«

»Wenn ich Ihnen vorher gesagt hätte, dass meine Eltern den ›Ritter‹ führen, wären Sie doch niemals mitgegangen.«

Wo Susanne Recht hatte, hatte sie Recht. Das konnte Lauer nicht bestreiten.

Neun

Die Neckarwiese, am Wochenende dicht bevölkert, lag unberührt vor ihnen. Die imposante Villa in der Gropengießerstraße. Der unverbaubare Blick auf den Neckar. Das Dach komplett aus Kupfer, ein Rundtürmchen als Anbau und Blickfang, ein kunstvoll geschmiedetes doppelflügliges Tor, bei dem Goldtöne vorherrschten, die mit dem kupferfarbenen Dach nicht unbedingt harmonierten. Lauer drückte auf die Klingel, schaute sich um und blickte in ein Kameraauge. Spontan streckte er die Zunge heraus. Susanne blieb ernst, musste jedoch innerlich grinsen.

»Sie wünschen?«

»Wir möchten Herrn Neu sprechen.«

»Wenn Sie keinen Termin haben, ist das ausgeschlossen.«

»Wir brauchen keinen Termin. Kriminalhauptkommissar Lauer aus Mannheim vom Dezernat 11 – Tötungsdelikte.«

»Einen Augenblick, bitte.«

Der Augenblick zog sich hin, es geschah erst einmal nichts. Dann surrte das Tor auf. An der Haustür wurden sie von einer jungen Frau mit schwarzem Kleid und weißer Schürze erwartet. Lauers Handy klingelte.

»Einen Moment, Susanne.«

Lauer sah auf dem Display, dass sein Sohn anrief.

»Fabian, wo steckst du?«

»Ich brauche Geld, Leo, dringend. Alles andere später.«

»Verdammt, Fabian, sag endlich, wo du steckst. Deine Mutter macht sich Sorgen. Pascal ist verschwunden. Wahrscheinlich eine Entführung. Sybille ist am Ende. Ich hoffe, du hast mit der Sache nichts zu tun.«

»Was redest du da? Entführung? Was soll das? Du musst mir Geld überweisen, echt dringend und schnell, mindestens dreihundert. Mein Akku.«

»Fabian, jetzt hör‘ doch ...«

Aber die Verbindung war unterbrochen. Lauer hätte losschreien können. Er war geladen. Tolle Voraussetzung für die bevorstehende Vernehmung.

Neu sah so aus, wie Lauer ihn sich vorgestellt hatte, nur etwas jünger. Tiefschwarze, nach hinten gegelte Haare, gepflegter Dreitagebart, dunkle Gesichtsfarbe, schlanke Figur, eleganter Anzug, schwarz mit dezenten Streifen, natürlich Krawatte. Als Lauer und Susanne die Bibliothek betraten, in die die Hausangestellte sie geführt hatte, stand Neu am Fenster und schaute in den Garten. Endlich drehte er sich um, zog eine Taschenuhr aus seiner Weste, ließ den Deckel aufklappen, warf keinen Blick darauf und sagte: »Fassen Sie sich bitte kurz, ich habe meine Zeit nicht gestohlen.«

Lauer war der Mann vom allerersten Moment an unsympathisch. Er fand ihn arrogant und aufgeblasen. Vielleicht war sein Blick nach dem Telefongespräch mit Fabian auch ein wenig getrübt.

»Es geht um Mord, Herr Neu. Was spielt Zeit da für eine Rolle?«

»Ich habe nichts zu tun mit Mord. Kommen Sie zur Sache.«

Die Hausangestellte war verschwunden, Lauer und Susanne standen im Türrahmen der Bibliothek, die wirklich eine war. Hohe Regalwände, vollgestellt mit anscheinend wertvollen Büchern, zumindest erweckten die Lederrücken und die goldfarbenen Schriftzüge auf den Büchern diesen Eindruck.

»Kommen Sie doch herein und setzen Sie sich, Herr ...«, sagte Thomas Neu und schlug einen deutlich versöhnlicheren Ton an. Lauer wurde von diesem Sinneswandel nur noch aggressiver, fühlte sich fast provoziert. Später sagte er sich, mit dem schroffen Umgangston am Anfang hätte er besser umgehen können.

»Lauer, Kriminalhauptkommissar aus Mannheim, Frau Dobler, meine Assistentin.«

Susanne strahlte.

Provoziert, der Kerl hat mich von Anfang an provoziert, hat mit mir wie mit einem blutigen Anfänger gespielt, dachte Lauer im Nachhinein. Ein Knopfdruck und ich funktioniere. Er verstand nicht, dass er wenige Minuten nach dem Anfangsgeplänkel die Fassung verloren hatte.

»Es geht um den Mord an Frau Moormann.«

»Habe ich mir gedacht«, wurde Lauer unterbrochen.

»Die brutal und heimtückisch ermordet wurde.«

»Sie erwarten doch jetzt nicht von mir, dass ich vor Rührung und Mitleid zerfließe?«

»Ein wenig Mitgefühl wäre angebracht«, sagte Susanne und Lauer wunderte sich über die Schärfe in ihrer Stimme.

»In welchem Verhältnis standen Sie zu Frau Moormann?«

»Verhältnis? Sind Sie von allen guten Geistern verlassen?«

»Sie sollen meine Fragen nicht kommentieren, Sie sollen sie beantworten.«

»Die Frau wollte mich fertigmachen, die hat eine Hasskampagne gegen mich angezettelt.«

»Sie armes Unschuldslamm! Wir fühlen mit Ihnen.«

Susanne ärgerte sich später, dass sie an dieser Stelle des Gesprächs nicht ihrer Eingebung gefolgt war und eingegriffen hatte. Mit Lauer unter vier Augen sprechen, ihn fragen, was los war.

»Wo haben Sie sich zwischen letztem Freitag und Sonntag aufgehalten?«, fragte Susanne.

Fabian, wo war Fabian? Hatte er etwas mit dem Verschwinden von Pascal zu tun? Handelte es sich wirklich um eine Entführung? Lauer bekam nur die letzten Worte von Neus Antwort mit.

»Wasserdichtes Alibi, wie Sie sehen!«

»Wasserdicht?«, sagte Lauer und es klang ungehalten. »Alibi, Sie? Ein Alibi?«

»Herr Hauptkommissar, ich darf doch bitten. Zweifeln Sie an dem, was ich gerade gesagt habe? Haben Sie mir überhaupt zugehört? Ich war auf Geschäftsreise in den USA, Chicago, vom letzten Montag bis Sonntagabend, Landung in Frankfurt um 21:36 Uhr. Mein Chauffeur hat mich abgeholt. Den können Sie fragen. Meine Sekretärin wird Ihnen die genauen Daten geben.«

Susanne schrieb eifrig auf ihren Block, einen Spiralblock, wie Lauer feststellte, genau so einer, wie er ihn benutzte.

»Ich habe ein wasserdichtes Alibi«, wiederholte Neu.

Lauer kam es gebetsmühlenartig vor.

»Alibi. Alibi. Was heißt das denn schon? Sie haben doch Ihre Handlanger!«

Lauers Stimme war zu laut.

»Sie können den Mord in Auftrag gegeben haben. Ja, ein Auftragsmord. Geben Sie es zu! Sie haben Frau Moormann ermorden lassen, weil sie Ihre kriminellen Machenschaften an das Licht der Öffentlichkeit gezerrt hat.«

Neu lachte auf, das Lachen hatte einen bösen Unterton.

»Sie phantasieren. Sie haben Wahnvorstellungen. Und eines kann ich Ihnen sagen: Sie werden einem skrupellosen Miethai, der bin ich doch in Ihren Augen, Sie werden mir den Mord an der neurotischen Journalistin nicht anhängen können.«

Sicher, Fabians Anruf hatte mit dazu beigetragen, dass Lauer derart reizbar gewesen war und Neus Vernehmung so dilettantisch und anfängerhaft führte. Das Fass zum Überlaufen brachte der Vorwurf der Wahnvorstellungen. Genau dies hatte ihm Sybille Geerdt vor Kurzem vorgeworfen. Wenn Lauer später über das, was gefolgt war, nachdachte, sah er einen Film ablaufen, einen Film in Zeitlupe. Und er sah sich selbst von außen. Und was er da sah, gefiel ihm nicht, kam ihm fremd vor, fremd und unverständlich. Warum ließ sich der Mann, der seine Rolle in dieser Zeitlupensequenz übernommen hatte, so aus der Fassung bringen? Lauer wusste keine Antwort. Er war fassungslos.

Lauer springt auf, sein Stuhl fällt nach hinten um. Er stolpert fast über den Papierkorb, er geht einige Schritte auf

Neu zu, bleibt vor dem Schreibtisch stehen, zögert einen Moment, hebt den linken Arm hoch, ballt die Faust, geht um den Schreibtisch herum, steht direkt vor Neu. Der Geschäftsführer der WAN-Consulting GmbH sitzt in seinem Schreibtischstuhl und schaut Lauer vollkommen überrascht an.

»Wofür steht eigentlich das A in WAN?«, wird Lauer später Susanne fragen.

»Natürlich für August«, wird Susanne ohne nachzudenken antworten.

»Geben Sie doch endlich zu, dass Sie die Journalistin auf dem Gewissen haben! Sonst!«

»Was sonst?«

Neu ist aufgestanden. Die beiden Männer stehen sich gegenüber.

»Wollen Sie mir drohen? Wollen Sie auf mich losgehen?«

»Sie kamen mir ganz fremd vor, wie weggetreten, nicht ansprechbar«, wird Susanne sagen, als sie später am Ufer des Neckars sitzen.

»Lassen Sie mich gefälligst in Ruhe«, sagt Neu.

»Was haben Sie mit dem Mord an Frau Moormann zu tun?«

Lauer hat den Arm immer noch erhoben, die Faust immer noch geballt. Neu schüttelt nur belustigt den Kopf.

»Ich warte auf Ihr Geständnis, oder ...«

»Sie sind verrückt«, sagt Neu.

Jemand legt Lauer die Hand auf die Schulter.

Lauer saß auf der Bank, sah vor sich den Neckar, sah, wie die Fähre aus Neckarhausen gerade anlegte. Es war immer noch heiß, aber ein leichter Wind brachte Erfrischung. Vom Odenwald zogen einige dunkle Wolken in Richtung Rheinebene. Vater und Tochter, einträchtig nebeneinander, hätte ein wohlgesonnener Beobachter denken können. Oder: Muss der alte Kerl so eine blutjunge Geliebte haben? Die Gedanken eines nicht so wohlgesonnenen Beobachters. Die

Fähre legte wieder ab und wurde an dem Stahlseil unter Wasser zum Neckarhausener Ufer gezogen. Lauer zitterte nicht mehr.

»Sie haben sich beim Neu total vergaloppiert, wenn ich es vorsichtig ausdrücken soll.«

Wolfgang Neu, der Miethai. Magdalena Moormann. Zum ersten Mal lief der Zeitlupenfilm vor Lauers innerem Auge ab. Er fand seine Rolle jämmerlich besetzt.

»Und wie ging es weiter?«, fragte er die überraschte Susanne.

»Sie ließen sich widerstandslos wegziehen.«

Die Hand auf der Schulter, fiel Lauer ein.

»Ich habe mich beim Neu entschuldigt und gemacht, dass wir aus der Villa kamen. Er hat kein Wörtchen gesagt, verständlich nach der Behandlung, die Sie bei ihm angewendet haben. Dann kam er hinter uns her, rief was von Anwalt und Anzeige und Konsequenzen und Beziehungen. Weiß der Teufel, was sonst noch alles.«

Lauer atmete tief aus. Seine Wut war verflogen. Der Mann, der in der kurzen Filmsequenz Wolfgang Neu bedroht hatte, kam ihm fremd vor. Er verstand dessen Erregung nicht.

»Ich habe mich wie ein Trottel verhalten, wie ein dämlicher Anfänger!«

Susanne setzte einen Schmollmund auf.

»Da beleidigen Sie aber wirkliche Anfänger wie mich.«

»Sie haben sich gut verhalten, Susanne. Und durch Ihr Eingreifen haben Sie Schlimmeres verhindert.«

Susanne wirkte jetzt ganz ernsthaft, als sie zu Lauer sagte: »Ausgestanden ist das alles aber noch nicht. Das lässt der Neu sich nicht so einfach gefallen. Sie müssen sich auf einiges gefasst machen.«

Lauer dachte an den Mannheimer Bürgermeister für Sicherheit und Ordnung, der sich schon einmal für Neu stark gemacht hatte. Dass Susanne Recht hatte, wusste er.

»Was machen wir mit dem angefangenen Tag?«

»Am besten bringe ich Sie nach Hause.«

»Kommt nicht in Frage. Dem Jäger müssen wir noch einen Besuch abstatten. Vorher brauche ich jedoch einen Espresso. Und Ihnen spendiere ich ein Eis. Ich kenne ein gemütliches Eiscafé, ganz in der Nähe hier. Und es gibt das beste Eis weit und breit.«

Die wenigen Meter in die Ladenburger Altstadt gingen sie zu Fuß. Von der Neckarstraße bogen sie in die Hauptstraße ab, kamen am Domhof vorbei und hielten sich rechts. Das Eiscafé Gelateria-Forum befand sich in der Kirchenstraße. Alle Tische auf der Straße waren belegt. An einem Tisch fanden sie noch zwei freie Plätze. Susanne bestellte einen Kiwi-Becher, Lauer ließ sich einen doppelten Espresso bringen. Sie saßen da, ließen sich die Sonne ins Gesicht scheinen und sagten kein Wort. Ab und zu nippte Lauer an seinem Espresso.

»Das Eis ist hier wirklich gut«, sagte Susanne.

»Wird immer frisch zubereitet«, antwortete Lauer.

Dann schwiegen sie wieder. Die Treppe der St. Gallus-Kirche schräg gegenüber war dicht bevölkert. Und alle, die sich da niedergelassen hatten, hielten ein Eis in der Hand und schleckten. Lauer zahlte. Sie gingen zum Marktplatz vor und kamen in weitem Bogen zum Auto in der Neckarstraße zurück.

»Ein schönes Städtchen«, sagte Susanne und Lauer nickte. Er hielt ihr die Autoschlüssel hin.

»Eine weitere Vernehmung, Sie wollen sich das wirklich antun? Nach allem, was heute schon passiert ist?«

Lauer stieg wortlos auf der Beifahrerseite ein.

Thomas Weber, der stellvertretende Kreisjägermeister der Vereinigung der Jäger Mannheims e. V., wohnte in der Reiherstraße in Käfertal. Eine beschauliche Gegend mit verwinkelten Straßen. Alles schien einen Tick kleiner und putziger zu sein als anderswo. Weber wohnte in einem unauffälligen

Reihenendhaus mit penibel gepflegtem Vorgarten. Eine Frau, die Lauer auf Anfang dreißig schätzte, öffnete.

»Mein Mann ist gerade zum Baumarkt gefahren, die Grillkohle ist uns ausgegangen. Er muss jeden Moment zurückkommen. Wollen Sie so lange warten?«

Sie führte Lauer und Susanne zu einer Sitzgruppe im Garten, die unter einem Pavillon stand.

»Darf ich Ihnen etwas anbieten?«

»Ein Mineralwasser, wenn es Ihnen keine Umstände macht.«

Als die Frau im Haus verschwunden war, fingen die Hunde an zu bellen. Sie waren in einem Zwinger am Ende des Gartens untergebracht. Lauer zählte drei Hunde. Nicht die Frau, die sie hereingelassen hatte, brachte das Wasser, sondern ein schlanker Mann.

»Thomas Weber«, stellte er sich vor.

Lauer war überrascht. In seiner Vorstellung hatte er Thomas Weber als einen verknöcherten alten Mann mit verkniffenem Mund und durchweg schlechter Laune gesehen.

»Sie kommen sicherlich wegen der toten Journalistin.«

Lauer hatte vorher mit Susanne abgesprochen, dass er sich im Hintergrund halten und sie die Fragen stellen sollte.

»Kannten Sie Frau Moormann persönlich?«

»Ich hatte leider das zweifelhafte Vergnügen, ihre Bekanntschaft machen zu müssen.«

»Und wie standen Sie zu ihr?«

»Wenn ich Ihnen erzählen würde, wir hätten uns verstanden, würde ich lügen. Wir konnten uns nicht riechen. Das lag auf der Hand.«

»Könnten Sie die Umstände etwas näher beschreiben?«

»Einer meiner Hunde hat ihren Dackel verletzt.«

»Verletzt ist gut.«

»Das kommt eben vor unter Hunden. Hunde sind keine Schoßtiere. Ich bin Jäger, ich besitze abgerichtete Jagdhunde. Ein Dackel ist übrigens auch ein Jagdhund.«

»Sie sollen sich während des Vorfalls teilnahmslos verhalten haben, schrieb Frau Moormann im Neckarstädter Boten. Und danach sollen Sie sich mit keinem Wort nach dem Schaden erkundigt haben.«

»Das behauptet Frau Moormann. Dabei müsste sie es eigentlich besser wissen. Schließlich war es ihr Dackel.«

»Das ist uns bekannt.«

»In Wirklichkeit war es ganz anders. Ich bot an, mit der Frau und dem Dackel zum Tierarzt zu fahren. Aber die Frau war hysterisch. Ich solle verschwinden, schrie sie mich an. Ich sei ein Mörder.«

»Sind Sie ein Mörder?«, fragte Lauer dazwischen. Weber zuckte zurück. Susanne ignorierte Lauers Zwischenfrage.

»Haben Sie dafür Zeugen?«, fragte sie den Jäger.

»Sie machen Witze. Nur meine Hunde können meine Aussage bezeugen.«

»Und Frau Moormann könnte etwas dazu sagen, aber die wurde ja unglücklicherweise ermordet. Oder sollte ich sagen, zum Glück?«

»Was wollen Sie mir da unterstellen, Frau ...?«

Weber war kurz davor, die Fassung zu verlieren.

»Dobler, Susanne Dobler.«

»Ich habe der Frau nichts angetan. Das müssen Sie mir einfach glauben.«

»Aber Sie wollten Ihre Hunde auf die Frau hetzen.«

»Das war doch viel später. Und außerdem: Das sagt man so, das war doch nicht ernst gemeint. Die Frau hat mich bis auf das Blut gereizt. Mit ihren verleumderischen Artikeln hat sie meinen guten Namen in den Schmutz gezogen.«

»Deshalb also ›Dreckschleuder?«

»Das habe ich nicht gesagt.«

Lauer musste an die ›Schlampe‹ denken.

»Nicht gesagt? Sie waren erregt, bis auf das Blut gereizt. Und ganz plötzlich, so mir nichts dir nichts, liegt Frau Moormann mausetot in ihrer Wohnung auf dem Lindenhof mitten in ihrem eigenen Blut und kann Sie gar nicht mehr reizen.«

Lauer schmunzelte, als Susanne die falsche Adresse gebrauchte. Weber antwortete wie aus der Pistole geschossen.

»Ich weiß doch nicht mal, wo die Moormann auf dem Lindenhof gewohnt hat. Und was sollte ich bitte von ihrem Tod haben?«

»Zumindest, Herr Weber, dürfte sich die Anzeige gegen Sie wohl erledigt haben.«

»Die Anzeige! Dass ich nicht lache! Wahrscheinlich wäre das Verfahren wegen Geringfügigkeit sowieso eingestellt worden, Frau Kommissarin. Deswegen bringe ich doch niemanden um.«

Susanne trank ihr Glas aus.

»Danke, Herr Weber, das war's. Zumindest für heute. Ich darf Sie bitten, in den nächsten Tagen beim Polizeipräsidium in L6 vorbeizukommen, damit wir Ihre Vernehmung noch zu Protokoll nehmen können. Melden Sie sich bitte bei Frau Werner vom Dezernat 11 - Tötungsdelikte, Zimmer 420, 3. Obergeschoss.«

Lauer erhob sich, ohne dass er an seinem Glas auch nur genippt hatte. Als Susanne Thomas Weber die Hand reichte, fing das Gekläffe wieder an.

Sie saßen im Auto. Lauer hatte den Schlüssel ins Zündschloss gesteckt, aber den Wagen noch nicht gestartet.

»Alle Achtung, Susanne. Ich hätte es nicht besser machen können.«

Sein Auftritt in der Villa fiel ihm ein.

»Wie ich so ein Verhör führe, haben Sie ja vorher in Ladenburg bewundern können.«

»Jetzt hören Sie doch damit auf. Was halten Sie von dem Weber? Ich glaube nicht, dass er was mit dem Mord zu tun hat. Er hat einfach kein vernünftiges Motiv.«

»Wo soll ich Sie rauslassen?«

»Am Hauptbahnhof, das wäre schön. Wenn ich Glück habe, bekomme ich den Zug nach Schwetzingen um 18:21 Uhr noch.«

»Wissen Sie was, ins Polizeipräsidium müssen wir nicht mehr und von der Rheinau, wo ich wohne, ist es nur ein Katzensprung nach Schwetzingen. Ich fahre Sie nach Hause.«

»Das ist doch nicht nötig.«

»Keine Widerrede!«

»Dass der Neu was mit der Sache zu tun hat, glaube ich auch nicht«, sagte Susanne, als sie in Schwetzingen am Schlossplatz ausstieg. »Das ist zwar ein unangenehmer Typ, aber einen Mord, noch dazu einen Auftragsmord, traue ich ihm nicht zu.«

Lauer musste seiner Praktikantin Recht geben.

»Viele Spuren führen ins Leere. Diese Erfahrung werden Sie noch oft machen.«

Mit Susanne hatte er wirklich Glück gehabt, gerade jetzt, wo Meißner nicht so belastbar war. Ihr »Jetzt hören Sie damit auf« hatte ihm gut getan. So einfach war sein Ausrasten in der Ladenburger Villa jedoch nicht vom Tisch zu wischen. Gleich morgen früh würde darüber zu reden sein. Beim Polizeipräsidenten Faulhaber. In dessen Büro. Da war Lauer sich sicher.

Zehn

Lauer saß auf seinem kleinen Balkon, auf dem nur zwei Stühle und ein Tischchen Platz hatten, und schaute in den Himmel. Seine Wohnung war im Erdgeschoss, der Garten lag tiefer. Drinnen mühte sich Robert Johnson beim ›Terraplane Blues‹ ab, ließ all seine Niedergeschlagenheit, seine Trauer heraus. Wolken waren aufgezogen. Für die Nacht war Regen angesagt. Auf dem Tisch stand ein Teller mit klein geschnittener Mortadella, aber der Kater hatte sich noch nicht blicken lassen. Kein Stern war am Himmel zu sehen. Gleich als er nach Hause gekommen war, hatte er versucht, bei Sybille Geerdt anzurufen. Es hatte sich jedoch nur ihr Anrufbeantworter gemeldet.

»Auf der Milchstraße wieder kein Licht.«

Die Zeile aus dem Gedicht von Rolf Bossert ging ihm nicht aus dem Kopf. Da weiß einer am Morgen nicht, was ihm der Tag noch alles bringen wird. Am Abend ist er enttäuscht, dass auf der Milchstraße wieder kein Licht zu sehen ist. Für den unglücklichen Polen würde es nie mehr einen Abend geben.Lauer konnte kein einziges Gedicht aus seiner Schulzeit auswendig. Eine Kollegin, der er nahe gekommen war, zu nahe, hatte ihm vor vielen Jahren den Gedichtband geschenkt.Und die Verse hatten sich eingeprägt. Lauer glaubte sich zu erinnern, dass Bossert aus Rumänien stammte, in den Achtzigern mit seiner Familie ausreisen durfte und wenige Wochen nach seiner Ankunft im Westen Selbstmord begangen hatte. Der Gedichtband mit dem poetischen Milchstraßen-Titel erschien posthum. Ein schmaler Band. War das alles, was von so einem Leben blieb? Lauer stand auf, ging ins Wohnzimmer, drehte Robert Johnson, der gerade den ›Drunken Hearted Man‹ besang, leiser. Bosserts Buch fand er nicht im Bücherregal. Er war sicher, dass er es nicht verliehen hatte. Bestimmt Fabian! Warum konnte er nicht wenigstens Bescheid geben, wenn er ein Buch mitnahm? Hatte er wirklich nichts mit dem Verschwinden seines kleinen Bruders zu tun? Lauer ging auf den Balkon zurück. Der Teller auf dem Tisch war leer. Auf der Brüstung saß der fette Kater und leckte sich das Maul. Sein linkes Ohr war eingerissen.

»Na, hast du dich schon mal bedient, Kater? Hat es wenigstens geschmeckt?«

Der Kater streckte sich, stolzierte über den Tisch. Humpelte er nicht ein wenig? Vorsichtig setzte er eine Pfote nach der anderen auf Lauers Oberschenkel und rollte sich schließlich zurecht. Lauer kraulte ihn am Hals und sofort fing ein gleichmäßiges Schnurren an. Wieder lief der Zeitlupenfilm ab. Ladenburg. Die Villa des Wolfgang Neu. Lauers Auftritt. Er goss sich Wein nach. Der Sankt Laurent aus Dirmstein war zur Zeit eindeutig sein Favorit. Er musste langsam machen, die Flasche war schon zur Hälfte leer. Kein Alkohol ist auch keine Lösung. Er wusste nicht, wo er den Satz aufgeschnappt hatte, aber er gefiel ihm.

Drüben bei Frau Grünberg gingen die Lichter aus. Eine angenehme Nachbarin, die ältere Dame, die ihren Garten über alles liebte und mit ihren Pflanzen redete. Sie war weit über siebzig. Da ihre bescheidene Rente zum Leben nicht reichte, jobbte sie in den Supermärkten der Umgebung. Animation bei diversen Sonderaktionen für gefriergetrocknetes Kaffeepulver, das in der Kaffeemaschine zubereitet angeblich besonders aromatisch schmecken sollte, für gummiartigen Industriekäse zu überhöhtem Preis, allerdings sei der Käse mit lebensnotwendigen Vitaminen angereichert, erzählte Frau Grünberg ihren Kunden. Lauer unterhielt sich mit ihr gerne am Gartenzaun. Sie hatte es bestimmt nicht einfach gehabt in ihrem Leben, hatte einen unehelichen Sohn großgezogen. Immer wenn Lauer mit ihr sprach, strahlte sie Zufriedenheit und Optimismus aus. Vor zwei Wochen war ihr arbeitsloser Sohn, der aus dem Gefängnis entlassen worden war, irgendwelche Scheckbetrügereien, zu ihr in die Einzimmerwohnung gezogen. Seitdem wurde es drüben immer mal wieder laut. Robert Johnson schwärmte von ›Sweet Home Chicago‹. Günther, so hieß Frau Grünbergs Sohn, war in Lauers Alter und hatte ein Alkoholproblem, das hatte Lauer schnell gemerkt. Einmal hatte Günther ihn am Zaun um 20 Euro angehauen. Lauer hatte einfach so getan, als habe er die Frage nicht gehört, aber Günther hatte nicht lockergelassen, bis Lauer dann erklärte, er verleihe grundsätzlich kein Geld. Der Alkohol war nicht das einzige Problem des neuen Nachbarn. Er glaubte, alle Taxen Mannheims gehörten ihm. Also ließ er sich ab und zu nach Hause chauffieren und seine Mutter musste bei der Bezahlung einspringen. Schon zweimal hatte Lauer es mit eigenen Augen gesehen. Als Lauer Frau Grünberg auf die Vorfälle angesprochen hatte, hatte sie geantwortet: »Günther ist ein guter Junge. Wenn er seine Tabletten regelmäßig nimmt, ist alles in Ordnung. Doch wehe, wenn ich vergesse, sie ihm zu geben.«

»Come on in my kitchen«, Robert Johnson wollte seine Liebste becircen, aber meist ging das schief. Wenn ein Arbeiter stirbt, bleibt von ihm seine Arbeit, hieß es so schön. Was blieb von Lauer übrig. Hinter Schloss und Riegel gebrachte Gauner? Aus dem Verkehr gezogene Mörder, die mit einer lächerlich geringen Strafe davonkamen und nach ihrer Entlassung vielleicht wieder einen Menschen töteten? War das alles? Warum um alles in der Welt hatte er diesen Beruf ergriffen? Der Kater erhob sich, stampfte lange mit den Vorderfüßen auf Lauers Oberschenkel und rollte sich in genau der gleichen Position wieder zusammen. Das Leben war kurz und traurig. Lauer dachte an die, die nie ihre Ziele erreichen würden. Günther von gegenüber. Mateusz, der unglückliche Pole, der sein Glück gefunden zu haben schien. Ein kleines Loch in der Schläfe war im Weg. Und er, Lauer? Was hatte er erreicht? Sein Geburtstag am 20. Mai, 48 Jahre alt war er geworden.

Frau Werner gratuliert ihm und schenkt ihm eine Karte mit einem kleinen Spruch, wie jedes Jahr.

»Ich sage euch: Tanzt! Tanzt! Am besten aus der Reihe.«

Lauer als notorischer Nichttänzer ist leicht irritiert über den Spruch. Meißner bekommt die Gratulation mit und wünscht ihm alles Gute. Fabian meldet sich an Lauers Geburtstag nicht. Den Abend verbringt Lauer wie heute allein auf seinem Balkon und begießt seinen Weltschmerz mit zwei Flaschen Rotwein aus seinem Tabu-Regal im Keller. Wein für besondere Gelegenheiten. Er wählt den Roero aus, den er vor Jahren im Piemont direkt bei einem Winzer gekauft hat.

Lauer war allein. Sein Vater war schon vor Jahren gestorben. Seine Mutter ging auf die Fünfundsiebzig zu, war noch fit und rüstig und lebte in dem Dorf in der Pfalz, in dem Lauer auch geboren und aufgewachsen war. Alle ein, zwei Wochen telefonierte er mit ihr, ab und zu besuchte er sie. Im Moment war sie mit der katholischen Musikkapelle in Österreich. Zu seiner Schwester hatte er so gut wie keinen Kontakt. Er selbst hatte, abgesehen von Fabian, keine Familie. Er war allein. Es ist schwer zu wissen, wer man ist, wohin man gehört, wenn man allein ist. Wenigstens hatte er jetzt ja den Kater, der ihn ab und zu besuchte. Wie oft war es möglich, das Leben neu anzufangen? Sich nicht irgendwelche guten Vorsätze vornehmen, nein, richtig neu anfangen. Sybille. Ihre Angst um den Sohn. Ihre verweinten Augen. Ihr Kopf an seiner Schulter. Ihr friedlicher Gesichtsausdruck, als er heute Morgen gegangen war. War das erst wenige Stunden her? Lauer kam es wie eine Ewigkeit vor. Außer dem kurzen Anruf im Büro heute Morgen hatte Sybille den ganzen Tag über keinen Kontakt mehr zu Lauer gesucht. Er musste sich unbedingt um sie kümmern. Sollte er nicht einfach zu ihr fahren? Sie brauchte seine Hilfe. Oder brauchte er Sybille?

Drüben ging das Licht an, eine Tür knallte laut.

»Wenn du jetzt gehst, brauchst du nicht mehr zu kommen.«

Frau Grünbergs sich überschlagende Stimme. Dann ging die Tür auf und Günther torkelte ins Freie.

»Lass mich in Ruhe, du alte Hexe. Ich brauche jetzt eine Frau, verstehst du das?«

»Günther, bleib doch da, nimm deine Tabletten, leg dich ins Bett.«

»Du sollst mich in Ruhe lassen!«

»Wie du willst!«

Eine Reisetasche flog auf den Gehweg, die Haustür wurde zugeschlagen, das Licht bei Frau Grünberg ging aus. Günther zündete sich eine Zigarette an und ließ sich auf die Reisetasche plumpsen.

Sybille. Lauer überlegte, ob er noch einmal bei ihr anrufen sollte. Viertel vor elf. Es war zu spät. Obwohl, sie würde bestimmt nicht schlafen. Das Problem ist, dachte Lauer, dass wir keinen Überblick haben über unser Leben. Weder nach vorne noch nach hinten. Wir sind Treibsand vor uns selbst. Glück, Pech, ob uns was gelingt, ob es misslingt. Zufall. Der tote Pole. Magdalena Moormann. Sandra Maurer. Der tote Spanier, den sie letztes Jahr in den Lauerschen Gärten gefunden hatten. Die erschlagene Verkäuferin, die neben dem Zimmerbrunnen in der exklusiven Lederboutique auf den Planken gelegen hatte. Lauer hatte das Gefühl, dass all das Leben um ihn herum jederzeit zu Staub zerfallen konnte. Drüben fuhr ein Taxi vor und hielt vor Frau Grünbergs Wohnung. Günther warf die Zigarette hinter sich, schnappte die Reisetasche und stieg ein. Was machten die Menschen? Hatten wir nicht alle die Fähigkeit verloren, über etwas anderes zu reden als über uns selbst? Lauer schaute in den Himmel.

»Auf der Milchstraße wieder kein Licht.«

›Love in vain‹ erklang. Robert Johnson hatte das Lied

geschrieben, 1936 oder 1937 war es in Texas aufgenommen worden, in einem schäbigen Hotelzimmer, mit einem einzigen Mikrofon. Die Stones hatten den Song gecovert, 1969 auf ihrer LP ›Let it bleed‹, hatten mit keinem Wort erwähnt, von wem das Lied stammte. Robert Johnson war kurze Zeit nach der Aufnahme ermordet worden. Ein eifersüchtiger Wirt soll ihn vergiftet haben, weil Johnson hinter seiner Ehefrau her war. Oder Johnson wurde erstochen. Widersprüchliche Angaben.

Eifersucht. Der tote Pole. Nichts ergab einen Sinn. Kein Motiv. Die meisten Morde sind Beziehungstaten. Eifersucht ist ein starkes Motiv. Neben Geldgier das stärkste. Vielleicht gab es jemanden, der Grund hatte, auf den Polen eifersüchtig zu sein. Lauer musste das morgen unbedingt überprüfen. Was sind wir Menschen denn? Winzige Wesen in einem Universum. Und was bilden wir uns ein? Das Universum, alles drehe sich um uns. Was halten wir uns für wichtig! Unfähig sind wir, unfähig, unsere Nichtigkeit zu erkennen. Wir halten fest am Leben, machen weiter, auch wenn es lächerlich ist. Lauer saß ruhig auf seinem Stuhl, streichelte den Kater, der gleichmäßig atmete, und beobachtete einen Nachtfalter, der immer wieder gegen die Balkonlampe flog. Er fühlte sich so ähnlich wie dieser Falter, kam sich hilflos vor, ohne Orientierung. Als Junge hatte er mit Freunden Frösche gefangen, diese mit Strohhalmen aufgeblasen und vor Freude aufgeschrieen, wenn sie zerplatzten. Fast vierzig Jahre war das her, aber Lauer spürte immer noch die Freude. Zu keiner Sekunde hatte er damals an Leben oder Tod gedacht. Er schenkte sich Rotwein nach. Die Flasche war leer. Zu viel, dachte er. Der tote Pole. Vielleicht saß sein Mörder irgendwo in Mannheim gerade jetzt auf einem Balkon, trank ein Bier oder einen Wein, schaute in den wolkenverhangenen Himmel. Wie fühlte er sich? Tat ihm der Pole leid? Ging ihm das Loch in der Schläfe nicht aus dem Kopf? Bereute er seine Tat? War es ihm egal, dass er ein Leben ausgelöscht, Träume, Hoffnungen zerstört hatte? Und der Mörder der Journalistin? Lag er gerade jetzt in seinem Bett, das Kissen über den Kopf gezogen, weil das Bild vor seinem inneren Auge sich nicht vertreiben ließ? Die blutige Axt, der auseinanderklaffende Schädel, das Blut auf dem Sofa, auf dem Glastisch, auf dem Teppich.

Hatte die Journalistin sich das Leben weggeschrieben? Wenn der Mörder hier in Mannheim lebte, dann atmete er dieselbe Luft wie Lauer ein. Er ging durch dieselben Straßen, hielt an denselben Ampeln an. Vielleicht hatten sich an einer Ampel heute für einige Sekunden ihre Blicke getroffen. Lauer Auge in Auge mit dem Mörder von Magdalena Moormann. Und er wusste nicht, dass dies der Mörder der Journalistin war. Oder der Mörder des Polen.

»What went wrong with you?«, sang Robert Johnson im ›Milkcow Café Blues‹. Das Lied endete etwas abrupt, so als seien die letzten Takte abgeschnitten und mit dem Lied endete die CD. Lauer setzte den schlafenden Kater vorsichtig auf den zweiten Stuhl und ging ins Wohnzimmer zurück. Er suchte lange in seinem Regal, bis er die CD fand. John Coltrane. ›Stellar Regions‹. Lange nach seinem Tod gefundene Aufnahmen vom Februar 1967, Spuren nahe am Abgrund, als der Krebs zu ahnen war. Der Kater saß auf der Brüstung. Als er Lauer sah, machte er einen Buckel, streckte sich lang, so als verbeuge er sich vor Lauer, und sprang in den Garten.

»Mach's gut, Kater«, rief Lauer hinter ihm her. »Und besuche mich bald wieder einmal.«

Es war, als ob Coltrane nackt auf der Bühne stehen würde, die Musik kommt direkt aus dem Mann, nicht aus dem Instrument. Töne, ein Blues, ein Spiritual, mit viel Luft, viel Vibrato geblasen, mit einer Ruhe, die fast zu explodieren scheint. Dann löst sich die Melodie auf, die Harmonien entfernen sich vom Boden, die singenden und pfeifenden Töne schwingen sich hinauf, werden hoch und höher getragen, bis sie neu geboren zum Thema zurückkehren. ›Stellar Regions‹. Was sind wir Menschen denn? Winzige Würmchen, allein gelassen, verlassen in einem riesigen Weltall. Kreisen um uns selbst. Sehen uns im Mittelpunkt. Wozu brauchen wir Terroristen? Wir arbeiten doch mit Volldampf an unserer eigenen Auslöschung.

Lauer trank den letzten Schluck Rotwein leer. Da läuft so ein Irrer in Mannheim herum, ein Irrer, der einer Frau mit einer Axt den Kopf eingeschlagen hat. Und noch ein Irrer, der sich auf Löcher in Schläfen spezialisiert hat. Lauer löschte die Kerze auf dem Tisch und knipste die Balkonlampe aus. Wir sind nicht, was wir sind. Irgendwie hörte sich dieser Gedanke zu gestelzt an. Der ganze Abend kam ihm reichlich inszeniert vor. Als er im Bett lag, konnte er lange Zeit nicht einschlafen. Immer wieder lief der Zeitlupenfilm ab, in dem seine Rolle so jämmerlich besetzt war.

Donnerstag, 19. Juli 2007

Elf

Endlich regnete es. Lauer kam es wie eine Erlösung vor. Gestern Abend auf dem Balkon war der Kater nicht noch einmal aufgetaucht. Lauer hatte gut geschlafen, hätte seit langem auch wieder durchgeschlafen, wäre da gegen Morgen nicht etwas Feuchtes, Kühles an seinem Gesicht gewesen. Die rosa Schnauze des Katers.

»Wer hat dir das erlaubt?«, fragte Lauer.

Er sah, dass die Schlafzimmertür offen stand. Er musste sie vor dem Schlafengehen nur angelehnt haben. Er erhob sich gähnend, um den Kater vor die Tür zu setzen.

»Noch haben wir getrennte Schlafzimmer«, sagte er und gab dem Kater einen Klaps auf das Hinterteil. Danach war Lauer gleich wieder eingeschlafen. Trotz der Unterbrechung kam er sich frisch und ausgeruht vor. Am Morgen saß der Kater auf der Motorhaube und schrie Lauer vorwurfsvoll an. Lauer wollte ihn vorsichtig vom Auto nehmen, doch als er die Hände nach ihm ausstreckte, fauchte der Kater, schlug nach ihm und verschwand im Garten. Lauer startete den Wagen, die Tankanzeige leuchtete auf.

»Das Leben ist ein einziger großer Verbrauch.«

Lauer hatte es einmal gelesen und der Satz hatte ihm gefallen, hatte sich eingeprägt. Jetzt, wo er den Einfüllstutzen in den Tank hielt und die Euroanzeige sich in atemberaubender Geschwindigkeit zu immer höheren Zahlen aufschwang, kam ihm der Satz künstlich vor. Verbrauch von was? Essen? Bier? Wein? Liebesbeziehungen? Oder einfach nur Benzin. Er zahlte mit seiner EC-Karte und musste feststellen, dass die Summe, die er bestätigte, eine neue Rekordmarke darstellte. So viel hatte er noch nie für eine Tankfüllung bezahlen müssen.

Um halb neun kam er im ›Mutterhaus‹ an. Alle waren schon da. Selbst Meißner. Die Zeitungskisten waren verschwunden.

Fritz Wunderlich schwieg. Frau Werner wirkte bedrückt. Für Susanne hatten sie einen kleinen Tisch organisiert, der bündig an Meißners Schreibtisch stand. Die beiden steckten die Köpfe zusammen und unterhielten sich angeregt.

»Na, Meißner, haben Sie endlich Ihr Privatleben auf die Reihe gebracht?«

Meißner schaute ihn böse an.

»Meine Familie, das ist mein Leben, nicht dieser Dreck, der uns hier Tag für Tag begegnet.«

Er hackte wütend auf die Computertastatur ein.

»Und mein Leben ist in Ordnung!«, fügte er hinzu. »Aber vielleicht sollten Sie Ihr Privatleben mal einer eingehenden Prüfung unterziehen, von Ihrem Berufsleben ganz zu schweigen.«

Meißners aggressiver Ton. Lauer fiel ein, was ihn heute Morgen noch erwartete. Sein unrühmliches Verhör gestern in Ladenburg. Hatte Fritz Wunderlich deshalb Gesangsverbot? Deshalb Frau Werners besorgter Blick? Sie stand auch schon in der Tür.

»Der Präsident erwartet Sie. Dringend!«

»Ich weiß, Herr Polizeipräsident, ich habe mich nicht korrekt verhalten!«

»Nicht korrekt, Lauer, davon reden wir nicht. Bedrohung bei einer Vernehmung! Der Anwalt von diesem Neu hörte sich am Telefon alles andere als kooperativ an. Wenn es eine Anzeige gibt, was dann? Was sagen Sie dazu?«

»Was soll ich dazu sagen. Ich habe mich provozieren lassen. Ich weiß, das ist ein untragbares Verhalten. Suspendieren Sie mich!«

In Lauer machte sich Fatalität breit, gepaart mit Trotz. Faulhaber trommelte mit den Fingerspitzen auf die glattpolierte Schreibtischplatte. Er griff in die Schatulle vor sich und steckte sich eine Zigarette in den Mundwinkel.

»Keine Angst, ich rauche nicht mehr. Nur zur Beruhigung.«

Er drehte die Zigarette zwischen den Fingern und legte sie in das Kästchen zurück.

»Suspendieren, genau, das war auch mein erster Gedanke.«

Lauer stand auf.

»Bleiben Sie sitzen. Hören Sie mir zu! Als ich vorhin den Anruf von Neus Anwalt erhielt, dachte ich spontan, suspendieren wäre angemessen und richtig. Was rede ich da im Konjunktiv. Es ist die einzig richtige Entscheidung. Schon zu Ihrem eigenen Schutz.«

Der Polizeipräsident hatte schon wieder die Zigarette zwischen den Lippen und schnipste an einem Einwegfeuerzeug, steckte die Zigarette aber nicht an.

»Ich weiß, ich werde Ärger kriegen. Das ist mir egal, Lauer. So leicht stehlen Sie sich nicht aus der Verantwortung.«

Faulhaber klappte den Deckel der Schatulle auf und ließ Feuerzeug und Zigarette darin verschwinden.

»Kurz bevor Sie gekommen sind, habe ich noch einen Anruf bekommen. Von oben! Bürgermeister für Sicherheit und Ordnung. Sie können sich denken, was er mir erzählt hat. Und wissen Sie was, Lauer, der Anruf hat mich renitent gemacht. Wie der die Froschkönig-Affäre ausgesessen hat! Und spielt sich am Telefon wer weiß wie auf! Ich glaube schon, dass Neu über seinen Anwalt die Presse informieren wird. Jetzt hören Sie mir gut zu: Für morgen habe ich eine Pressekonferenz einberufen. Freitag 13:30 Uhr, länger kann ich das nicht hinauszögern. Betreiben Sie Schadensbegrenzung, sonst lasse ich Sie wie eine heiße Kartoffel fallen. Haben Sie mich verstanden?«

Lauer saß auf dem Sofa, auf dem am Dienstag Susanne gesessen hatte, und schwieg.

»Haben Sie verstanden?«

»Ich habe verstanden, Herr Polizeipräsident.«

Lauer hatte keineswegs verstanden, was der Polizeipräsident mit Schadensbegrenzung meinte, aber er fragte nicht nach.

»Ich weiß, das schmeckt Ihnen nicht. Wahrscheinlich wäre Ihnen eine Suspendierung lieber. Springen Sie über Ihren Schatten. Sonst kann ich nichts mehr für Sie tun.«

Lauer stand auf und nickte seinem Chef zu.

»Die Presse wird nicht zimperlich mit Ihnen umspringen, aber wir stehen das durch.«

Wenn der Polizeipräsident von ›wir‹ spricht, aber einen Untergebenen meint, dann müssen alle Alarmglocken schrillen, dachte Lauer, als er das beeindruckende Büro verließ.

»Halten Sie mich unbedingt auf dem Laufenden«, rief der Polizeipräsident hinter Lauer her.

Lauer fühlte sich elend, als er ins Büro zurückkam. Er hatte das Bedürfnis, allein zu sein. Sich in eine Ecke verkriechen, in Ruhe gelassen werden. Da war aber Meißner. Da war Susanne. Und im Nebenzimmer war Frau Werner mit ihrer Leichenmiene. Lauer setzte sich hinter den Schreibtisch.

»Und?«

Meißner bemühte sich, seine Frage so nebenbei zu stellen, es gelang ihm aber nur bedingt. Lauer ignorierte die Frage.

»Das gelbe Teilchen vom Tatort, irgendwelche verwertbaren Spuren?«

Bevor Meißner antworten konnte, kam Frau Werner ins Zimmer.

»Fax von der Kriminaltechnik«, sagte sie und gab Lauer ein Blatt.

»Viking MP-446, 9 mm, 17 Schuss Großraummagazin, neuartige Waffe, nicht registriert.«

Der ›Wutbolzen‹, wie ihn Dr. Adelmann tituliert hatte, hatte also nicht seiner Wut freien Lauf gelassen und das Magazin doch nicht leer geballert. Lauer gab das Fax an Meißner weiter.

»Versuchen Sie, was herauszufinden.«

Meißner warf einen Blick auf das Blatt.

»Was?«

»Was weiß ich?«

Lauer schenkte sich bei Frau Werner einen Kaffee ein. Als er an seinen Schreibtisch zurückkam, lag die Plastiktüte mit dem gelben Teilchen auf der Tischplatte.

»Golf GT Sport, Baujahr 2003 bis 2005, ginstergelb, hier die Liste der Autos, die im Rhein-Neckar-Kreis zugelassen sind.«

»Wie viele?«

»Seltene Farbe, wir haben Glück, nur 29.«

»Checken Sie alle durch«, sagte Lauer. »Wenn Sie Hilfe brauchen, kann Sie Susanne unterstützen.«

»Und, wie war's beim Präsidenten?«

Meißner unternahm einen zweiten Versuch.

»Was soll schon gewesen sein, Gang nach Canossa. Morgen um halb zwei Pressekonferenz, unerwartete Unterstützung vom Froschkönig.«

Meißner und Susanne konnten mit Lauers Anspielungen nichts anfangen. Die Art, wie er sich hinter den Schreibtisch setzte, machte deutlich, dass es zwecklos war, weitere Fragen zu stellen. Lauer packte einen Aktenstapel von der linken Seite, achtete darauf, dass alle Aktenordner in rechtem Winkel zueinander lagen und platzierte den Stapel umständlich auf der rechten Seite. Schließlich zog er seinen Spiralblock aus der Tasche, blätterte vor, blätterte zurück, machte auf einer Seite ein dickes Ausrufezeichen an den Rand.

»Noch was, Meißner, Petra Sievers aus Ilvesheim, schreiben Sie sich die Adresse auf, Freundin des Polen. Fahren Sie hin und klären Sie ab, ob Eifersucht im Spiel sein könnte. Unwahrscheinlich, denke ich, aber wir müssen jeder Spur nachgehen. Die Sievers ist geschieden.«

Lauer stand auf und ging zur Tür.

»Ihrer Frau, Meißner, geht es besser?«

»Sie ist immer noch im Krankenhaus, darf nicht aufstehen.«

»Und die Kinder?«

»Seit wann interessieren Sie sich für mein Privatleben?«

Lauer schwieg.

»Die Schwiegereltern sind angereist, aus Hameln. Beide Rentner, alles bestens.«

Meißner musste niesen.

»Bis auf die Katze, die haben sie mitgebracht. Ich reagiere allergisch.«

Lauer streckte kurz den Kopf in Frau Werners Büro und teilte mit, dass er noch etwas zu erledigen habe, er sei erst nachmittags zurück. Ihr Blick sprach Bände. Schon auf der Treppe hörte er, wie Susanne nach ihm rief. Er blieb stehen.

»Wie war's beim Polizeipräsidenten?«

»Ich bin nicht suspendiert. Noch nicht. Ich soll über meinen Schatten springen. Ich soll mich um Schadensbegrenzung kümmern. Dabei weiß ich nicht mal, was der damit meint.«

»Ich an Ihrer Stelle würde einfach zum Neu nach Ladenburg fahren und in aller Ruhe mit ihm reden.«

»Kommt nicht in Frage!«, war Lauers erste Reaktion.

»Lassen Sie es sich durch den Kopf gehen.«

Susanne war schon wieder im dritten Stock im Flur, als Lauer ihr nachrief: »Meißner soll sich unbedingt um das gelbe Teilchen kümmern!«

»Er kümmert sich.«

»Und Sie, Susanne, Sie versuchen herauszubekommen, was es mit der ominösen 47er Sache auf sich hat. Sie wissen, die seltsame SMS, die bei der Kurpfälzischen Anzeigengesellschaft eingegangen ist.«

»Ich werde mich darum kümmern«, bekam er zur Antwort.

Zwölf

»Ich weiß nicht, ob ich dazu berechtigt bin. Unser Filialleiter ist nicht da.«

Herr Bauer, der stellvertretende Leiter der Deutschen Bank-Filiale in der Friedrichstraße in Neckarau wand sich wie ein Aal.

»Es ist ein Notfall, verstehen Sie das doch endlich.«

Lauer verlor langsam die Geduld.

»Es geht um Leben und Tod.«

Das war zwar übertrieben, aber Lauer hoffte, dass es bei Bauer Eindruck machte.

»Ein kleiner Junge ist in der Hand eines skrupellosen Entführers«, setzte er noch eins drauf.

»Wenn Sie wenigstens was Schriftliches hätten, von der Staatsanwaltschaft oder so.«

»Es gibt nichts Schriftliches, dafür ist im Moment keine Zeit. Sie sollen mir doch auch keine Staatsgeheimnisse verraten. Ich möchte nur eine kleine Auskunft. Ich möchte wissen, ob Frau Sybille Geerdt in den letzten Tagen einen größeren Betrag abgehoben hat.«

Herr Bauer rutschte unruhig auf seinem Bürosessel hin und her. Bauer und Lauer, dachte Lauer. Sie gaben ein tolles Paar ab. In dem riesigen Stuhl versank er fast.

»Also gut, aber nur auf Ihre Verantwortung, Herr Hauptkommissar …«

»Lauer«, ergänzte Lauer. »Natürlich, auf meine Verantwortung.«

Der stellvertretende Filialleiter tippte eine nicht enden wollende Folge von Zahlen und Buchstaben ein, drückte schließlich die Return-Taste, seufzte auf und trommelte mit seinen Fingern auf der Schreibtischplatte. Dann schüttelte er den Kopf und schwieg.

»Und?«, fragte Lauer.

»Nichts, Fehlanzeige. Frau Geerdt hat in den letzten zwei

Wochen keinen größeren Geldbetrag abgehoben. 400 Euro am Montag und gestern 200. Das war alles.«

Lauer war enttäuscht. Sollten seine ganzen Spekulationen wie ein Kartenhaus zusammenfallen?

»Abgehoben hat sie keine größere Summe«, sagte Bauer. »Aber heute morgen um zwanzig nach zehn hat sie einen größeren Betrag überwiesen.«

»Wie viel?«

Lauer schöpfte neue Hoffnung.

»Sage und schreibe 75 000!«

Volltreffer, dachte Lauer. Komische Entführung, bei der der Entführer per Überweisung sein Lösegeld erhält. Und dann nur die Hälfte der geforderten Summe.

»Und?«

»Was und?«, fragte Bauer zurück.

»An wen ging das Geld?«

»Das geht, Herr Hauptkommissar Lauer, fürchte ich, nun doch zu weit. Ich weiß nicht, ob ich berechtigt bin, Ihnen diese vertrauliche Auskunft zu geben.«

Lauer atmete tief durch.

»Wir drehen uns im Kreis, Herr stellvertretender Filialleiter. Ihr Chef ist nicht da. Sie sind sein Stellvertreter, Sie haben das Sagen. Und Sie sagen mir jetzt bitte, an wen die 75 000 gingen.«

Lauer war sich nicht sicher, ob er Herrn Bauer zu sehr bedrängte, aber das Ergebnis überzeugte.

»Selbstverständlich.«

Wieder bearbeitete Bauer die Tastatur und Lauer sah zu.

»Elektro-Geerdt.«

»Wie? Was? Elektro-Geerdt? Hat die gute Frau jetzt das Geld an sich selbst überwiesen?«

»Elektro-Geerdt, Inhaber ist ein Herr Manfred Gerber.«

Das musste der Bekannte von Sybilles verstorbenem Mann sein, vielleicht war er auch ein ehemaliger Angestellter, Lauer wusste das nicht mehr so genau. Auf jeden Fall musste Gerber das Elektrogeschäft übernommen haben, wahrscheinlich für viel Geld gekauft.

»Herr Bauer, Sie können mir nicht zufällig sagen, wie es um die Finanzen von Elektro-Geerdt bestellt ist?«

»Tut mir leid, Herr Hauptkommissar Lauer, aber das kann ich beim besten Willen nicht, und dieses Mal nicht, weil ich irgendwelche datenrechtlichen Bedenken hätte, nein, es geht schlicht und einfach nicht, weil Herr Gerber kein Kunde unserer Bank ist.«

Schufa, lag Lauer auf der Zunge, aber das war wahrscheinlich zu viel verlangt.

»Aber Frau Geerdt«, fragte er stattdessen, »kann es sich leisten, so locker mal eben 75 000 Euro zu überweisen?«

»Sie bringen mich in Teufels Küche«, murmelte Bauer mehr vor sich hin, als dass er mit Lauer kommunizierte. Er hackte jedoch wieder auf die Tastatur ein.

»Frau Geerdt hat ihre sämtlichen Ersparnisse in Fonds, sicheren, betone ich, als Festgeld und als normales Sparkonto bei uns angelegt. Durch die Transaktion wird sie zwar einen gewissen Verlust haben, aber den kann sie verschmerzen, alles noch im grünen Bereich. Ihre gesamten Einlagen waren mehr als doppelt so hoch wie die überwiesene Summe.«

Lauer bedankte sich bei Herrn Bauer für die, wie er sagte, großartige Kooperationsbereitschaft und verließ die Bankfiliale. Als er zu seinem Fabia zurückkam, den er wenige Meter von der Bank entfernt einfach auf dem Bürgersteig in der Friedrichstraße abgestellt hatte, sah er, dass ein Strafzettel hinter seinem Scheibenwischer klemmte. Er knüllte den Zettel zusammen und ließ ihn neben den Wagen fallen.

Nachdem Lauer am Morgen das Präsidium verlassen hatte, war er nach Ladenburg in die Gropengießerstraße gefahren. Wolfgang Neu hatte er nicht angetroffen. Von der Frau mit dem schwarzen Kleid und der weißen Schürze, die ihn und Susanne auch gestern empfangen hatte, erfuhr er, dass Neu seit gestern Abend wieder auf Geschäftsreise war, in Übersee, wie sie sich ausdrückte, Rückkehr Montagabend. Wolfgang Neu schien ein vielbeschäftigter Mann zu sein.

Auf der Rückfahrt von Ladenburg nach Mannheim hatte sich Lauer entschlossen, bei Petra Sievers in Ilvesheim vorbeizuschauen. Als er vor dem Mietshaus stand, zögerte er, auf den Klingelknopf zu drücken. Er dachte an den Montag, er überbringt die Nachricht vom Tod des Polen, die Frau ignoriert einfach seine Worte, lässt die Bedeutung dessen, was er ihr mitteilt, nicht an sich heran. Lauer hatte Angst vor der erneuten Begegnung. Seine Angst erwies sich als grundlos. Die Petra Sievers vom Donnerstag, gefasst, ruhig, ganz in Schwarz gekleidet.

»Zu meinem geschiedenen Mann habe ich keinen Kontakt mehr. Seit er ausgewandert ist, Australien, habe ich nichts mehr von ihm gehört. Das sind jetzt auch schon zwei Jahre.«

Lauer hatte der Frau beim Abschied lange die Hand gedrückt. Nein, Eifersucht kam als Tatmotiv nicht in Frage.

Danach war Lauer wieder auf den Parkplatz vor der Neckarhalle in Ilvesheim gefahren. Der Regen hatte längst aufgehört. Der Asphalt dampfte. Es wurde gleich wieder schwül. Lauer nahm sein Handy vom Beifahrersitz und rief bei Sybille Geerdt an. Bei der Festnetznummer meldete sich nur der Anrufbeantworter. Nach etlichen Versuchen erreichte er sie auf ihrem Handy. Das Gespräch verlief kurz und einseitig.

»Nein, Leo, ich brauche deine Hilfe nicht mehr. Vergiss alles, was ich dir erzählt habe. Ich habe alles im Griff. Es ist alles geregelt. Keine Polizei, auf keinen Fall, hörst du. Es wird alles gut werden.«

Bevor Lauer eine Frage, einen Einwand, auch nur ein einziges Wort vorbringen konnte, beendete Sybille das Gespräch. Lauer drückte die Wahlwiederholung auf seinem Handy, nach dem ersten Klingeln kam gleich die Mailbox. Lauer schaute auf die Uhr. Es war kurz vor eins. Er legte beide Hände auf das Lenkrad, schloss die Augen und ließ seinen Kopf wie in Zeitlupe auf das Lenkrad rutschen. Er musste nachdenken.

Sybille spielte nicht mit offenen Karten. Sie wusste mehr, als sie an ihn weitergab. Es war nicht richtig, den Entführungsfall geheim zu halten. Lauer wusste das. Warum tat er es trotzdem? Warum ließ er sich von dieser Frau an der Nase herumführen? Warum war er in ihren Händen eine bloße Marionette? Warum setzte er den Polizeiapparat nicht endlich in Bewegung? Die Antworten auf diese Fragen zielten alle in eine Richtung. Und die Antworten gefielen Lauer nicht.

Das Klingeln des Handys hatte Lauer aus seinen Gedanken gerissen. Er wollte es zuerst klingeln lassen, sah dann aber auf dem Display, dass es Susanne war. Die wollte er sowieso noch anrufen. Er erzählte ihr von dem Fehlschlag in Ladenburg. Susanne schlug vor, Neu eine Mail zu schicken. Woher solle er denn die Mailadresse nehmen?

»Aber Chef, Moormanns Laptop.«

»Okay, Susanne, schreiben Sie in meinem Namen, aber tragen Sie nicht zu dick auf.«

Im Fall des erschossenen Polen gab es nichts Neues. Meißner war noch immer dabei, die Fahrzeughalter durchzuchecken. Lauer ließ ihm ausrichten, dass sich die Vernehmung von Frau Sievers erledigt habe. Für Frau Werner hatte er auch noch eine Aufgabe gehabt. Sie sollte herausfinden, bei welcher Bank eine gewisse Sybille Geerdt, Lauer buchstabierte den Namen, ein Konto habe.

»Vielleicht sehen wir uns nachher noch im Büro.«

Damit legte Lauer auf. Wenige Minuten später hatte er bereits die gewünschte Auskunft. Sybille war bei der Deutschen Bank, Filiale in der Friedrichstraße in Neckarau.

Lauer kickte den Strafzettel unter sein Auto. Nach dem Besuch in der Bank und dem Gespräch mit Herrn Bauer war Sybilles Verhalten und ihre Reaktion vorhin am Telefon nicht mehr ganz so unverständlich. Sie wusste, wer der Entführer war. Am Dienstagmorgen bei ihm im Büro war sie verzweifelt gewesen, regelrecht in Panik. Sie hatte nach jedem Strohhalm gegriffen. Und bestimmt war sie sich zu diesem Zeitpunkt nicht über die Identität des Entführers im Klaren gewesen, sonst hätte sie ihn nie und nimmer eingeweiht. Lauer spürte, dass er hungrig war. Seit dem Frühstück hatte er nichts mehr gegessen. Seit wann wusste sie, wer Pascal entführt hatte? Lauers Besuch bei Sybille Geerdt am frühen Mittwochmorgen. Der Anruf des Erpressers. Die Lösegeldforderung. Zum ›Estragon‹ am Rhein war es nicht weit. Der Anruf gestern, war wirklich erst ein Tag vergangen? Seit diesem Anruf war Sybille verändert, zumindest kam es Lauer so vor. Sie war distanzierter, entzog sich ihm, war irgendwie nicht mehr greifbar, glitt ihm durch die Finger. Am Ende der Friedrichstraße bog Lauer links auf den Neckarauer Waldweg ab. Ihm war nicht klar, warum Sybille nicht endlich die Polizei offiziell einschaltete. Hatte sie keine Angst vor dem Entführer? Oder zu große? Sie kannte ihn. Immerhin hatte er das Geschäft ihres Mannes übernommen. Glaubte sie wirklich, alles besser alleine regeln zu können? Wenig überzeugende Überlegungen, fand Lauer. Wahrscheinlicher war, dass sie einfach Angst um ihren Sohn hatte und jedes Risiko vermeiden wollte. Pascal war schließlich immer noch in der Hand Gerbers, falls der wirklich der Entführer war. Lauer folgte den Estragonschildern und parkte in der Nähe der Gaststätte. Auf der Terrasse waren nur wenige Tische besetzt. Als das Hefeweizen vor ihm stand, trat der Entführungsfall für den Moment in den Hintergrund. Ein anderes Problem hatte sich vorgedrängt. Lauer konnte sich nicht entscheiden. Flammkuchen oder Rindersteak.

Dreizehn

Die Sonne war hinter dem Sandbachtal verschwunden. Alles war in ein weiches Licht getaucht. Lauer trat auf die Bremse.

»Rechts, glaube ich, aber ich bin mir nicht sicher«, sagte Fabian.

»Ich fahre keinen Meter weiter, wenn du dir nicht sicher bist«, entgegnete Lauer. In Leistadt hatten sie sich schon einmal verfahren. Fabian hatte ihn mitten im Ort links abbiegen lassen, sie waren ins falsche Tal geraten und schließlich bei einer Gartenkneipe mit dem Namen Bergschänke gelandet. Vollbesetzter Biergarten. Ausgelassene Stimmung. Ein wunderbarer Blick auf Bad Dürkheim und in die Rheinebene. Lauer stellte sich vor, die Beine auszustrecken, ein Glas Riesling vor sich zu haben, die Seele einfach baumeln zu lassen. Fabian griff sich an die Stirn und stöhnte auf.

»Jetzt fällt es mir wieder ein. Die richtige Abzweigung liegt ganz am Ortsausgang. Von da aus kommen wir ins Sandbachtal.«

Also wenden und den ganzen Weg wieder zurück. Jetzt hatten sie den Ort schon hinter sich gelassen, waren am Ende der Weinberge angelangt, vor ihnen lag der Wald. Fabian musste aus drei Möglichkeiten auswählen, geradeaus, halbrechts und ganz rechts. Er stieg aus, drehte sich zweimal um die eigene Achse, ging erst einige Schritte geradeaus, kehrte um, ging nach rechts. Dann winkte er Lauer hektisch, deutete auf eine Wiese, die von verblühten Ginsterbüschen umsäumt war. Lauer parkte das Auto, schloss aber nicht ab. Fabian stand am Aufgang einer reichlich provisorisch anmutenden Treppe, deren Stufen von Baumstämmen unterschiedlicher Größe gebildet wurden. Eine weiß-rote Plastikkette war vorgelegt. Fabian deutete nach oben. Zwischen Fichten und Kiefern entdeckte Lauer eine kleine Holzhütte.

»Gerbers Wochenendgrundstück«, sagte Fabian. »Sybille

war öfter hier, als ihr Mann noch lebte. Ich war auch dabei, zwei-, dreimal.«

Die Höhe des Lösegeldes. Das fehlende Mosaiksteinchen. Fabian hatte es Lauer präsentiert. Lauer hatte in seinem Büro gesessen. Was er jetzt brauchte, war ein Schnaps zum Verdauen. Er hatte sich im ›Estragon‹ für das ›Pavé au poivre‹ entschieden, das Rindersteak in Form eines Pflastersteins an grüner Pfeffersoße. Er hatte etwas für sein Französisch getan, hatte gelernt, dass pavé Pflasterstein bedeutete und er hatte die Erfahrung gemacht, dass es angesichts der Hitze doch vielleicht klüger gewesen wäre, sich für einen Flammkuchen zu entscheiden. Der hätte nicht so schwer im Magen gelegen.

»150 000 Euro, exakt die Summe«, sagte Fabian, »die Mutter für das Geschäft vom Gerber kassiert hat.«

Lauer war nach der Völlerei im ›Estragon‹ noch ins Präsidium gefahren, hatte aber niemanden mehr angetroffen. Kein Wunder. Es ging auf 19 Uhr zu. Er war schon wieder im Gehen, als sein Handy klingelte. Fabian. Zurück aus München.

»Tu mir einen Gefallen, frag mich nicht, wie es gewesen ist.«

Fabian wollte Lauer unbedingt treffen.

»Es ist dringend. Nein, es geht nicht um mich. Ich komme bei dir im Büro vorbei. Ich bin ganz in der Nähe. Es geht um meinen kleinen Bruder und es geht um Mutter.«

Zurück aus München hatte Fabian seine Mutter nicht erreichen können. Im Haus in der Karl-Marx-Straße war sie nicht. Das Handy ausgeschaltet. Fabian wusste über das Verschwinden seines Bruders nur das, was Lauer ihm am Telefon erzählt hatte. Und das war reichlich wenig. Lauers Verdächtigungen und Vorwürfe hatten einen weitaus größeren Raum in den Gesprächen eingenommen als die Informationen, die Lauer weitergeben konnte. Und seine

Mutter hatte mit Fabian über Pascals Entführung gar nicht geredet.

Bei der Zahl 150 000 war bei Fabian der Groschen gefallen. Der Name Gerber war ins Spiel gekommen, ein alter Bekannter und Kollege seines Stiefvaters, ebenfalls Elektriker, ein Freund der Familie. Nach dem Tod des Stiefvaters hatte eben dieser Gerber das Geschäft übernommen. Der Kaufpreis war ihm überteuert vorgekommen, aber Sybille war zu keinem Kompromiss bereit gewesen. Ohne lange nachzudenken, hatte Gerber eingewilligt, wohl auch weil er sich Hoffnungen bei Sybille machte. Als Sybille ihn nach dem Verkauf abblitzen ließ, kühlte das Verhältnis zwischen den beiden ab. Als dann das Geschäft nicht so lief, wie der neue Besitzer sich das vorgestellt hatte, nahmen die Spannungen zu.

»Anfang Juni ist Gerber zu uns gekommen«, erzählte Fabian. »Irgendwie kam er mir komisch vor. Nicht dass er verwahrlost war, das wäre übertrieben, aber er machte einen vernachlässigten, ungepflegten Eindruck. Zerknitterte Hosen, fettige, ungewaschene Haare. Der Kundenstamm sei überaltert, alles Scheintote, der Umsatzeinbruch, Mutter müsse ihm helfen. Kein Wunder, dachte ich noch, wenn er so im Geschäft auftaucht. Er stehe vor dem Aus. Entweder sie greife ihm unter die Arme oder er müsse Insolvenz anmelden. Mutter hat ganz cool reagiert. Sie fragte zurück, warum sie ihm helfen solle, schließlich habe sie mit dem Geschäft nichts mehr zu tun. Es ist hin- und hergegangen. Gerber ist richtig aufbrausend gewesen, hat Sybille gedroht, hat etwas von Anzeige und Steuerhinterziehung gemurmelt und ist im Streit auf und davon, als Mutter sich nicht beeindrucken ließ. Das werde sie noch bereuen. Mit diesen Worten hat er die Haustür zugeknallt.«

Fabian konnte sich gut vorstellen, dass Gerber hinter der Entführung steckte.

»Dem steht das Wasser bis zum Hals, ohne Zweifel. Vorletzte Woche, das fällt mir gerade ein, rief ein alter Kunde bei Sybille an und beschwerte sich über Elektro-Geerdt, unregelmäßige Öffnungszeiten, zum Teil sei das Geschäft ganze Tage geschlossen ohne irgendeinen Hinweis. Ich weiß noch, wie Mutter sich aufgeregt hat. Wenn ich dann noch an Gerbers Hoffnungen, bei Sybille zu landen, denke, das passt alles zusammen. Schon als Mutters Mann noch lebte, hat er ihr schöne Augen gemacht. Gut möglich, dass der durchgedreht und auf so eine Wahnsinnsidee gekommen ist.«

Fabians Wechseln zwischen Sybille und Mutter. Und Lauer fiel auf, dass er von seinem Stiefvater immer nur als ›Mutters Mann‹ oder ›Sybilles Mann‹ sprach.

Lauer machte sich am Schreibtisch von Frau Werner zu schaffen, er wusste, dass sie dort eine Flasche Cognac deponiert hatte. Der Schreibtisch war jedoch abgeschlossen. Also keine Linderung. Der Pflasterstein lag weiterhin schwer im Magen. Fabian erzählte immer noch von Gerber, von seinen häufigen Besuchen bei Sybille.

»Eine Zeit lang habe ich wirklich befürchtet, zwischen den beiden geht was ab. Zum Glück Fehlalarm.«

Als das Geschäft immer schleppender lief, wurden die Besuche seltener.

»Gerber machte Mutter verantwortlich.«

Für Lauer gab es kein System, nach dem Fabian ›Sybille‹ oder ›Mutter‹ auswählte.

»Gerber gab Mutter die Schuld. Sie hätte ihn hereingelegt, getäuscht über die Umsätze und die Stammkunden. Dabei ist er nur ein fauler Sack. Sybilles verstorbener Mann, der war ein Schaffer!«

150 000. Bei der Höhe musste Sybille ein Licht aufgegangen sein. Lauer fragte Fabian aus, bohrte nach, fragte nach gemeinsamen Ausflügen, nach Zielen, nach Möglichkeiten. Irgendwann fiel der Name Sandbachtal. Bad Dürkheim, am Kreisel beim Fass rechts ab nach Leistadt, durch den Ort durch, dann im Ort links ab bis zum Ende der Straße, Weinberge, am Anfang des Waldes, ein

Wochenendgrundstück. Eine vage Vermutung nur. Ein Strohhalm. Nichts weiter. Besser als im Präsidium herumzusitzen und Däumchen zu drehen.

»Leo, du bist dir aber darüber im Klaren, dass Leistadt ein Ortsteil von Bad Dürkheim ist und dass Bad Dürkheim zu Rheinland-Pfalz gehört. Föderalismus, Leo.«

Wenn Fabian seinen Vater mit ›Leo‹ anredete, machte er sich entweder über Lauer lustig oder das, was folgte, war ihm besonders wichtig.

»Na und?«

»Ich an deiner Stelle würde das offiziell regeln, Amtshilfe oder wie das bei euch heißt. Du kannst natürlich auch auf eigene Faust ermitteln und dabei Kopf und Kragen riskieren.«

»Offiziell, offiziell, den Weg kannst du vergessen. Dauert ewig. Kopf und Kragen riskieren? Wieso denn, Fabian? Du darfst nicht vergessen, es gibt keine Entführung, offiziell, meine ich. Auf geht's, wir starten zu einer kleinen Spritztour in den Pfälzer Wald.«

Die Fahrt über war Fabian schweigsam gewesen. Auf Nachfragen zu seinem Münchner Abenteuer reagierte er allergisch.

»Vergiss es«, war die einzige Äußerung, die Lauer ihm entlocken konnte.

Lauer entfernte die Plastikkette am Aufgang zu Gerbers Wochenendgrundstück. Er zog seine Dienstwaffe und drehte sich nach Fabian um.

»Du bleibst hier unten. Ich will nicht, dass dir was passiert.«

»Du hast doch nicht mehr alle Tassen im Schrank. Spiel hier nicht den Rambo, gib mir lieber einen Schraubenzieher, wenn's geht, einen kräftigen.«

Lauer ging zum Auto zurück und durchwühlte den Kofferraum. Fabian stürmte die Treppe hoch, zwängte sich durch die Buchenhecke, die das Grundstück umsäumte und deutete auf das Toilettenhäuschen, das am linken Rand stand.

»Da drin war früher immer der Schlüssel für die Hütte. Das Schloss vom Toilettenhäuschen müssen wir leider aufbrechen.«

Lauer reichte ihm den Schraubenzieher.

»Sieht ja nicht gerade stabil aus«, meinte Fabian, «aber für das popelige Schloss wird es reichen.«

»Wie komme ich rein?«, fragte Lauer.

»Durchzwängen, Leo, was sonst?«

Fabian setzte den Schraubenzieher an dem Riegel an, schlug mit dem Handballen darauf und riss das Werkzeug nach vorne. Es knackte und der Riegel fiel auf den Waldboden.

»Wie Butter«, sagte Fabian und reichte Lauer einen überdimensionierten Bartschlüssel.

»Bitte schön, Herr Kriminalhauptkommissar!«

Lauer umkreiste die Hütte zweimal, die Waffe im Anschlag. Fabian verzog das Gesicht, vollführte mit seiner Handinnenfläche kreisende Bewegungen vor seinem Gesicht. Dann klopfte er an die Fensterläden, die mit einer Eisenschiene gesichert waren.

»Von innen verschraubt«, sagte er und legte sein Ohr auf die Tür und horchte.

»Alles ruhig«, sagte er schließlich. »Ich glaube nicht, dass Pascal in der Hütte ist. Alles ist so ruhig, so unberührt.«

»Es sei denn ...«

Lauer brach den angefangenen Satz ab.

»Willst du damit sagen ...«

Fabian verstummte.

»Schließ einfach auf«, sagte er nach einer Weile, die Lauer wie die Ewigkeit vorgekommen war. Knarrend öffnete sich die schwere Metalltür. Dumpfe, stickige Luft schlug den beiden entgegen. Ein Schrank mit Glastüren rechts vom Eingang, voll gepackt mit Geschirr und Gläsern, eine Kommode mit einem Gaskocher links von der Tür, vor dem Fenster ein einfacher Tisch mit zwei Stühlen, im hinteren Teil ein Bett, das die komplette Breite der Hütte einnahm. Fabian ging zielstrebig zum Fenster und entfernte zwei Flügelschrauben links und rechts vom Fenster. Er verließ die Hütte, zog die Eisenschiene aus ihrer Führung und klappte die Fensterläden auf. Das Innere der Hütte wurde plötzlich so von Licht durchflutet, dass Lauer die Augen zusammenkneifen musste. Er gewöhnte sich schnell an die veränderten Lichtverhältnisse. Das Bett war zerwühlt, Pizzakartons waren auf dem Boden verstreut. Leere Zwei-Liter-Wasserflaschen, eine Ameisenstraße, die unter dem Schrank hervor zu einem unappetitlichen Pizzastück unter einem Stuhl führte.

»Hier hat vor Kurzem jemand gehaust«, stellte Lauer fest. »Vor sehr kurzer Zeit, sonst würde es hier drinnen ganz anders riechen.«

Fabian nahm in der Zwischenzeit das Bett unter die Lupe.

»Natürlich könnte hier drinnen dein Bruder versteckt gehalten worden sein. Die Indizien könnten dafür sprechen«, sagte Lauer. »Es könnte aber auch sein, dass unser Blick nicht klar ist, dass unsere Schlussfolgerungen eingeschränkt sind, dass wir alles so sehen wollen, wie es uns in den Kram passt, dass wir nach einem vorgefassten Konzept interpretieren. Ein Penner könnte sich hier auch eingenistet haben.«

»Wenn es eiskalt wäre, mitten im Winter, dann könntest du Recht haben. Doch jetzt, mitten im Sommer, Leo? Sich freiwillig in so eine Sauna begeben?«

»Oder der Besitzer hat hier einige Tage seinen Urlaub verbracht, musste dann, aus welchem Grund auch immer, überstürzt abreisen, ohne vorher aufräumen zu können.«

»Urlaub? Hier? Ohne Strom? Ohne Wasser? Deine Phantasie geht mit dir durch.«

Lauer hielt es in der stickigen Luft der Hütte nicht mehr aus. Im Freien schob er sich die Dienstwaffe in den Hosenbund und ließ sich auf einen Stuhl unter dem Vordach fallen. Weit entfernt glaubte er, ein Auto zu hören.

»Schau dir das an!«

Fabian hielt Lauer eine blaue Geldbörse vor die Nase.

»Die gehört Pascal, da bin ich mir sicher.«

»Wo hast du sie gefunden?«

»Unter dem Bett.«

»Also wurde dein Bruder wirklich hier festgehalten«, schlussfolgerte Lauer messerscharf. Das Autogeräusch kam näher.

»Wir sollten langsam von hier verschwinden. Hoffentlich ist dein Bruder in Sicherheit.«

Das Geräusch war jetzt ganz nah. Aus den Augenwinkeln sah Lauer, wie zwei Autos auf der Wiese unten anhielten. Er schaute schnell weg und schüttelte den Kopf, wie wenn er das, was er gerade gesehen hatte, abschütteln wollte, so wie man Regentropfen aus dem Gesicht einfach abschüttelt. So sah er nicht, dass zwei der vier Personen, die sich dem Grundstück näherten, Alukoffer trugen und mit weißen Schutzanzügen bekleidet waren. Fabian hatte, auf Lauers Anweisung hin, die Geldbörse an ihren Fundort zurückgelegt, nicht ohne sie vorher sorgfältig mit einem Geschirrtuch abzuwischen, und war dabei, die Tür der Hütte wieder abzuschließen. Lauer saß noch immer auf dem Stuhl vor der Hütte.

»Achtung, Achtung, hier spricht die Polizei. Stehen Sie auf und nehmen Sie die Hände hoch.«

Lauer war so verwirrt, dass er nicht reagierte.

»Aufstehen, los, los, Hände über den Kopf!«

Fabian stand neben der Tür, unbeweglich, die Hände hochgehoben, in der linken den Schlüssel, den er wie eine Trophäe gegen den Himmel reckte. Jetzt endlich kam Leben in Lauer, er wuchtete sich aus dem Plastikstuhl hoch, zumindest versuchte er es. Die hinteren Stuhlbeine rutschten in Zeitlupe auseinander. Lauer würde später steif und fest behaupten, dass der Stuhl schon vorher einen Knacks gehabt habe. Lauer konnte das Gleichgewicht nicht mehr halten und kippte mitsamt dem Stuhl nach hinten um. Später würde er nicht von seiner Meinung abzubringen sein, dass Fabian ihn ausgelacht habe. Bevor Lauer sich sortieren konnte, spürte er einen starken Schmerz in seinem rechten Handgelenk. Er drehte den Kopf, was gar nicht so einfach war, da er sich eine sehr unnatürliche Liegeposition ausgesucht hatte. Er sah einen spitzen, schwarzen Lederschuh auf seinem Handgelenk. Er wunderte sich, dass der Schuh so blank poliert war, schließlich waren sie im Wald, es war trocken, es war staubig.

»Loslassen, verdammt noch mal, lassen Sie doch endlich Ihre Waffe los!«

Lauer bemerkte erst jetzt, dass er in seiner Hand immer noch seine Dienstwaffe hielt. Später würde er sich nicht daran erinnern können, wie sie von seinem Hosenbund in seine Hand gekommen war. Seine Finger öffneten sich, die Waffe kullerte in den Kies, seine Arme wurden auf den Rücken gedreht, Lauer schrie vor Schmerz auf.

»Sind Sie von allen guten Geistern verlassen?«

Handschellen klickten, jemand packte ihn am Hemdkragen und zerrte ihn hoch. Wacklig stand er da, sah die junge Polizistin in Uniform, die vor ihm stand und ihre Pistole auf ihn richtete, sah die beiden Spurensicherer, die etwas verloren in der Gegend herumstanden, sah Fabian, der immer noch seine Trophäe hochreckte.

»Was geht denn hier ab?«

Die Stimme kam von hinten. Die Person, zu der die Stimme gehörte, konnte Lauer nicht sehen.

»Die haben uns doch gesagt, dass der Entführer schon verhaftet ist.«

»Vielleicht hat er Komplizen gehabt«, sagte die Polizistin.

»Das ist alles ein Missverständnis.«

»Das sagen sie immer«, sagte die Stimme hinter Lauer.

Lauer hatte schon originellere Antworten gehört.

»Aber es ist wirklich ein Missverständnis.«

Lauers Stimme merkte man an, dass er sich große Mühe gab, ruhig zu bleiben.

»Was haben Sie hier zu suchen?«, fragte die unbekannte Stimme. Lauer drehte sich um. Der Polizist, der ihn unsanft auf die Beine gestellt hatte, war nicht viel älter als seine Kollegin. Lauer schwieg trotzig.

»Ich bin der Bruder des entführten Jungen«, schaltete sich Fabian ein. »Und das«, Fabian deutete auf Lauer, »das ist mein Vater, Kriminalhauptkommissar Leo Lauer.«

»Von der Kriminalpolizei Mannheim, Dezernat 11, Tötungsdelikte, Vermisstenfälle, Brand- und Sprengstoffdelikte«, fügte Lauer hinzu.

»Und ich bin der Kaiser von China«, sagte einer der Kriminaltechniker. Lauer hatte schon schlagfertigere Antworten gehört. Der Polizist hinter ihm hatte inzwischen Lauers Pistole an sich genommen.

»Eine Heckler & Koch P 2000, 9 mm, die Kollegen in Baden-Württemberg haben die als Dienstwaffe«, sagte der Polizist nachdenklich.

»Der kann die aber auch geklaut haben, so wie der aussieht«, sagte der zweite Kriminaltechniker.

»In meinem Auto unten liegt mein Dienstausweis«, sagte Lauer.

Fabian begleitete die junge Polizistin nach unten.

»Kevin, du kannst dem Kollegen die Handschellen abnehmen.«

Kevin, dachte Lauer, wo sind wir bloß hingekommen, dass die Polizisten jetzt schon Kevin heißen!

Die beiden Beamten der Kriminaltechnik untersuchten die Hütte, fanden die Geldbörse, die Fabian offiziell als die seines Bruders identifizierte, und sicherten diverse Fingerabdrücke und DNA-Material.

»Aufgebrochen«, sagte der Kollege, der das Toilettenhäuschen unter die Lupe nahm. Es war der, der Andeutungen über Lauers Aussehen gemacht hatte. Lauer war hin- und hergerissen, ob er was sagen sollte, dachte an mögliche Verwicklungen, Mannheimer Kommissar bricht in Bad Dürkheimer Tatort ein, aber Fabian machte seine Überlegungen zunichte.

»Das waren wir. Ich war mit meiner Mutter, meinem Bruder und dem Gerber, dem Besitzer, früher ab und zu mal hier. Ich wusste, dass der Schlüssel zur Hütte im Toilettenhäuschen hing.«

»Das ist Einbruch«, sagte die Polizistin. »Sie haben eine Straftat begangen. Das müssen wir zur Anzeige bringen.«

»Erstens hat nicht mein Sohn das Schloss aufgebrochen, das war ich. Zweitens war Gefahr im Verzug. Ich hatte den dringenden Verdacht, dass der entführte Junge in der Hütte versteckt gehalten wird«, mischte sich Lauer ein.

»Und warum, wenn ich fragen darf, haben Sie nicht die zuständigen Kollegen in Ludwigshafen eingeschaltet?«

»Das ist ein weites Feld«, sagte Lauer. »Wenn alles so einfach wäre.«

Es war kurz nach 23 Uhr, als Lauer und Fabian endlich die Polizeidirektion in der Wittelsbacherstraße in Ludwigshafen verlassen konnten. Fabian wollte, wie er es ausdrückte, mit seinem Vater noch um die Häuser ziehen, drüben über der Brücke, in Ludwigshafen sei um die Zeit nichts mehr los, aber Lauer winkte ab.

»Musst du alleine machen. Ich bin fix und fertig, freue mich nur noch auf mein Bett.«

Zu Lauers Überraschung reichte ihm Fabian beim Abschied die Hand, als er ihn in Mannheim auf Höhe des alten Eisstadions aus dem Auto ließ.

»Mach's gut, Leo.«

Ein Gefühl der Wärme durchströmte Lauer. Fabian kam ihm plötzlich viel erwachsener vor. Erwachsener, dachte er dann, der ist ja schließlich schon 28, da kann er ja wohl endlich erwachsen sein. Er war trotzdem froh, dass Fabian nichts mit der Entführung seines Bruders zu tun hatte.

Lauer kannte den Ludwigshafener Polizeidirektor schon lange, hatte vor Jahren schon einmal in einem Fall mit ihm zusammengearbeitet. Das Problem war der Staatsanwalt, ein junger Jurist, der erst vor einem Vierteljahr an die Dienststelle gekommen war und sich mit aller Macht profilieren wollte, koste es, was es wolle.

»Sie werden Ihren Klopf nicht aus der Schlinge ziehen«, deklamierte er theatralisch.

»Jetzt machen Sie mal halblang«, wollte Lauer ihn unterbrechen.

»Strafvereitelung im Amt, Einbruch, Behinderung laufender Ermittlungen, ganz abgesehen davon, dass Sie schon seit Tagen von der Entführung wussten und nichts, ich betone, nichts, aber auch gar nichts unternommen haben. Über meinen Bericht wird Herr Polizeipräsident Dr. Faulhaber nicht erfreut sein. Das kann ich Ihnen schriftlich geben.«

Diesen Schwachsinn auch noch schriftlich, dachte Lauer, reine Papierverschwendung.

»In Ihrer Haut möchte ich nicht stecken.«

Mit diesen Worten wurde Leo Lauer, Hauptkommissar aus Mannheim von dem jungen, dynamischen Staatsanwalt aus Ludwigshafen verabschiedet.

»Es wird nichts so heiß gegessen, wie es gekocht wird«, flüsterte der Polizeidirektor Lauer im Flur zu.

Fabian stand an der Ampel vor dem Amtsgericht und wartete auf Grün. Als Lauer vorbeikam, winkte er ihm zu. Auch wenn es mit Fabian schon des Öfteren Probleme gegeben hatte, er war nicht verkehrt, sein Sohn. Lauer war hungrig. Der Pflasterstein hielt nicht mehr vor. Hinten im Gefrierfach musste noch eine Pizza sein, mit Tomaten und Mozzarella. Die würde er sich in den Backofen schieben, auch wenn er Fabian gegenüber behauptet hatte, dass er sich nur noch auf sein Bett freue. Und einen St. Laurent aus Dirmstein würde er auch noch köpfen.

Freitag, 20. Juli 2007

Vierzehn

Sie tappten im Dunkeln. Von ihm wussten sie nichts. Noch nichts. Ein Miethai, der im Clinch mit dieser Person gelegen hatte, Vorwürfe gegen die Kriminalpolizei, die er nicht richtig verstand. Wollten ihn diese Schreiberlinge nur täuschen? Steckten sie mit der Polizei unter einer Decke? Wollten sie ihn provozieren, ihn aus der Deckung locken? Wollten sie ihn einlullen?

Er hatte Angst. Angst vor dem Wiedersehen morgen mit seiner Mutter. Wenn sie ihn für einen Fremden hielt, damit kam er klar. Das verstand er, ihre Krankheit, damit konnte er umgehen, auch wenn ihm die Vorstellung schwerfiel. Aber wenn es so weitergehen würde, wie es letzten Samstag geendet hatte.

»Sag nicht mehr Mutter zu mir!«

Er presste sich die Hände an die Ohren.

»Ich bin nicht deine Mutter! Das weißt du!«

Sie vergisst alles, was man ihr sagt, dachte er. An Dinge, die weit zurückliegen, daran kann sie sich erinnern.

Das erste gemeinsame Weihnachtsfest 1947, dreizehn war er gewesen. Ein trauriges Fest. Mutter, seine richtige, war vor einigen Wochen erst gestorben. Gestorben! Wie sich das anhörte. Sie hatten sie umgebracht. Er fühlte sich fremd bei der Frau, die ihn immer wieder in den Arm nahm und an sich drückte, ihm über die Haare streichelte, die sich heimlich eine Träne wegwischte.

»Mein Sohn, mein guter, lieber Sohn. Wir bleiben zusammen, für immer, hörst du, für immer.«

Seine neue Mutter hatte erst wenige Tage vor Weihnachten einen Brief bekommen, in dem hatte gestanden, dass ihr Mann in russischer Gefangenschaft umgekommen war.

»Weihnachten ’47«, sagte sie später immer. »Ein Fest der

Trauer. Ein Fest der Freude«, sagte sie. »Ich habe meinen Mann verloren und ich habe einen Sohn geschenkt bekommen«, sagte sie.

Mitte Dezember war er zu ihr gekommen.

Es gibt Weihnachtsgebäck, eine Banane, eine Apfelsine und Äpfel. Sie schenkt ihm dicke Handschuhe, selbst gestrickt, eine Wollmütze und neue Hosen.

»Das kannst du brauchen. Der Winter ist so kalt.«

Sie will ihm eine Freude machen. Sie meint es gut. Er rührt das Obst nicht an, versucht das Gebäck nicht. Er kann sich nicht freuen. Er muss an Mutter denken, an seine richtige Mutter.

Sein Werkzeug! Er hatte es in der Wohnung dieser Person vergessen. Wie hatte das nur passieren können? Seinen Auftrag hatte er erledigt. Dann die Schritte im Wohnungsflur. Er schleicht zur Tür, schaut durch das Guckloch, sieht nichts, hört nur die Schritte. Dann ein Schlüssel, der sich in einem Schloss dreht. Ganz nah, ganz laut. Er hätte sich nicht gewundert, wenn die Tür jetzt aufgegangen wäre. Doch die Tür bleibt zu, im Treppenhaus kehrt Ruhe ein. Er rutscht in die Hocke, lehnt sich mit dem Rücken an die Wohnungstür. Ihm wird schwindlig, alles dreht sich vor ihm. Er weiß nicht, wie lange er da an der Tür kauert. Irgendwann rappelt er sich hoch, bringt es nicht über sich, noch einmal einen Blick ins Wohnzimmer zu werfen. Zu dieser Person. All das Blut.

Er sieht seine Mutter vor sich, seine richtige Mutter, nicht diese Frau, die er jeden Samstag im Pflegeheim besucht. Er sieht das Blut. All das Blut. Damals ist auch alles voller Blut gewesen. Er verlässt fluchtartig die Wohnung, verschwendet keinen Gedanken mehr an sein Werkzeug. Bis er davon in der Zeitung liest. Wie konnte er nur? Gut, sie hatten sein Werkzeug, aber das würde sie nicht entscheidend weiterbringen. Das Werkzeug würde sie nicht zu ihm führen. Sie tappten im Dunkeln. Noch tappten sie im Dunkeln. Sie würden jedoch Verbindungen ziehen, würden kombinieren. Die Schatten der Vergangenheit würden sie zu ihm führen. Sie würden ihn finden. Über kurz oder lang würden sie vor der Tür stehen. Er spürte es. Sie würden auf den Klingelknopf drücken. Er wusste es. Er würde die Tür öffnen.

»Kommen Sie herein«, würde er sagen. »Ich habe Sie erwartet.«

Fünfzehn

Das Wetter war noch die beste Nachricht im Rhein-Neckar-Anzeiger. Dabei war die Vorhersage alles andere als berauschend. Wieder deutlich über 30 Grad, kein Niederschlag, auch wenn das Ende der Hitzewelle prognostiziert wurde und für das Wochenende starke Regenfälle angekündigt waren. Gestern, las Lauer, war es in Bayreuth am Nachmittag zu einem schweren Hagelunwetter gekommen. Knietiefes Wasser auf den Straßen, 20 Zentimeter hohe Hagelschicht, umgestürzte Bäume, beschädigte Autos, gesperrte Straßen. Ein Chaos.

Von dem Mord an dem Polen wurde sogar auf der Titelseite reißerisch berichtet.

»Polen-Mafia in Mannheim aktiv?«, lautete die Schlagzeile. Im ausführlichen Artikel im Lokalteil wurde nicht mehr auf den Aufmacher eingegangen. Der Polizei wurde Unfähigkeit vorgeworfen, beziehungsweise unterstellt, Ermittlungsergebnisse vor der Öffentlichkeit geheim zu halten. Der Artikel endete mit dem Satz: »Während die Polen-Mafia von der Polizei unbehelligt ihr Unwesen in unserer Stadt treiben kann, werden unbescholtene Bürger verdächtigt und von einem Kommissar der Mannheimer Kripo belästigt. Warum werden die Verantwortlichen nicht zur Rechenschaft gezogen? Soll hier Fehlverhalten vertuscht werden?«

Die Presse, das wurde Lauer bei der Lektüre klar, war orientierungslos und erging sich in Spekulationen, denen jeder reale Hintergrund fehlte. Bei den bisherigen Ermittlungen im Fall des erschossenen Polen waren keine Verdachtsmomente aufgetreten, die in Richtung organisiertes Verbrechen deuteten. Und wahrscheinlich war es dem Redakteur noch nicht einmal bewusst, dass er zwei vollkommen verschiedene Mordfälle in einen Topf warf. Ging es der Polizei nicht ganz ähnlich? Auch Lauer kam sich reichlich orientierungslos vor, hatte das Gefühl, in dicken Nebelschwaden zu stochern. Nicht die Andeutung eines Motivs bei der Ermordung des Polen. Ein kleines gelbes Teilchen, darauf gründeten sich alle Hoffnungen. Und im Fall der erschlagenen Journalistin? Kein Mangel an Motiven, aber alle Verdächtigen hatten wasserdichte Alibis. Auch hier wurden im Rhein-Neckar-Anzeiger die gleichen floskelhaften Vorwürfe gegen die Ermittler vorgebracht. Unterdrückung von Informationen, unfähige Beamte, Sicherheit in Mannheim nicht mehr gewährleistet.

»In was für einer Stadt leben wir denn, wo es möglich ist, dass engagierten Mitgliedern der Bürgergemeinschaft mit dem Beil der Kopf eingeschlagen werden kann?«, endete der Artikel. Es schloss sich ein Nachruf auf Magdalena Moormann an, der Lauer einfach nur pathetisch und verlogen vorkam. Von sozialem Engagement war die Rede, von Zivilcourage, von aufgedeckten Missständen, vom Einsatz für die Schwächsten in unserer Gesellschaft. Der brutale Tod der furchtlosen Journalistin habe eine Lücke gerissen, die sich nicht so einfach schließen lasse. Toll, dachte Lauer, und warum wurde die furchtlose Journalistin nicht unterstützt, als sie Missstände aufgedeckt hatte?

Wenigstens waren die Artikel im Rhein-Neckar-Anzeiger allgemein und unverbindlich gehalten. Lauer hatte erwartet, dass er bei der Berichterstattung im Mittelpunkt stehen würde. Er war fast ein wenig enttäuscht, dass sein Name nicht auftauchte. Anscheinend hatte Neus Anwalt seinen Auftritt in der Villa in Ladenburg nicht an die große Glocke gehängt. Sollte Neus Name nicht ins Spiel gebracht werden? Hatte Susannes E-Mail Wirkung gezeigt? Lauer wusste es nicht.

Am gestrigen Abend war Lauer nicht, wie er Fabian gegenüber vorgegeben hatte, erschöpft ins Bett gefallen. Er hatte tatsächlich eine Tiefkühlpizza im Gefrierfach gefunden, das Verfallsdatum war zwar bereits überschritten, aber sie schmeckte vorzüglich. Danach hatte er sich die Rotweinflasche und sein Glas geschnappt, war auf seinen Balkon umgezogen und hatte es sich im Schein einiger Teelichter bequem gemacht. Er saß da, hielt das Weinglas in der Hand, nippte hin und wieder, betrachtete den Himmel, sah die unzähligen Sterne, schloss ab und zu die Augen.

»Auf der Milchstraße wieder kein Licht.«

Nein, für Lauer war das Lichtermeer über ihm kein Gegensatz zu dem Ausspruch.

»Auf der Milchstraße wieder kein Licht.«

Genauso fühlte er sich. Am Mittwochmorgen in aller Herrgottsfrühe. Lauer auf Sybilles Sofa. Es kam ihm vor, als seien seitdem Wochen vergangen. Sybille in seinen Armen. Ihr Kopf an seine Schulter gelehnt. Der Geruch ihrer Haare in seiner Nase. Ihr regelmäßiger Atem, als sie eingeschlafen war. Ihre Nähe. Ihre Vertrautheit. Lauer hatte das Gefühl, nach Hause gekommen zu sein. Nach einer elendig langen Irrfahrt. In diesem Moment waren keine 28 Jahre vergangen, seit Sybille und er sich getrennt hatten. Es hatte nur Sybille gegeben. Es hatte nur ihn gegeben. Es hatte nur sie beide gegeben. Und Lauer hatte nur einen Wunsch gehabt: Dieser Augenblick sollte nie zu Ende gehen.

Weit nach Mitternacht hatte das Telefon geklingelt. Lauer brauchte einige Sekunden, um sich zu orientieren, wusste nicht, ob er eingenickt war oder immer noch seinen Gedanken nachhing.

»Tut mir leid, Leo, dass ich dich so spät noch störe, aber ich denke, es ist wichtig.«

Fabian.

»Mein Bruder ist in Sicherheit. Alles okay. Nachdem er frei war, hat Mutter Anzeige erstattet. Gerber ist anscheinend verhaftet. Meine Mutter habe ich noch nicht gesprochen, aber sie hat mir eine SMS geschickt. Sie hat Pascal für die letzten Tage bis zu den Sommerferien beurlauben lassen und ist mit ihm in den Schwarzwald zu ihrer Schwester gefahren. Sie muss Abstand gewinnen, schreibt sie.«

»Und ich?«, fragte Lauer. »Hat sie etwas über mich geschrieben?«

»Über dich? Was sollte sie von dir wollen? Es sei denn, ich habe da etwas versäumt.«

»Nein, nein«, beeilte sich Lauer. »Und dir, Fabian? Dir geht es gut?«

»Klar, mir geht es gut, Leo.«

»Und was hast du vor?«

»Dich interessiert wohl am meisten das Studium, oder? Ich werde mich wieder einschreiben und mein Studium endlich abschließen. Ich will das jetzt möglichst schnell durchziehen. Vorausgesetzt natürlich, du machst deine Drohung nicht wahr.«

Lauers Frage war gar nicht so weit in die Zukunft gerichtet, außerdem hätte er sich nicht getraut, dieses sensible Thema anzusprechen. Trotzdem fiel ihm bei Fabians Antwort ein Stein vom Herzen. Alles würde gut werden. Irgendwie. Er wusste es.

»Natürlich hast du meine Unterstützung«, sagte er. Er legte auf und griff nach dem Rotweinglas und schloss wieder die Augen. Am Mittwochmorgen. Sybille in seinem Arm, ihr Kopf an seiner Schulter.

»Das kommt mir alles so vertraut vor«, hätte Lauer gerne gesagt.

»Jetzt im Moment, meine ich. Du hast mir gefehlt all die Jahre. Weißt du das?«, hätte er gerne gesagt.

»Wir sollten es noch einmal miteinander versuchen, Sybille«, hätte er gerne gesagt. Nichts von alledem hatte er gesagt. Und nach dem, was in den letzten Stunden so alles passiert war, und auch nach dem Gespräch mit Fabian gerade, war er froh, dass er seinen Mund gehalten hatte.

Und er war froh, dass er seinen romantischen Anwandlungen nicht nachgegeben hatte. Am Dienstagmorgen war Sybille unerwartet und aus heiterem Himmel aufgetaucht und hatte sein überschaubares, eingerichtetes Leben gründlich durcheinandergewirbelt. Und genauso plötzlich verschwand sie jetzt, ohne ihm auch nur eine winzige Erklärung zu geben. Was hatte Fabian am Telefon über seine Mutter gesagt?

»Sie muss Abstand gewinnen.«

Sein Leben, war es wirklich so überschaubar, so eingerichtet? War er zufrieden mit seinem Leben? War er glücklich? Lauer trank das Glas aus. Zeit, ins Bett zu gehen. Er wollte nicht weiter diesen Gedanken nachhängen, die ihn irritierten.

Die Sonne brannte unbarmherzig und kein Lüftchen regte sich, als Lauer sein Auto in den L-Quadraten beim Polizeipräsidium parkte. Die Hundstage dauerten an. Fritz Wunderlich durfte wieder seine Arien schmettern und Frau Werner strahlte, als sie ihm ›Guten Morgen‹ wünschte. Auch Meißner machte einen aufgeräumten Eindruck.

»Alles in Ordnung?«, fragte Lauer.

Meißner nickte.

»Meiner Frau geht es besser. Vielleicht kommt sie am Wochenende aus der Klinik. Und meine Schwiegereltern sind eine wahre Hilfe. Wenn nur die Katze nicht wäre.«

Und wie zur Bestätigung musste Meißner niesen. Er kramte nach seinem Taschentuch und schnäuzte sich. Erst jetzt bemerkte Lauer Meißners blutunterlaufene Augen. Susanne war wieder in das Notebook der Journalistin vertieft und nickte Lauer nur kurz zu. Der setzte sich an seinen Schreibtisch und sichtete die Stapel, die langsam, aber sicher, anwuchsen. Er suchte im Stapel des Polen, bis er die Protokolle fand. Vernehmung der Erntearbeiter. Er nahm sich jede Aussage vor, las manche Passagen zwei- oder gar dreimal. Es gab wirklich keine Hinweise, dass Mateusz Gorcyka in irgendwelche dunklen Machenschaften verwickelt war. Von organisiertem Verbrechen ganz zu schweigen. Er war bei allen beliebt, Lauer fand keinen Ansatzpunkt für ein Motiv.

Ein Mord ohne Motiv. Bei jedem Verbrechen, und besonders bei Mord, gibt es ein Motiv. Der Mord in den Lauerschen Gärten letztes Jahr. Auch da hatte es anscheinend kein Motiv gegeben. Aufklären konnten sie den Fall erst, als ihnen klar wurde, dass es sich bei dem Mord um eine Verwechslung gehandelt hatte. Die Täterin, ja, eine Frau, hatte den Falschen erwischt. Lauer klappte den Schnellhefter mit den Aussagen der Erntehelfer zu. Magdalena Moormann. Kein Mangel an Motiven. Jedoch fehlten hier die Verdächtigen dazu.

»Frau Werner«, rief er ins Nebenzimmer, »ist der Obduktionsbericht der Journalistin immer noch nicht da?«

»Noch nichts da«, kam die Antwort.

»Verdammt, machen Sie Adelmann Dampf!«

»Ich werde bei Herrn Doktor Adelmann höflich nachfragen, bis wann wir mit dem Bericht rechnen können.«

»Vielen Dank, Frau Werner.«

Lauer machte sich wieder an seinen Ablagestapeln zu schaffen. Es sah hektisch aus, wie er die Stapel laufend neu ordnete und nach einem nicht durchschaubaren System hin- und herschob. Er spürte eine Unruhe in sich, wollte der Enge des Büros entfliehen, wusste aber nicht, wie er diesen Drang sinnvoll begründen konnte. Er schlug einen roten Schnellhefter auf, Vernehmung der Mieter des Hauses in der Schimperstraße. Zwölf Wohnungen befanden sich im Haus. Vier standen leer, drei Mietparteien waren in Urlaub. Die alte Frau im Erdgeschoss und der Rechtsreferendar mit der Sommergrippe vom ersten Stock hatten nichts gehört und gesehen. Der Student im zweiten Stock, der das Wochenende bei seiner Freundin verbracht hatte und erst am Dienstagmorgen in die Schimperstraße zurückgekehrt war, hatte unverzüglich die Polizei gerufen. Er hatte ebenfalls nichts gehört und nichts gesehen, umso mehr hatte er gerochen. Es fehlte die Aussage der Mietpartei vom fünften Stock. Unmittelbare Nachbarschaft zum Mordopfer. Lauer ging ins Nebenzimmer und gab Frau Werner die Adressdaten.

»Bitte finden Sie heraus, wer dort gemeldet ist.«

Lauer zog sich an seinen Schreibtisch zurück und veränderte die Lage der Aktenberge auf seinem Schreibtisch. Susanne war in ihre Arbeit am Notebook vertieft. Und auch Meißner beschäftigte sich intensiv, so sah es zumindest aus, mit der Liste der Fahrzeughalter, die mit dem gelben Teilchen in Verbindung stehen könnten.

»Sie kommen voran, Meißner?«

»Mühsam.«

»Schon Ergebnisse?«

»Nichts Konkretes, einige Halter können wir ausschließen, Urlaub, Wagen zum Tatzeitpunkt in der Werkstatt, ein Auto letzte Woche stillgelegt. Ich bin die Liste erst zu drei Viertel durch.«

Damit war auch dieser Gesprächsversuch beendet und Lauer widmete sich wieder seinem Schreibtisch.

»Halten Sie mich auf dem Laufenden!«

Der Ausspruch seines Vorgesetzten fiel Lauer ein. Er griff zum Telefon und ließ sich von der Sekretärin mit dem Polizeipräsidenten verbinden.

»Was gibt es denn, Lauer?«

»Ich sollte Sie doch auf dem Laufenden halten. Also, im Fall des erschossenen ...«

»Halt, halt, Lauer, nicht am Telefon. Ich habe zwar kaum Zeit, aber einige Minuten kann ich abknapsen. Sie können sofort kommen.«

So hatte Lauer sich das nicht vorgestellt.

»Organisiertes Verbrechen?«

»Können wir beim derzeitigen Ermittlungsstand ausschließen.«

»Kann ich mich darauf verlassen? Sie wissen, Lauer, heute Mittag die Pressekonferenz! Und Sie haben sicherlich auch den Rhein-Neckar-Anzeiger gelesen.«

Faulhaber hantierte wieder mit Feuerzeug und Zigarette.

»Hundertprozentig ausschließen können wir natürlich nichts. Es gibt bei unseren Ermittlungen aber bisher keine Anhaltspunkte, die in irgendeiner Verbindung zum organisierten Verbrechen stehen.«

»Das ist nicht viel, Lauer.«

Lauer fiel das gelbe Teilchen ein.

»Eine Spur verfolgen wir.«

Er informierte seinen Vorgesetzten über das gelbe Teilchen, die 29 Halter aus der Region.

»Konkrete Ergebnisse? Vorzeigbares?«

Lauer verneinte.

»Aber die Pressekonferenz …«

»Tut mir leid, Herr Polizeipräsident, so weit sind wir bei unseren Ermittlungen nicht. Lediglich eine vage Spur …«

»… die man mit etwas Phantasie aufpeppen könnte.«

Es hatte den Anschein, als habe der Polizeipräsident diesen letzten Satz mehr zu sich selbst gemurmelt.

»Und bei der Journalistin?«

»Wir werten das Notebook aus. Darauf richten wir im Moment unser Hauptaugenmerk.«

Notebookauswertung durch eine Praktikantin, die erst seit drei Tagen bei ihnen war. Hauptaugenmerk. Das hörte sich wenig professionell an. Verstellte dieses verdammte Notebook nicht den ganzen Fall Moormann? Hielt es sie nicht davon ab, in alle Richtungen zu ermitteln? In welchem Trauerspiel spielte er, der Kriminalhauptkommissar Leo Lauer, hier eine tragende Rolle? Oder war es nicht eher eine Komödie?

»Das ist reichlich wenig, Lauer.«

Der Einwand seines Vorgesetzten holte ihn in die Wirklichkeit zurück.

»Wir haben uns schon einige Verdächtige vorgenommen, aber eine heiße Spur war nicht dabei.«

»Und der Unternehmer, dieser …«

»Neu, der Miethai?«

Lauer ignorierte den missbilligenden Blick seines Gegenübers.

»Der hat ein wasserdichtes Alibi.«

»Wenigstens eine gute Nachricht. Sie ermitteln also nicht mehr gegen diesen Unternehmer, gut, das ist gut. Ich hoffe nur, dass die Presse Ihren Auftritt in Ladenburg nicht an die große Glocke hängen wird. Sie wissen, wenn der Druck zu groß wird, kann ich Sie nicht ewig unterstützen.«

Lauer wusste es und wollte schon das Büro seines Chefs verlassen, als der Polizeipräsident doch noch eine Frage hatte.

»Was hat es denn mit dieser Entführung auf sich?«

Lauer fühlte sich auf dem falschen Fuß erwischt.

»Welche Entführung?«, spielte er den Ahnungslosen.

»Die, in die Sie verwickelt sein sollen. Anruf von der Staatsanwaltschaft Ludwigshafen. Junger Staatsanwalt, ehrgeizig, macht einen kompetenten Eindruck. Bin nicht so richtig schlau geworden aus seinen Worten. Hat was von Behinderung der Ermittlungen geredet, Sie sollen einen Einbruch in deren Zuständigkeitsbereich begangen haben, also, das kann ich mir alles nicht vorstellen, Lauer. Können Sie mir auf die Sprünge helfen, in aller Kürze, versteht sich. Ich habe nicht mehr viel Zeit. Die Pressekonferenz, Sie wissen. Gleich kommt unser Pressesprecher, Abgleichung des Vorgehens, Sie verstehen schon?«

Lauer atmete tief durch.

»In aller Kürze? Sehr schwierig. Weites Feld. Ich müsste da weiter ausholen.«

»Jetzt nicht, Lauer! Ich muss mich noch auf die Pressekonferenz vorbereiten. Zum Glück ist der Fall ja gelöst. Das entführte Kind ist frei und unversehrt, der mutmaßliche Entführer sitzt hinter Schloss und Riegel. Einige Begleitumstände sind natürlich mehr als seltsam.«

»Ich weiß nicht, was Sie damit andeuten wollen, Herr Polizeipräsident«, sagte Lauer.

»Ich habe in der Kürze versucht, mich ein klein wenig kundig zu machen, was diese Entführung angeht, damit ich bei der Pressekonferenz mit Fakten aufwarten kann, falls die Entführung zur Sprache kommt, was ich nicht hoffe. Seltsam erscheint es mir, dass die Entführung erst zur Anzeige gebracht wurde, als sie praktisch schon abgeschlossen war.«

»Da muss ich Ihnen zustimmen«, sagte Lauer, der genau wusste, warum dies geschehen war.

»Und weiter ist es seltsam, dass das Lösegeld bargeldlos per Überweisung an den Entführer übermittelt wurde. Dann hat uns der mutmaßliche Entführer ein Schreiben vorgelegt, unterschrieben von Frau Geerdt, deren Sohn das Opfer gewesen ist. In diesem Schreiben steht, dass die Frau ihm 75 000 Euro vom angeblich überteuerten Kaufpreis für ein Elektrogeschäft zurückerstattet habe.«

»Das ist in der Tat ziemlich undurchsichtig«, kommentierte Lauer.

»Und dann hat dieser Gerber, der mutmaßliche Entführer, noch etwas von Steuerhinterziehung geredet. Der verstorbene Ehemann der Sybille Geerdt habe Steuern hinterzogen. Er könne auspacken. Die Kollegen, die mit dem Fall befasst sind, sprechen davon, dass der Mann, also dieser Gerber, einen reichlich verwirrten Eindruck mache. Ich habe ein psychologisches Gutachten angefordert. Sie sehen, reichlich verwickelt und undurchsichtig, dieser Entführungsfall. Und dabei haben wir über Ihre Rolle noch gar nicht geredet.«

»Wie Sie bereits sagten, ist der Fall ja zum Glück gelöst, der entführte Junge unverletzt«, versuchte Lauer dem Gespräch eine Wendung ins Positive zu geben.

»Dann belassen wir es mal dabei«, sagte Faulhaber und erhob sich, für Lauer das Signal, dass die Audienz beendet war.

»Im Übrigen wollte der eifrige Staatsanwalt aus unserer Schwesterstadt mir den Vorgang zufaxen. Dann werde ich Sie mir noch einmal vorknöpfen, aber dann ziehen Sie mir nicht so leicht Ihren Kopf aus der Schlinge.«

Bei den letzten Worten lächelte der Polizeipräsident und hielt Lauer die Hand entgegen. Das kam äußerst selten vor.

»Halten Sie mich auf dem Laufenden.«

Später würde es Lauer auffallen, dass praktisch zur gleichen Zeit Bewegung in die beiden Fälle kam. Das wurde erst im Nachhinein so richtig klar.

»Volltreffer!«, rief Susanne.

»Bingo!«, sagte Meißner in seiner unterkühlten, ruhigen Art fast zur gleichen Zeit.

»Ich habe da was Interessantes gefunden«, sagte Susanne.

»Einer der Halter«, sagte Meißner.

»Die 47er Sache«, sagte Susanne.

»Aktenkundig, einer der Halter«, sagte Meißner.

»1947!«, sagte Susanne.

»Kommen Sie, Lauer, ich erzähle Ihnen alles unterwegs«, sagte Meißner.

Es hat sich was geändert, dachte Lauer, nicht mehr Herr Kommissar, Herr Hauptkommissar oder gar Herr Kriminalhauptkommissar, nein, Lauer, schlicht und einfach Lauer.

»Jetzt machen Sie doch«, sagte Meißner.

Einfach Lauer. Lauer wusste nicht, ob er sich freuen oder sich ärgern sollte.

»Es geht um das Jahr 1947«, sagte Susanne.

Aber das hörten Meißner und Lauer bereits nicht mehr.

Sechzehn

Lauer blickte vom Fenster im zweiten Stock auf den Abstellplatz neben dem Haus. Er sah Meißner, der vor dem gelben Golf kniete und mit den Händen über die Stoßstange strich. Dann sah er, wie Meißner innehielt, den Kopf drehte und aufsprang. Er sah einen jungen Mann Anfang zwanzig, der auf Meißner zuging, plötzlich nach vorne stürzte und seinen Kollegen mit beiden Händen wegschubste. Lauer sah, wie Meißner das Gleichgewicht verlor und nach hinten wegkippte. Er sah, wie der junge Mann die Autotür aufriss und im Auto verschwand. Dann, und das war das erste, was Lauer nicht nur sah, sondern auch hörte, heulte der Motor auf, Reifen drehten durch und der Golf machte einen Satz nach vorne. Lauer sah Meißner, der sich aufgerappelt hatte und mit ausgebreiteten Armen in der Einfahrt stand.

»Nein, du Idiot, geh doch aus dem Weg«, wollte er schreien, aber er kam nicht dazu. Alles ging viel zu schnell. Lauer hörte einen dumpfen Schlag und sah, wie Meißner zur Seite flog.

Warum muss der den Helden spielen, dachte Lauer. Dann löste sich endlich die Erstarrung, er stürzte aus dem Zimmer, stürmte die Treppe hinunter, fiel fast über die Frau, die am Treppenaufgang stand, in der Hand ein Staubtuch.

»Rufen Sie einen Krankenwagen, dringend!«, rief er ihr zu. Da die Frau keine Reaktion zeigte, packte er sie an den Schultern und drehte sie so, dass sie gezwungen war, ihm in die Augen zu sehen.

»Ihrem Sohn ist nichts passiert. Mein Kollege wurde angefahren, er ist verletzt und braucht Hilfe, schnell! Haben Sie mich verstanden?«

Als die Frau nickte, ließ er sie los. Meißner lag immer noch in der Einfahrt auf dem Boden. Lauer beugte sich über ihn. Meißner stöhnte, aber er war bei Bewusstsein.

»Verlieren Sie keine Zeit. Mir geht es gut.«

»Okay«, sagte Lauer. »Gleich kommt Hilfe.«

Schon auf dem Weg vom Präsidium zu Lauers Fabia hatte Meißner ihn auf den Stand der Dinge gebracht. Gerald Kollnig, einer der Halter eines gelben Golf, war schon aktenkundig geworden. Nein, nein, keine Vorstrafen. Es gehe um einen Fall, in dem er lediglich als Zeuge aufgetaucht sei.

»Sandra Maurer«, sagte Meißner nur und Lauer wusste Bescheid.

»Die Sache ist mir gegenwärtig«, sagte Lauer. »Und, ich darf Sie bitten, Meißner, fangen Sie jetzt nicht wieder damit an, mir Vorträge über den Zufall zu halten.«

Meißner ließ sich nicht anmerken, ob er von Lauers Reaktion getroffen war. Kollnig habe zu Sandra Maurers Bekanntenkreis gehört, fuhr er ungerührt fort. Wohnten beide in Wallstadt. Kannten sich seit der Grundschule. Kollnig sei dann nach Feudenheim auf die Hauptschule gekommen. Habe eine Elektrikerlehre abgebrochen. Halte sich mit Gelegenheitsjobs über Wasser. Wohne immer noch bei der Mutter. Vater verstorben, als Gerald noch zur Grundschule ging. An jenem Septemberabend, als Sandra ermordet worden war, war Kollnig auch am Asia-Imbiss in Ilvesheim aufgetaucht. Er sei jedoch ziemlich bald wieder gegangen und habe den ganzen Abend bei einem Freund Computer gespielt. Der Freund habe die Aussage bestätigt. Alles sei plausibel gewesen. Zu keinem Zeitpunkt habe Kollnig, ein zurückhaltender, stiller Junge, im Zentrum der Ermittlungen gestanden. Lauer musste zugeben, dass er keinerlei Erinnerungen an Gerald Kollnig hatte. Auf jeden Fall, so Meißner, sei auch diese Spur im Nichts verlaufen.

»Wie alle Spuren in diesem Fall«, sagte Lauer und es klang bitter.

Meißner hatte Lauer nach Wallstadt in die Altheimer Straße dirigiert. Lauer wunderte sich wieder einmal, wie gut Meißners Orientierung war.

»Sie könnten glatt als Taxifahrer jobben«, sagte er.

»Stimmt, dann hätte ich weniger Stress«, sagte Meißner.

Ein unscheinbares Doppelhaus. Lauer hatte geklingelt, Meißner sich den in der Einfahrt parkenden Golf angeschaut. Eine ängstliche Frau, bei der Lauer nicht sagen konnte, ob sie Anfang 40 oder Mitte 50 war, öffnete. Blondierte, glatte Haare, bei denen am Mittelscheitel der Grauton durchkam.

»Schön haben Sie es hier«, sagte Lauer.

»Ja«, sagte die Frau und ein kurzes Lächeln erstrahlte auf ihrem Gesicht. »Aber es war nicht einfach, das Haus zu halten, nach dem Tod von Geralds Vater, meine ich.«

»Sie sind Gerald Kollnigs Mutter?«, fragte Lauer und wusste, dass seine Frage überflüssig war.

»Ja«, sagte die Frau. »Aber Gerald ist nicht da.«

Das Lächeln war längst verschwunden.

»Er hat doch nichts ausgefressen?«

»Nein, nein«, beeilte sich Lauer. »Reine Routine.«

»Reine Routine?«

»Reine Routine. Kann ich mich in Geralds Zimmer umschauen?«

»Wenn es unbedingt sein muss. Warten Sie, ich bringe Sie hoch.«

Sie führte Lauer in den zweiten Stock, zeigte ihm das Zimmer ihres Sohnes und ließ ihn dann allein. Lauer blieb in der Tür stehen und ließ das Zimmer auf sich wirken. Mehrere Adler-Poster an der Wand. Gerald war anscheinend Eishockey-Fan. Hochbett mit Schreibtisch unter dem Bett. Passender Schrank. Ein Sessel, ein kleines Tischchen. Ein typisches Jungenzimmer. Trotzdem, irgendwas irritierte Lauer. Es dauerte eine Weile, bis er sich über den Grund im Klaren war. Es war die Ordnung. Das Zimmer war penibel aufgeräumt, keine Unordnung, kein Chaos. Keine Kleidungsstücke lagen herum. Keine Essensreste. Keine benutzten Tassen oder Gläser. Alles penibel aufgeräumt. Steril. Unpersönlich. Trotz der Poster. Bevor Lauer das Zimmer eingehender unter die Lupe nehmen konnte, verlor er ziemlich abrupt das Interesse daran. Und das lag eindeutig nicht an der Sauberkeit. Lauer sah aus dem Fenster und er sah Meißner und einen jungen Mann.

Lauer bog nach links ab und sah gerade noch, wie der gelbe Golf in der Moosbacher Straße verschwand. Tempo dreißig. Lauer beschleunigte, obwohl es ihm schwerfiel, gegen Bestimmungen der Straßenverkehrsordnung zu verstoßen. Im »Tatort« klemmte sich der Kommissar in solch einer Situation das Baulicht auf das Dach und ab ging die Post. Wingertsbuckel, Aubuckel, rechts die Kasernen der amerikanischen Streitkräfte, links die Feudenheimer Au. Zum Glück war jetzt, kurz nach elf, nicht allzu viel Verkehr. Vor der Rechtskurve bei Bombardier hatte Lauer das Gefühl, dass sich der Abstand zum Golf verringerte. Hinter dem Käfertaler Bahnhof schaffte es Kollnig gerade noch, bei Dunkelgelb über die Ampel zu kommen. Lauer überlegte nicht lange, scherte nach links aus, drückte aufs Gas, die Reifen drehten durch, und schon schoss er auf der Gegenfahrbahn über die rote Ampel. Von rechts quietschten Bremsen, Lauer hörte lautes Hupen, Glas splitterte. Er brach in Schweiß aus, trotz der Klimaanlage, die auf Hochtouren lief. Ein Blaulicht wäre jetzt doch nicht verkehrt, dachte Lauer, aber in seinem Privatwagen war keines, das er auf das Dach klemmen konnte. Lauer fiel der Bußgeldbescheid ein, den er vor Jahren erhalten hatte, als er im Einsatz bei Rotlicht geblitzt worden war. Seine Dienststelle hatte der Stadt die Unterlagen des Einsatzes zugeschickt. Lauer wusste nicht mehr, worum es gegangen war. Trotzdem hatte die Stadt auf dem Bußgeld bestanden. Es sei schließlich eine Fahrt in einem Privatwagen gewesen. Erst ein geharnischter zweiter Brief, in dem gefragt wurde, ob die städtischen Beamten etwa noch nichts über das Wegerecht gehört hätten, hatte zu einem Verzicht und einer Entschuldigung seitens der Stadt geführt. Lauer war jetzt direkt hinter dem Golf, aber der Abstand hatte sich wieder ein wenig vergrößert. Auf der Boveristraße setzte sich ein LKW mit Anhänger, der aus der Aldi-Einfahrt gekommen war, vor den gelben Golf. Ohne zu bremsen und ohne zu überlegen, so kam es Lauer jedenfalls vor, beschleunigte Kollnig und zog links an dem LKW vorbei. Ein entgegenkommender Kastenwagen, der anscheinend nicht mehr bremsen konnte, versuchte, um einen Frontalzusammenstoß zu vermeiden, auszuweichen und prallte auf einen parkenden PKW. Lauer überlegte, ob er ebenfalls so ein riskantes Überholmanöver wagen sollte, aber vor der Zuführung zur Hochbahnstraße, im Volksmund wegen der langgezogenen Kurve nur kurz und prägnant Schnecke genannt, bog der LKW vor ihm rechts ab. In der Kurve war Lauer wieder direkt hinter dem gelben Golf. Die Ampel am Eingang zum Benz-Werk zeigte auf Rot. Der Golf wich kurzerhand auf den Radweg aus. Dieses Mal zögerte Lauer keine Sekunde und folgte dem flüchtigen Fahrer. Ein Hupkonzert der an der Ampel wartenden Autofahrer quittierte Kollnigs und Lauers Aktion. Lauer vermutete, dass der Golf in Richtung Sandhofen und somit zur Autobahn unterwegs war. Anstatt bei der Unterführung am Luzenberg rechts abzubiegen, raste Kollnig geradeaus weiter auf die Diffenébrücke zu. Auf die Friesenheimer Insel? Was hatte der verrückte Kerl vor? Obwohl, gar nicht so verkehrt, dachte Lauer. Schließlich konnte man auch auf diesem Weg zur B44 kommen. Dann immer die Frankenthaler Straße geradeaus, bis zur Autobahnauffahrt kurz vor Ikea.

Aber es sollte anders kommen. Der Fahrer des gelben Golf war für eine weitere Überraschung gut. Wobei diese Kurswendung für Lauer unverständlich blieb. Kurz vor der großen Ampel auf der Diffenéstraße, genau da, wo die Max-Planck-Straße links abgeht, riss Kollnig, ohne die Geschwindigkeit zu verringern, den Golf nach links. Für den Bruchteil einer Sekunde, Lauer war sich sicher, fuhr der Golf auf dem rechten Vorder- und dem rechten Hinterrad.

Lauer stellte sich vor, wie der Wagen langsam auf die Seite, dann aufs Dach kippte, er sah Funken aufstieben, der Golf schoss geradeaus wie eine Rakete auf dem Dach weiter und knallte ungebremst und frontal auf die gegenüberliegende Mauer. Nichts von alledem passierte. Der Wagen kippte wie in Zeitlupe wieder in die Waagerechte zurück und nahm die Kurve, zwar leicht schlitternd, aber ohne weitere Komplikationen. Ein entgegenkommender Sattelschlepper mit Anhänger hatte weniger Glück. Der Fahrer legte eine Vollbremsung hin, der Wagen brach aus, kam bedenklich ins Schwanken, schaffte es im Gegensatz zum Golf nicht, das Gleichgewicht zu halten, kippte um und rutschte auf der Seite über den Mittelstreifen auf die Gegenfahrbahn. Lauer riss das Lenkrad instinktiv nach links und hatte Glück, dass nach dem LKW die Gegenfahrbahn frei war. So konnte er, wie Kollnig, nur eine Spur langsamer und weniger spektakulär, in die Max-Planck-Straße einbiegen. Im Rückspiegel sah er gerade noch, wie der Sattelschlepper mit einem Müllwagen kollidierte und ein Sportwagen auffuhr, ein silberner BMW, wenn Lauer richtig gesehen hatte.

Was bezweckte der Golf-Fahrer? Warum war er ausgerechnet hier abgebogen? Wäre er die Diffenéstraße einfach nur immer geradeaus weitergefahren, wäre er an Sandhofen vorbei auf den Zubringer zur Autobahn gekommen und hätte viele Optionen zur Weiterfahrt gehabt. Ausgerechnet die Max-Planck-Straße? Mit dem Auto und zu Fuß konnte man sich bis zur Spitze der Friesenheimer Insel durchschlagen, wo der Altrhein in den Rhein mündete. Von da aus hatte man ohne Zweifel einen ausgezeichneten Blick auf die Theodor-Heuss-Brücke an der A6. Falls Kollnig seine Flucht nicht mit einem bereitliegenden Boot fortsetzen konnte und auch nicht vorhatte, sich todesmutig in die Fluten des Rheins zu werfen, war hier seine abenteuerliche Flucht zu Ende. Die Max-Planck-Straße, eine Sackgasse! Der gelbe Golf konnte ihm nicht mehr entwischen. Lauer spürte, wie die Anspannung von ihm abfiel, einer Leichtigkeit wich, die er schon seit vielen Tagen nicht mehr gespürt hatte. Er kramte nach seinem Handy, das er in die Ablage der Seitentür gelegt hatte. Korrekt wäre es jetzt, dachte er, rechts ranzufahren und dann die Einsatzzentrale in L6 anzurufen. Weit und breit kein Auto, nur ganz vorne ein gelber Punkt, der kleiner wurde. Lauer verringerte die Geschwindigkeit noch ein wenig, bevor er Verstärkung anforderte.

Die Max-Planck-Straße verläuft lange parallel zum Rhein. Irgendwann biegt ein kleiner geteerter Weg zum Rhein ab und man landet bei der ›Orderstation‹, einer Gaststätte, die wie keine andere alle Facetten Mannheims vereint, auf der einen Seite Natur, viel Grün, inmitten eines Landschaftsschutzgebietes, oft sieht man Störche, Reiher, Feldhasen und Raubvögel. Auf der anderen Seite imposante Industriebauwerke, Industrieromantik pur, die weltweit größte zusammenhängende Industrieanlage, die BASF in Ludwigshafen, eingerahmt von der BASF-Raffinerie und der Müllverbrennungsanlage, in Sichtweite Firmen wie Aurora, Birkel und SCA, für Lauer immer noch die PWA Waldhof. Jeden Sommer nahm sich Lauer Zeit für eine Radtour von Rheinau, durch den Jungbusch, dann auf der Bunsen-Dammstraße am Neckar entlang bis zur Friesenheimer Insel. Bei der Anfahrt konnte Lauer schon mal diverse Gerüche erkunden. Auf der Terrasse der ›Orderstation‹ bestellte er ein Weizenbier, streckte die Beine aus und genoss den grandiosen Blick, die entspannte Atmosphäre. Ab und zu sollen sich Laith Al-Deen und Xavier Naidoo dorthin verirren, aber auf dieses Vergnügen hatte Lauer, wenn er dort gesessen hatte, bisher immer verzichten müssen. Lauer schaute den Schiffen zu, die von der Neckarspitze ankamen. Und wenn die Sonne auch noch so heiß schien, ging trotzdem ein angenehmer Wind. Die Hauptattraktion der ›Orderstation‹, besonders beim Sonnenuntergang, war das unvergleichliche Panorama der BASF. Wenn die unzähligen Lichter angingen, kam es Lauer fast sakral vor. Und wenn bei Nacht dann lodernde Flammen über der Raffinerie in den Himmel züngelten, hatte Lauer das Gefühl, in einer anderen Welt zu sein.

Aber der gelbe Golf bog nicht zur ›Orderstation‹ ab. Es wäre auch zu schön gewesen, dachte Lauer, sich mit dem flüchtigen Kollnig in aller Ruhe bei einem Wurstsalat über die Motive seiner überstürzten Flucht zu unterhalten. Der gelbe Golf, der schon längst außer Sichtweite war, war der Max-Planck-Straße gefolgt, hatte die scharfe Rechtskurve genommen, war direkt auf die kleine Fähre, die die Friesenheimer Insel mit Sandhofen verbindet, zugefahren. Vor Jahren hatte Lauer mit dem Rad, von der ›Orderstation‹ kommend, vor der Fähre gestanden und hatte das Schild ›Außer Betrieb‹ gelesen. Er hatte sich mit einem weiteren Weizenbier im Biergarten direkt an der Fähre getröstet. Vor einiger Zeit, Lauer konnte nicht mehr sagen, wie lange genau, hatte er im Rhein-Neckar-Anzeiger gelesen, dass die Fähre wieder instand gesetzt war und ein Rentner seine schmale Rente aufbesserte und den Fährbetrieb aufrechthielt. An der Fähre biegt die Straße nach links ab, es geht noch ein Stück geradeaus, vorbei am Tierheim. Dann endet die Max-Plack-Straße und ein Fußweg führt vor bis zur Spitze der Friesenheimer Insel. So weit kam Lauer jedoch nicht. Da er ohne große Geschwindigkeit unterwegs war, hatte er kein Problem, direkt nach der Linkskurve bei der Fähre zum Stehen zu kommen. Für den gelben Golf war hier auch vor wenigen Augenblicken Endstation gewesen, allerdings unfreiwillig. Der Wagen lag auf der Seite, ein Vorderrad drehte sich noch.

Wenige Meter nach der Kurve war die Straße aufgerissen und fast über die ganze Breite mit einem rot-weißen Absperrzaun gesichert. Gerald Kollnig war mit seinem gelben Golf viel zu schnell unterwegs gewesen und in die Absperrung gerast. Lauer stieg aus und sah, dass der Golf vorne ziemlich eingedrückt war. Und dann sah er auch den Fahrer. Zehn, zwölf Meter vom Golf entfernt lag der junge Mann auf der Straße, sein Gesicht war blutüberströmt, ein Arm zeigte in Richtung Tierheim. Lauer kam es wie ein stummes Zeichen vor. Da will ich hin, deshalb bin ich abgehauen, um dahin zu gelangen. Zum Tierheim. Lauer rannte zu seinem Auto zurück, holte sein Handy und bestellte einen Notarzt zum Tierheim. In der Ferne hörte er Polizeisirenen, die näher kamen. Lauer griff nach seinem Handy, wählte die Nummer seiner Sekretärin, sagte ihr, sie solle sich um einen Durchsuchungsbefehl kümmern und die Kollegen der Kriminaltechnik, Dezernat 42, nach Wallstadt in die Altheimer Straße schicken.

Siebzehn

»Das sind im Moment lediglich Behauptungen, für die es keine Beweise gibt, keine. Wir sind jedoch in unseren Ermittlungen offen. Wir gehen jedem Hinweis nach. Wir schließen nichts aus. Und sobald es neue Erkenntnisse gibt, werden wir die Öffentlichkeit unverzüglich in Kenntnis setzen. Darauf gebe ich Ihnen mein Wort!«

Lauer brauchte einige Zeit, bis er begriff, dass der Polizeipräsident auf den Vorwurf der Mafia-Verbindung im Fall des erschossenen Polen antwortete.

»Darauf gebe ich Ihnen mein Wort!«

P., unser aller Chef und Präsident gibt sich ja alle Mühe, dachte er. Eine reißerische Überschrift als seriösen Hinweis zu bezeichnen, dazu gehörte schon eine gewisse Unverfrorenheit. Warum sagt er nicht einfach, was Sache ist? Warum sagt er nicht klipp und klar, dass es schlicht und einfach Schwachsinn ist, eine mysteriöse Polen-Mafia hier ins Spiel zu bringen? Und für den armen toten Polen diffamierend dazu.

»Weitere Fragen?«

Manfred Kern, der Pressesprecher der Mannheimer Polizei, der die Pressekonferenz leitete, blickte in den Bezirksratssaal mit der filigran verzierten Stuckdecke. Er erteilte einer jungen Journalistin, die ziemlich weit hinten saß, das Wort. Die Frau stand auf und stellte sich vor. Lauer, der die Frau nicht kannte, verstand ihren Namen nicht, bekam nur mit, dass sie für den Rhein-Neckar-Anzeiger arbeitete.

»Dem Betrachter von außen drängt sich der Eindruck auf, dass in den Mordfällen keinerlei Linie in die Nachforschungen gebracht wird. Man glaubt, die Ermittler stolpern ziellos durch die Gegend. Noch schlimmer sind jedoch Gerüchte, die kursieren. Stimmt es, dass es Übergriffe seitens der Polizei auf Unbeteiligte gegeben haben soll?«

Das musste natürlich kommen! Lauer machte sich an der Tür noch kleiner. Sein Blick fiel auf die Bilder der Mannheimer Polizeipräsidenten, die an der hinteren Wand hingen und unbeteiligt der Pressekonferenz folgten. Am liebsten hätte Lauer sich eine Tarnkappe übergezogen.

»Da müssen Sie schon deutlicher werden«, sagte Polizeipräsident Faulhaber, bevor Kern reagieren konnte. »Nennen Sie Ross und Reiter, dann können wir Ihnen Auskunft geben!«

Der macht es doch nur noch schlimmer mit seiner populistischen Tour, dachte Lauer und winkte Kern zu. Anstatt abzuwiegeln, stachelt der die noch an, Details auszubreiten.

»Mordfall Moormann«, kam es wie aus der Pistole geschossen. »Wolfgang Neu, der, aus welchen Gründen auch immer, ins Visier der Ermittler geraten ist, Kriminalhauptkommissar Lauer, genügt das?«

Lauer hörte nicht mehr hin. Kern hatte ihn endlich wahrgenommen, hatte auch verstanden, dass Lauer ihm etwas Wichtiges mitzuteilen hatte. Es dauerte aber noch einige Zeit und Blickkontakt, bis er auch kapiert hatte, dass Lauer nicht zum Podium vorkommen wollte. Kern stand auf und kam zum Ausgang. Lauer schnappte nur Bruchstücke der Antwort des Polizeipräsidenten auf.

»... in der Tat unbescholten ..., nie wirklich im Visier der Ermittler ..., nur als Zeuge vernommen ..., keine weiteren Auskünfte ..., aus ermittlungstaktischen Gründen ..., danke für Ihre Aufmerksamkeit!«

»Hallo, Leo, dicke Luft«, sagte der Pressesprecher.

»Aber unser Chef tut auch alles, um die Luft noch dicker zu machen.«

Manfred Kern rollte mit den Augen.

»Du kennst ihn ja. Ja keine Verstimmung mit der Presse!«

Lauer teilte Kern mit, dass im Fall des Polen eine Verhaftung vorgenommen worden war. Ein Einundzwanzigjähriger aus Wallstadt. Im Moment im Krankenhaus, verletzt bei einem Verkehrsunfall nach Flucht durch halb Mannheim. Noch nicht vernehmungsfähig. Kern nickte immer wieder bestätigend, fragte ab und zu nach, machte sich Notizen und klopfte Lauer auf die Schulter und ging zum Podium vor. Die junge Journalistin hatte wieder das Wort ergriffen, sprach von Verzögerungstaktik, von Irreführung der Öffentlichkeit, nein, nicht nur Irreführung, Täuschung der Öffentlichkeit. Dann drehte sie sich, blickte um sich, wollte sehen, welche Wirkung ihre Anklagerede entfaltet hatte. Und wie sie ihren Blick so schweifen ließ, streifte sie auch den Ausgang, stutzte, erkannte den dort stehenden Kommissar Lauer, der die Journalistin nicht kannte. Dann sagte sie ruhig und unaufgeregt: »Da steht er ja, Kriminalhauptkommissar Leo Lauer! Da kann er uns doch aus erster Hand informieren.«

»Im Fall des Polen gibt es, wie mich Kriminalhauptkommissar Lauer gerade informiert hat, eine hochaktuelle Entwicklung«, ergriff der Polizeisprecher die Initiative.

Die Journalistin protestierte lautstark.

»Ich lasse mir nicht das Wort verbieten. Es herrscht doch Meinungsfreiheit in diesem Land. Oder?«

»Eben darum!«

Kern blieb stoisch. Lauer bewunderte den Polizeisprecher.

»Eine neue Entwicklung, über die ich die Pressevertreter unserer Stadt unterrichten muss. Darauf haben Sie ein Recht.«

Lauer musste schmunzeln.

»Eine erste Festnahme im Fall des erschossenen Polen …«

Mehr bekam Lauer nicht mehr mit. Jetzt, wo sich wieder alles nach vorne orientierte und die Vertreter der schreibenden Zunft wie gebannt an den Lippen des Sprechers der Mannheimer Polizei hingen, war es für Lauer einfach, unbemerkt den Saal der Pressekonferenz zu verlassen.

Sollte er sich über die eifrige Journalistin ärgern? Dabei war das gar nicht so verkehrt, was sie da von sich gegeben hatte, zumindest was die Ermittlungen betraf. Keine Linie, das bedeutete doch wohl auch, dass eine Geradlinigkeit vermisst wurde. Ziellos durch die Gegend stolpern. Konnte man den Gang der Ermittlungen besser charakterisieren? Lauer kam sich ziellos vor, er stolperte andauernd. Es wurde Zeit, dass er sich mit Meißner und Susanne endlich einmal zusammensetzte, dass sie die bisherigen Ermittlungsergebnisse austauschten, dass sie sich Strategien überlegten, wie es weitergehen sollte. Wenn möglich, sollten sie sich gleich heute Nachmittag noch zusammensetzen. Genau, das würden sie tun.

Im Büro im dritten Stock traf er nur Susanne an.

»Sie sind nicht bei der Pressekonferenz? Sie versäumen etwas!«

»Keine Zeit, Chef. Heiße Spur im Fall Moormann. Die Journalistin war noch an einer ganz wichtigen Sache dran. Ich lasse das für Sie ausdrucken. Ich müsste schon längst weg sein. Meine Mutter hat heute nämlich Geburtstag.«

Schon das bloße Wort »Journalistin« weckte in Lauer Aversionen. Dafür konnte die arme Frau Moormann nun wirklich nichts.

»Finden Sie, Susanne, dass wir ohne Linie ermitteln, dass wir quasi ziellos durch die Gegend stolpern?«

»Quatsch, wie kommen Sie denn da drauf?«

Lauer vertiefte das Thema nicht weiter.

»Wo ist Frau Werner?«

»Um zwölf gegangen. Überstunden abfeiern.«

»Und Meißner?«

Meißner! Was war mit Meißner? Vor lauter atemberaubender Verfolgungsjagd und Verhaftungseuphorie hatte Lauer ihn ganz vergessen. In aller Kürze erzählte er Susanne, was passiert war. Im Büro hatte sich Meißner jedenfalls noch nicht gemeldet. Auch die Einsatzzentrale hatte keine Information über Meißners Verbleib.

»Wir müssen alle Krankenhäuser anrufen, die Notaufnahmen, schnell, Susanne.«

Im Städtischen Uniklinikum und im Diakonissen war kein Patient mit dem Namen Julian Meißner eingeliefert worden. Die Telefonistin am Theresien stellte sich so begriffsstutzig an, dass Susanne nach einigen Minuten und einigen erfolglosen Versuchen einfach auflegte. Lauer wälzte das Branchenbuch und notierte sich die Nummern der Unfallchirurgen in Mannheim.

»Vielleicht ist er ja auch in Ludwigshafen?«, mutmaßte Lauer.

»Oder doch im Theresien-Krankenhaus, das wissen wir ja nicht«, sagte Susanne.

Lauer nahm den Hörer und wählte. Nach einiger Zeit sagte er: »Polizeipräsidium Mannheim, Apparat des Polizeipräsidenten.«

Lauer zwinkerte Susanne zu.

»Na also«, sagte er, als er aufgelegt hatte.

Eine Bettina Meißner liege seit einigen Tagen auf der Gynäkologie. Und kurz vor Mittag sei ein Patient mit dem Namen Julian Meißner in der Ambulanz gewesen. Die Telefonistin, übrigens eine äußerst freundliche und zuvorkommende Person, habe ihn dann mit dem behandelnden Arzt verbunden. Alles halb so schlimm, habe der gesagt. Über die Art der Verletzung könne er leider keine Auskunft geben, aber Herr Meißner sei schon wieder entlassen worden, allerdings auf eigene Verantwortung.

»Nichts Schlimmes, zum Glück«, sagte Lauer.

»Nichts Schlimmes? Das hörte sich anders an, was Sie mir gerade erzählt haben.«

Susanne spielte die Entrüstete. In diesem Moment ging die Tür auf und Susanne und Lauer drehten sich um. Vor ihren Augen humpelte Meißner ins Zimmer, etwas wacklig zwar, aber er strahlte in seinem Versuch, ziemlich gerade zu gehen, eine gewisse Würde aus. Er zog das linke Bein nach, hielt sich die Hüfte, hatte den rechten Arm, der dick bandagiert war, in einer Schlinge. Das alles war schon reichlich ungewöhnlich, aber Susannes und Lauers Blicke blieben wie hypnotisiert an Meißners Kopf hängen.

»Julian, wie siehst du denn aus?«, sagte Susanne.

Julian, so, so, dachte Lauer.

»Wie ein Polizist, der sich in seinem Dienst aufopfert«, antwortete Meißner und versuchte sich an einem Lächeln, das aber reichlich gequält daherkam. Um seinen Kopf trug er einen handbreiten weißen Verband.

»Alles halb so schlimm, Hüftprellung, ausgekugeltes Schultergelenk, Platzwunde an der Stirn, sonst nichts.«

Susanne schaute auf die Uhr, nahm einen Stapel Papier aus dem Drucker und reichte ihn Lauer.

»Mein Gott, schon so spät, der Geburtstag! Ich muss dringend los. Dir geht's doch wieder gut, Julian?«

Ohne eine Antwort abzuwarten stürmte sie zur Tür, hielt inne, drehte sich um und sagte, zu Lauer gewandt: »Das müssen Sie unbedingt lesen, Herr Lauer. Fall Moormann!«

»Mach ich, Susanne, Gruß an Ihre Mutter.«

Susanne war schon auf dem Flur, als Lauer ihr noch nachrief: »Morgen um zehn Besprechung, Bestandsaufnahme, wichtig, nicht vergessen!«

So kam es, dass Susanne nicht Zeuge der denkwürdigen Szene wurde, die unmittelbar auf ihren Abgang folgte. Um genau zu sein: Außer Lauer und Meißner, den direkt Betroffenen, gab es keine Zeugen.

»Der Turban steht Ihnen prächtig«, sagte Lauer, ganz ohne Hintergedanken, stand auf und umarmte Meißner. Der war so überrascht, dass er den Angriff wehrlos über sich ergehen ließ. Er verzog nur ein wenig das Gesicht, nicht weil ihn der bisher einmalige Gefühlsausbruch seines langjährigen Kollegen so unerwartet traf, sondern weil Lauers Zuwendung einfach schmerzte. Lauer, von seinem eigenen emotionalen Ausbruch selbst wahrscheinlich am meisten überrascht, zuckte zusammen, zog die Hand schnell wieder zurück und ging zwei, drei Schritte rückwärts.

»Mensch, Meißner, das tut mir echt leid.«

»Und mir tut es weh!«

»Sie haben ja Humor, Meißner!«

Während Lauer Meißner über die wilde Verfolgungsjagd und die Verhaftung Kollnigs informierte, klingelte das Telefon. Lauer nahm ab, nickte mehrmals und legte wieder auf.

»Die Kollegen von der Kriminaltechnik haben in Kollnigs Zimmer eine Waffe gefunden. Eine Viking MP-446, 9 mm«, sagte er.

»Die Tatwaffe«, sagte Meißner.

Achtzehn

Der Mann trank sein Glas leer, wischte sich über den Mund und nickte dem Wirt hinter der Theke zu. Der brachte nach kurzer Zeit ein weiteres Weizenbier und machte auf dem Bierdeckel einen Strich. Es war der vierte. Der Mann starrte das Bierglas an. Nach einer Ewigkeit nahm er einen Schluck. Eine Frau, die zwei Tische weiter saß, prostete dem Mann zu. Sie lächelte. Der Mann lächelte zurück, schließlich war er wohlerzogen. Er wollte jedoch seine Ruhe haben. Ihm war es peinlich, denn die Frau musterte ihn schon seit einiger Zeit mehr oder weniger deutlich. Der Mann stellte sein Glas zurück auf den Bierdeckel mit den vier Strichen. Er starrte sein Glas wieder an. Er und die Frau waren die einzigen im Schankraum. Draußen vom Biergarten waren noch leise, entfernte Stimmen zu hören. Anscheinend war nicht viel los, und das an einem Freitagabend. Vor Jahren war der Mann ab und zu in der Eckkneipe gewesen. Die Hähnchen waren über Rheinau hinaus bekannt gewesen, aber der Besitzer musste gewechselt haben, denn der Mann kannte den Wirt nicht. Eigentlich hatte er vorgehabt, ein Hähnchen zu essen, aber als er eingetreten war, die abgestandene Luft und das ranzige Fett gerochen hatte, war ihm der Appetit vergangen. Wie kann eine Kneipe nur so verraucht riechen, wo doch kein einziger Gast rauchte? Nur der Wirt hatte eine Kippe zwischen den Zähnen. Am 1. August würde es damit vorbei sein. Dann trat nämlich das neue Nichtrauchergesetz in Kraft.

Jetzt stand die Frau auf und trat zu dem Mann an den Tisch.

»Darf ich?«, fragte sie.

»Bitte«, sagte der Mann, denn er wollte nicht unfreundlich erscheinen. Die Frau setzte sich und prostete dem Mann wieder zu.

»Sie sind zum ersten Mal hier?«

Der Mann wiegte den Kopf hin und her.

»Ja und nein? Wie soll ich das verstehen? Von auswärts?«

Der Mann schüttelte den Kopf.

»Kannst du auch reden?«

Der Mann lachte.

»Ich wohne hier ganz in der Nähe, Mutterstadter Straße. Vor Jahren war ich ab und zu mal hier, es gab leckere Brathähnchen. Heute ist mir die Decke auf den Kopf gefallen, da musste ich einfach raus. Gibt es die Brathähnchen noch?«, fragte der Mann.

»Na, das geht doch, das war ja fast eine Ansprache.«

Die Frau trank ihr Glas leer.

»Willy, noch einen Halben«, rief die Frau dem Wirt zu. Der zeigte keinerlei Reaktion, griff sich jedoch einen Glaskrug aus dem Regal und fing an zu zapfen.

»Nein, Brathähnchen ist nicht mehr, schon lange nicht mehr.«

Der Wirt stellte das Bier auf den Tisch.

»Ich bin hier Stammgast«, sagte die Frau, »jeden Abend, oder fast jeden.«

Ihre Hand zitterte leicht, als sie einen kräftigen Schluck nahm.

»Und was sagt Ihr Mann, wenn Sie jeden Abend auf Tour sind?«

Der Mann wunderte sich über die Frage, die er gerade gestellt hatte. Die Frau lachte auf, es war eine Spur zu laut und ohne jede Distanz.

»Mein Mann? Was weiß ich, wahrscheinlich säuft er sich im Moment gerade die Birne zu. Früher hat er das jedenfalls gemacht. Geschieden. Seit vier Jahren schon.«

Sie lachte noch lauter.

»Du gehst ja ganz schön ran!«

Der Mann hob abwehrend die Hände.

»Ich wollte Ihnen nicht zu nahe treten.«

»Jetzt mach dich doch mal locker«, sagte die Frau und legte ihre Hand auf die Hand des Mannes. »Du kannst doch ruhig du zu mir sagen. Marina, so heiße ich.«

Der Mann sagte nichts. Was lief falsch mit ihm? Er sah die Frau nur an. Früher war es auch nicht gut gewesen, aber besser. Sie war Anfang vierzig und sah erschöpft aus. Ihre Gesten wirkten gekünstelt, übertrieben, aufgesetzt, alles eine Spur zu laut. Trotzdem war sie nicht unattraktiv. Warum nicht, dachte der Mann. Sie prostete ihm schon wieder zu und trank ihr Glas leer.

»Willy, noch eine Runde für uns zwei Hübschen!«

Der Mann deutete auf sein halbvolles Glas.

»Für mich nicht.«

»Jetzt stell dich bloß nicht so an. Zwei Halbe, Willy.«

Der Mann nahm einen tiefen Schluck und verschluckte sich. Die Frau schlug ihm auf den Rücken.

»Wir können auch gleich zu mir gehen. Ich wohne um die Ecke und habe sturmfreie Bude. Immer.«

Gerade in diesem Augenblick klingelte das Handy des Mannes.

»Entschuldigen Sie bitte«, sagte er.

»There must be some way out of here.«

Lauer war sich später sicher, dass es diese Zeile in einem Lied, gesungen von Jimi Hendrix, gewesen war, die ihn dazu gebracht hatte, seine Wohnung zu verlassen. Er hatte spontan die Idee gehabt, seinen alten Plattenspieler von seinem Dornröschenschlaf zu befreien, hatte in seiner Plattensammlung gekramt, die Doppel-LP von Jimi Hendrix herausgezogen, ›Electic Ladyland‹, das Cover mit den nackten Frauen, die zweite Platte aufgelegt, die D-Seite, rein zufällig. Lauer sang mit, zumindest die Textzeilen, die er auswendig kannte.

»... said the joker to the thief. There's so much confusion ...”

In der Tat, das Durcheinander war groß, in seiner Dienststelle in L6, in seinem Privatleben. Eine Unruhe überfiel Lauer. Er hatte sich auf einen faulen Freitagabend eingestellt. Ein Glas Rotwein auf dem Balkon, ein gutes Buch, vom Wohnzimmer leise Musik. Blues. Der war angesagt. Lauer war in der Stimmung, seit Tagen schon. Er wusste, das würde vorbeigehen, über kurz oder lang. Dann würde er wieder wochenlang keinen einzigen Blues mehr hören können. Er würde sich alle Versionen der Goldberg-Variationen zu Gemüte führen und er hatte unzählige Aufnahmen. Am Ende würde er immer wieder bei Glen Gould landen und sich nicht entscheiden können, ob ihm die Aufnahme von 1955 oder die von 1981 besser gefiel. Oder Frank Zappa würde von der Wohnung Besitz ergreifen und sie wochenlang besetzt halten. Oder die Kantaten von Johann Sebastian Bach. Die hörte Lauer am liebsten, wenn die Rollläden halb heruntergelassen waren. Er räumte ein wenig die Wohnung auf, nicht systematisch, darauf konnte er sich im Moment nicht konzentrieren. Sporadisch stellte er das Geschirr in die Spülmaschine. Dann fing er an, den Teppich im Wohnzimmer zu saugen, kippte WC-Reiniger ins Klo und ließ ihn einwirken. Er konnte sich nicht lange auf eine Sache konzentrieren, er fing laufend irgendetwas Neues an, nur so ertrug er es, sich in der Wohnung aufzuhalten, die ihm eng und muffig vorkam. Er schaffte es aber auch nicht, sich einfach auf den Balkon zu setzen und in aller Ruhe seinen Rotwein zu trinken. Er suchte sein Handy, setzte sich an den Küchentisch und ging die Namen in seinem Telefonbuch durch. Niemand, den er anrufen konnte! Er ging ins Bad und versuchte, den Urinstein wegzuschrubben. Der war aber zu hartnäckig. Oder der Reiniger war zu schwach. Oder er schrubbte nur halbherzig. Oder der WC-Reiniger hatte zu kurz eingewirkt. Das kleine Regal im Flur. Das unter dem Spiegel. Die Telefonbücher. Die musste er dringend ausmisten. Jetzt? Er überlegte kurz. Nein, jetzt nicht. Das alte Adressbuch fiel ihm in die Hand. Seit Ewigkeiten hatte er es nicht mehr benutzt. Er blätterte es durch. Eine uralte

Nummer von Sybille. Hatte sie da nicht noch bei ihren Eltern gewohnt? Die Nummer seiner eigenen Eltern. Sein Vater war gestorben, als Lauer 32 gewesen war. Seine Mutter lebte noch allein in dem Haus, in dem sie schon mit ihrem Mann gewohnt hatte. Das Haus, in dem Lauer aufgewachsen war. Ein Dorf in der Pfalz. Lauer besuchte sie regelmäßig. Sie war noch fit, konnte allein für sich sorgen und ging in der Pflege des Grabs auf. Nächsten Januar würde sie 75 werden.

»Wenn ich das noch erlebe«, sagte sie immer, wenn er sie besuchte. Natürlich erwartete sie Widerspruch.

»Mutter, du wirst hundert, mindestens«, beeilte er sich deshalb zu sagen. Überhaupt das Thema Tod, das hatte es ihr angetan. Wenn im Dorf jemand verstorben war, rief sie umgehend bei ihm an, erzählte lang und breit vom dem Verstorbenen, welche Krankheiten er gehabt, wie sie von der Nachricht seines Todes erfahren hatte.

»An den musst du dich doch erinnern«, war einer ihrer Standardsätze. Die Überbringung von Todesnachrichten, ein Teil seiner Arbeit, der ihm jedes Mal an die Substanz ging. Im Moment war seine Mutter irgendwo in Österreich. Ausflug mit der Musikkappelle, in der ihr Mann, Lauers Vater, Trompete gespielt hatte. Letzten Sonntagnachmittag hatte sie vor der Lindenstraße angerufen und über die Hitze gejammert. Lauer blätterte weiter. Seine ältere Schwester. Er hatte wenig Kontakt mit ihr. Er überlegte, wie alt sie war. 55? Es war an der Zeit, sich mal wieder bei seiner Schwester zu melden. Dann Petra. Petra! Seine längste Beziehung. Kennengelernt hatte er sie auf dem Fest zu seinem 30. Geburtstag. Eine Bekannte hatte sie mitgebracht. Es hatte fast zehn Jahre gehalten. Kurz vor seinem 40. Geburtstag hatten sie sich getrennt, einvernehmlich. Fast zehn Jahre, dachte Lauer. Sie hatten nie eine gemeinsame Wohnung gehabt. An ihrem letzten gemeinsamen Weihnachten hatte Petra ihm mitgeteilt, dass sie das Angebot ihrer Bank annehmen würde. Stellvertretende Filialleiterin in Schmalkalden, eine einmalige Chance.

»Wo liegt denn das?«, war Lauers einziger Kommentar gewesen. Die Beziehung lief zu diesem Zeitpunkt schon auf Sparflamme. Ein ständiger Streitpunkt waren Lauers unregelmäßige Arbeitszeiten. Die waren bei allen Bekanntschaften ein Streitpunkt gewesen. Im März war Petra in den Osten gezogen, nach Thüringen. Sie hatten sich noch zwei-, dreimal getroffen. Lauer war über Ostern auch nach Schmalkalden gefahren und hatte gelernt, dass die Gegend im Bauernkrieg 1525 ein heißes Pflaster gewesen war. Seit diesem Osterbesuch war der Schmalkaldische Bund für Lauer ein Begriff. Der Beziehung zu Petra hatte dieses Wissen jedoch nicht mehr auf die Sprünge geholfen. Im Mai war endgültig Schluss gewesen. Da hatte Lauer jedoch die Beziehung schon längst abgehakt gehabt. Kein Schmerz, nur Erleichterung hatte sich breitgemacht. Petra. Ihre Mannheimer Nummer war durchgestrichen, mit Bleistift stand ihre Ostnummer im Telefonbuch. Irgendwann war Lauer dazu übergegangen, Adressen und Telefonnummern nur noch mit Bleistift einzutragen. So konnte der Datenbestand einfacher auf dem aktuellen Stand gehalten werden. Er holte aus der Küche eine Weinflasche und ein Glas und setzte sich nun doch auf den Balkon. Kein Lüftchen ging. Er schenkte sich Rotwein ein und probierte. Zu warm. Er nahm den Wein, ging zurück in die Küche und schob die Flasche ins Gefrierfach. Brutal, dachte er, aber es ist ja nur für kurz. Dann setzte er sich wieder auf den Balkon. Er blätterte das Telefonbuch durch, ohne groß über die Nummern und Namen nachzudenken. Einmal vorwärts, einmal rückwärts. Er stand auf und schaute im Gefrierfach nach. Nein, der Wein war immer noch zu warm. Auf dem Rückweg räumte er den Staubsauger weg, obwohl der Teppich im Wohnzimmer erst zur Hälfte gesaugt war. Im Flur griff er nach dem Telefon. Auf dem Küchentisch sah er den Ausdruck liegen, den Susanne ihm in die Hand gedrückt hatte. Den musste er noch lesen. Jetzt? Später! Er setzte sich wieder in den Sessel auf dem Balkon, in der Linken das Telefon, mit der

Rechten griff er nach dem Telefonbuch, das er irgendwo aufschlug. Petras Nummer! Zufall? Lauer glaubte nicht an Zufälle. Auch nicht im Fall des getöteten Schulmädchens, das sie ganz in der Nähe des erschossenen Polen gefunden hatten. Mechanisch tippte er die Zahlen ein. Bestimmt war die Nummer längst überholt. Vergeblich wartete er auf die Durchsage »Die von Ihnen gewählte Rufnummer ist nicht vergeben.«

Es klingelte durch. Einmal. Zweimal. Dreimal. Bis sechs, nahm er sich vor, wollte er es klingeln lassen. Die Stimme, die sich nach dem vierten Klingeln meldete, erkannte er sofort. Den Namen verstand er nicht. Sekunden vergingen, ohne dass Lauer ein Wort sagte.

»Hallo, wer ist bitte dran?«

Petras dunkle Stimme. Eine erotische Stimme, hatte Lauer immer gesagt.

»Lauer«, sagte er.

Lauer?«, echote es am anderen Ende. »Lauer. Leo Lauer!«

»Genau der, Petra!«

»Das ist aber eine Überraschung. Wie geht's denn so?«

»Gut, wirklich gut. Und dir?«

»Prächtig, richtig prächtig.«

Die üblichen Floskeln.

»Ich wollte deine Stimme mal wieder hören.«

»Nach all den Jahren? Ausgerechnet heute Abend? Meine Stimme?«

Ihr Tonfall hatte sich geändert. Die Überraschung war verflogen, hatte einer Vorsicht Platz gemacht. Und eine Portion Unsicherheit glaubte Lauer herauszuhören.

»Ja, deine Stimme, du weißt doch …«

»Ja, ja, Leo, ich weiß.«

Lauer fragte sich, warum er Petras Nummer eingetippt hatte.

»Schön«, sagte Petra. »Leider habe ich im Moment gar keine Zeit. Wir erwarten Gäste.«

»Gäste?«

»Ja, Gäste.«

»Wir?«

»Ja, wir, mein Mann und ich.«

»Du bist verheiratet?«

»Ja, ich bin verheiratet.«

Lauer schwieg. Und wieder vergingen Sekunden.

»Unsere Gäste kommen jeden Moment. Lass es dir gut gehen, Leo. Schön, mit dir gesprochen zu haben.«

»Ja, mit dir auch.«

Als das Gespräch schon einige Zeit beendet war, wusste Lauer immer noch nicht, warum er Petras Nummer gewählt hatte. Eine vergangene Beziehung sollte man in Frieden ruhen lassen, dachte Lauer. Wiederbelebungsversuche sinnlos. Obwohl, mit Sybille hätte es noch einmal was werden können. Doch die hatte sich ja aus dem Staub gemacht. Er legte das Telefon auf die Ladestation zurück. Die Nadel des Plattenspielers war auf ihrem Weg durch die Rille der Platte inzwischen beim dritten Song der D-Seite angekommen, ›All along the Watchtower‹, Jimi Hendrix lamentierte darüber, dass es einen Ausweg geben müsse. Nicht hier! Nicht in dieser Wohnung! Nicht heute Abend, dachte Lauer, suchte den Wohnungsschlüssel und zog die Tür hinter sich zu. Den Rotwein vergaß er im Gefrierfach.

»Entschuldigen Sie bitte«, sagte Lauer, stand auf und ging vor die Tür, in der Hand sein Handy, das sich lautstark bemerkbar machte. Eine Gruppe von sechs Männern kam ihm entgegen. Fast wäre er wieder in die Gaststube zurückgedrängt worden. Drinnen war es jetzt wohl mit der Ruhe vorbei.

»Hallo, Chef.«

Susanne hatte ihn angerufen.

»Haben Sie den Ausdruck gelesen?«

Ihre Stimme hörte sich erhitzt an. Kein Wunder bei diesen Temperaturen, dachte Lauer, aber dann fiel ihm wieder der

Geburtstag von Susannes Mutter ein.

»Ich bin noch nicht dazugekommen.«

»Schade. Ich hätte gerne Ihre Meinung gehört.«

»Morgen früh. Bis dahin habe ich es gelesen, versprochen. Dann können wir drüber reden.«

Der Lärm, der aus der Gaststube drang, wurde lauter.

»Wo sind Sie denn?«, fragte Susanne.

»Spazieren«, log Lauer. »Also, bis morgen früh.«

»Morgen früh?«

»Ja, unsere Besprechung um zehn.«

Susanne kicherte.

»Hätte ich glatt vergessen. Kommen Sie doch bei uns vorbei. Es ist so lustig hier.«

»Ich weiß nicht, Susanne, ob das eine gute Idee ist.«

»Mutter würde sich freuen.«

»Ich bin nicht mehr ganz nüchtern«, sagte Lauer.

»Ist irgendwas mit Ihnen?«, fragte Susanne. Ihre Stimme klang jetzt gar nicht mehr albern.

»Nein, nein, Susanne, mir geht es gut. Bin nur ein wenig müde, das Wetter. Trotzdem vielen Dank für die Einladung. Und grüßen Sie Ihre Mutter.«

Als Lauer aufgelegt hatte und in die Kneipe zurückging, hatte er das Gefühl, dass sein Kopf klarer war, trotz des dichten Rauches in der Gaststube. Euch geht es bald an den Kragen, dachte Lauer. Ab dem ersten August ist Schluss mit lustig. Marina war aufgestanden. Mit einer Hand hielt sie sich an der Stuhllehne fest. Die Zigarette, die sie in der anderen Hand hatte, schob sie sich in den Mundwinkel. Sie griff nach ihrem Bierglas. Sie schwankte leicht. Vielleicht wollte Lauer auch nur, dass sie schwankte.

»Was ist jetzt?«, fragte sie und es klang nicht mehr ganz so freundlich. »Mein Angebot steht.«

Lauer nahm sein halbvolles Glas, trank es mit einem Zug im Stehen aus und wischte sich den Schaum vom Mund.

»Danke für deine Einladung, Marina. Aber ich bin zu müde.«

Wortlos drehte sich die Frau um und wankte zum Nachbartisch, wo sie mit lautem Gejohle empfangen wurde.

»Eine Runde für die Jungs, Willy!«

Lauer ging zur Theke und legte den Bierdeckel mit den vier Strichen hin.

»Die hat meist kein Geld, schmeißt Runden und ich kann sehen, wie ich an mein Geld komme«, sagte der Wirt und Lauer wusste nicht, ob der Spruch ihm galt oder der Wirt nur mit sich selbst geredet hatte.

»Vier Weizen«, sagte Lauer, als der Wirt keine Anstalten machte zu kassieren.

»Und zwei Halbe«, sagte der Wirt.

Lauers erster Impuls war zu protestieren, aber als er die lustige Gesellschaft am Stammtisch sah, ließ er es bleiben und zahlte den gewünschten Betrag. Auf ein Trinkgeld verzichtete er, diese kleine Rache ließ er sich nicht nehmen. Vielen Dank, lieber Jimi Hendrix, dachte er, oder besser, vielen Dank, lieber Bob Dylan, dass du mich in diese Eckkneipe getrieben hast.

Zu Hause war der Rotwein im Gefrierfach längst gefroren, aber die Flasche war zum Glück nicht geplatzt. Lauer wollte sich aus dem Keller ein Mineralwasser holen, aber der Kasten war leer. Er nahm einen Glaskrug, ließ das Wasser an der Spüle so lange laufen, bis es nicht mehr lauwarm war und wunderte sich, wie köstlich das Wasser aus der Leitung schmeckte. Lauer fiel die Werbung der MVV ein, die das Mannheimer Wasser immer in den höchsten Tönen lobte und als hochwertiges Qualitätsprodukt anpries. Vielleicht war ja doch etwas dran. Er überlegte, ob er den Rotwein schnell auftauen sollte. Mikrowelle. Doch zum einen hatte er schon genug Bier konsumiert, zum anderen wollte er das dem Wein nun doch nicht antun. Die Weinprobe in der Pfalz mit Kollegen aus L6, ein Rotwein, der bei der Verkostung entschieden zu kühl war, ein Winzer, der für einige Minuten verschwand und der dann den verdutzten Teilnehmern der

Weinprobe einen perfekt temperierten Rotwein präsentiert hatte.

»Mikrowelle«, sagte der Winzer nur und für einen Moment glaubte Lauer, der Mann wolle sie alle auf den Arm nehmen. Aber es war ihm ernst. Lauer machte auch ernst und kaufte an dem Abend keine einzige Flasche, obwohl die Weine preiswert und ganz passabel waren. Das Angebot der betrunkenen Frau aus der Eckkneipe. Lauer ärgerte sich, dass er gezögert hatte, dass er sie nach vier Weizenbier fast attraktiv gefunden hatte. Jetzt auf seinem Balkon, das köstliche Mannheimer Leitungswasser an den Lippen und Susannes Ausdruck auf seinen Knien, war er froh, dass er nicht so tief gesunken war. Er schenkte sich Wasser nach und fing an, den Ausdruck zu lesen. Und je weiter er kam, desto mehr vergaß er alles um sich herum. Die Sterne am Himmel, das Lüftchen, das endlich aufgekommen war, die leise Musik aus dem Wohnzimmer, irgendwelche Jazz-Standards, schon tausendmal gehört. Ja, er merkte nicht einmal, wie der Kater auf seinen Schoß sprang, eine Zeit lang stampfte, sich dann um die eigene Achse drehte und auf Lauers Oberschenkel umkippte und vor sich hinschnurrte.

»Alle Achtung«, sagte er laut, als er seine Lektüre beendet hatte. Er schaute auf die Uhr. Halb eins, nein, das war zu spät. Susanne konnte er jetzt nicht mehr anrufen. Er hätte gerne mit ihr über den Ausdruck geredet. Das musste bis morgen warten. Bis heute, verbesserte er sich. Eine neue Spur im Fall der erschlagenen Journalistin. Vielleicht eine heiße Spur? Vielleicht würde sie ebenso ins Nichts führen wie die bisherigen Spuren, die sie verfolgt hatten. Doch es kam Bewegung in die Sache. Und das war wichtig.

Als sein Blick auf sein Handy fiel, bemerkte er, dass es blinkte. Eine neue SMS. Von Sybille!

»Hallo, Leo, alles klar? Uns geht es hier gut. Sag mal, ist es möglich, die Anzeige noch zurückzuziehen? Kannst du da was drehen? Schlaf gut, Sybille!«

Spontan wollte er ihr die passende Antwort schreiben. Wollte sie fragen, ob sie noch alle Tassen im Schrank habe. Ob er sich noch weiter lächerlich machen sollte. Ob sie darauf spekuliere, dass er seinen Job verliere. Und im Übrigen sei es vollkommen egal, ob sie ihre Anzeige zurückziehe oder nicht. Entführung sei ein schwerwiegender Straftatbestand, da ermittle die Staatsanwaltschaft automatisch, ob mit oder ohne Anzeige. Das alles ging ihm durch den Kopf. Anstatt die SMS zu verfassen, legte er sein Handy auf den Küchentisch und ging ins Bad.

Samstag, 21. Juli 2007

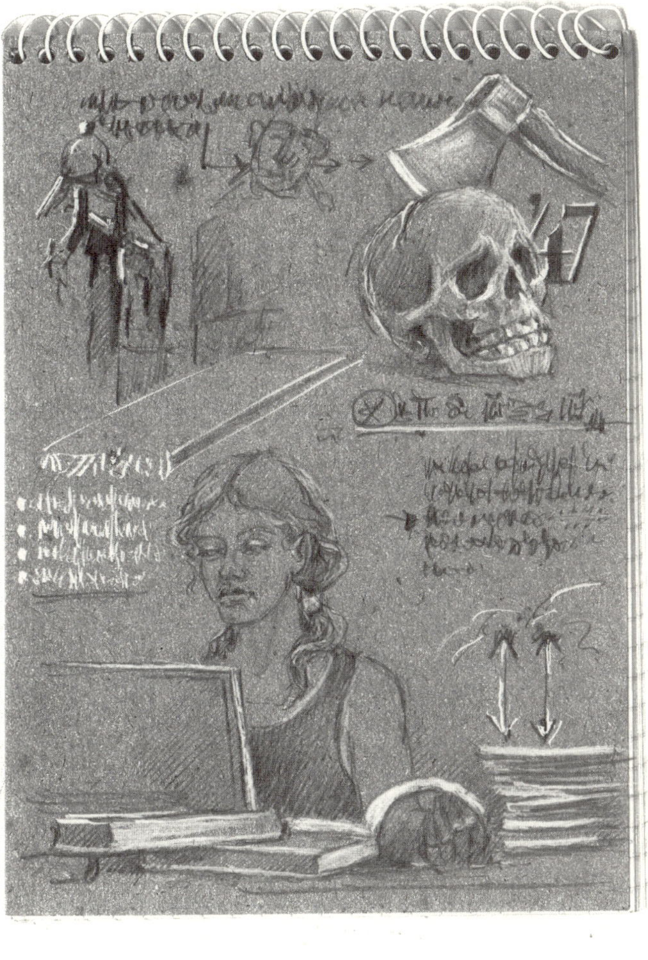

Neunzehn

VORLÄUFIGER OBDUKTIONSBERICHT

Opfer:	Magdalena Moormann,
	56 Jahre alt
Nummer:	512 - BK - 90774
Eingeliefert:	Dienstag, 17.07.2007
Todesursache:	Tod durch Fremdeinwirkung

Kurzbericht:

Die grüne Verfärbung der Bauchmuskulatur sowie der Magenwand sind auf Autolyse zurückzuführen. Bereits vorhandenes Durchschlagen des Venennetzes, Fäulnisgasbildung in den Weichgeweben und Körperhöhlen (Gesicht, Bauch), bereits vorhandene Fäulnisblasenbildung der Haut.

Die Totenstarre ist nicht mehr festzustellen, die Gelenke sind wieder frei beweglich. Die Totenflecken sind vollständig ausgeprägt und nicht wegdrückbar.

Körpertemperatur 26,2 Grad Celsius. Es kam bereits zu einem Angleichen der Körpertemperatur an die Umgebungstemperatur, deshalb ist diese nicht verwertbar. Typische Totenaugen mit trüber, glanzloser Kornea und eingesunkenen Augäpfeln. In den Nasen- und Mundöffnungen fanden sich zum Teil Fliegeneier, diese ebenfalls in Bauchdecken und Magenwand der obduzierten Leiche. Bereits geschlüpfte Fliegenmaden erkennbar.

Zusätzliche durchgeführte immunhistochemische Untersuchungen:
GFAP negativ, Cystatin C negativ
Somatostatin, Calcitonin, Thyreoglobulin, Insulin, Glucagon positiv

Zusammenfassung:
Die allgemeinen Leichenveränderungen, wie ich sie selbst anlässlich meiner Obduktion am 17.07.2007 feststellen konnte, sowie auch die Angaben in der Ermittlungsakte und die Klimadaten weisen daraufhin, dass es sich hier um ein postmortales Intervall von rund vier Tagen handeln dürfte, der Todeszeitpunkt demnach auf den 14.07.2007 datiert werden müsste. Ich weise jedoch ausdrücklich darauf hin, dass Todeszeitpunktbestimmungen im längeren postmortalen Intervall nur ungenau möglich sind.

gezeichnet
Dr. F. Adelmann
(Gerichtsmediziner)

Wurde ja auch langsam Zeit, sagte sich Lauer und legte den Bericht des Arztes zur Seite. Er hatte das Fenster geöffnet, ein leichter Windzug machte es im Büro noch einigermaßen erträglich, aber Lauer wusste, dass es gegen Mittag wieder schwül werden würde. Er war noch alleine im Büro, war schon kurz nach sieben da gewesen und hatte im Faxgerät Adelmanns Bericht gefunden, perfekt gestaltet übrigens, mit dem Computer getippt, nicht die unleserlichen Blätter, die Adelmann sonst zu schicken pflegte. Er nahm sich den Obduktionsbericht noch einmal vor und unterkringelte die Stellen, die ihm unklar waren. Was Autolyse war, das wusste er. Es kam aus dem Griechischen und hieß ›Selbstauflösung‹. Mediziner bezeichneten damit die Selbstauflösung abgestorbener Körperzellen durch Enzyme. Die Passage über die immunhistochemischen Untersuchungen, GFAP, Cystatin C, Somatostatin und wie die ganzen Sachen hießen, irritierten ihn. Solche Ausführungen fanden sich mormalerweise nicht in Adelmanns Ausführungen. Lauer suchte sich die Nummer des Gerichtsmediziners heraus. Eine Frauenstimme meldete sich am anderen Ende der Leitung, eine äußerst junge Frauenstimme, fand Lauer, fast eine Mädchenstimme. Den Namen verstand er nicht.

»Kriminalhauptkommissar Lauer aus Mannheim, ist Herr Dr. Adelmann zu sprechen?«

»Der ist in der nächsten Zeit nicht erreichbar.«

»In der nächsten Zeit?«

»Die nächsten drei Wochen, seit gestern ist der Kollege in Urlaub.«

Lauer fiel ein, dass Adelmann am Dienstag in der Schimperstraße eine Andeutung hatte fallen lassen. Er wollte schon auflegen.

»Worum geht es denn? Vielleicht kann ich Ihnen helfen.«

»Das glaube ich nicht. Es geht um eine Obduktion«, sagte Lauer und dachte an die mädchenhafte Stimme und stellte sich ein zwölfjähriges Mädchen vor, das sich in den unwirtlichen Fluren des Instituts für Rechts- und Verkehrsmedizin des Uniklinikums in Heidelberg verirrt hatte. Seine Gesprächspartnerin schien seine Gedanken zu erraten.

»Ich höre mich zwar am Telefon nicht so an, aber ich bin hier Ärztin. Und wenn Sie etwas über die Obduktion dieser Journalistin aus Mannheim wissen wollen, sind Sie genau an der richtigen Stelle.«

»Genau um die geht es.«

»Dann schießen Sie los. Ich habe Dr. Adelmann assistiert, einen Großteil der Untersuchungen selbst durchgeführt und den Obduktionsbericht habe ich auch verfasst.«

Die Telefonstimme hörte sich jetzt gar nicht mehr mädchenhaft an, sondern selbstbewusst und bestimmt.

»Was ist ein postmortales Intervall?«

Auf dem Bericht war der Begriff nicht markiert. Lauer wollte die junge Ärztin testen und das ging am besten, wenn man selbst Bescheid wusste.

»Das ist der Zeitpunkt zwischen Todeseintritt und Auffinden der Leiche. Das sollten Sie doch eigentlich wissen.«

Gut erklärt, dachte Lauer.

»Dann wollen Sie doch bestimmt noch etwas zu den immunhistochemischen Untersuchungen wissen.«

»Woher wissen Sie das?«

»Ich kann Ihre Gedanken lesen. Also, passen Sie auf. Vereinfacht gesagt geht es bei all diesen Untersuchungen um die Zersetzung der Proteine, die haben eine bestimmte Halbwertzeit und mit Hilfe derer können wir den Todeszeitpunkt eingrenzen. Wir führen Farbtests durch und je nach Intensität der Färbung können wir Rückschlüsse ziehen, die Ihnen dann bei der Suche nach dem Täter helfen können. Im Grund muss Sie das alles nicht interessieren. Wichtig für Sie ist einzig und allein der Todeszeitpunkt.«

»Da haben Sie Recht«, sagte Lauer. »Und wie zuverlässig sind die Angaben?«

»So wie es im Bericht steht«, kam die kurz angebundene Antwort. »Die derzeitige Wetterlage macht uns Gerichtsmedizinern die Arbeit nicht gerade leichter.«

Lauer bedankte sich für die Erklärungen und fragte am Ende noch einmal nach dem Namen seiner Gesprächspartnerin.

»Langner, Julia Langner.«

»Dann wünsche ich Ihnen noch ein schönes Wochenende, Frau Dr. Langner.«

Lauer legte auf und schnaufte tief durch. Die wichtigste Information war, ohne Zweifel, der Todeszeitpunkt. Wenn Adelmann und Langner richtig lagen, käme der Samstag als Mordtag in Frage.

Samstag, der 14. Juli 2007. Was hatte er eigentlich letzten Samstag gemacht? Er hatte zum Stollenwörth-Weiher radeln wollen. Dann war er morgens nicht aus den Federn gekommen. Das Frühstück hatte sich hingezogen. Er hatte richtiggehend geschlemmt und dann umdisponiert, war zum Rheinauer See gefahren und hatte nach einer halben Stunde seine Sachen wieder zusammengepackt und war, genervt von den Menschenmassen, die sich am Ufer drängelten, schnurstracks nach Hause geradelt und hatte es sich mit einem Weizenbier und der Samstagszeitung auf dem Balkon gemütlich gemacht. Die Zeitung hatte er schnell durchgehabt. Bei dem einen Bier war es im Verlauf des Nachmittags und des Abends nicht geblieben. Als Magdalena Moormann am Morgen in ihrer stickigen Dachgeschosswohnung aufgewacht war, wusste sie sicherlich nicht, dass dieser Samstag ihr letzter Tag sein würde. Vielleicht hatte sie sich unter der Dusche erfrischt. Vielleicht hatte sie wie Lauer ausgiebig gefrühstückt. Mit ziemlicher Sicherheit hatte sie ihren Mörder in die Wohnung gelassen. An der Tür waren keinerlei Spuren eines gewaltsamen Eindringens zu entdecken gewesen. Das hieß aber auch, dass sie ihren Mörder gekannt haben musste. Vielleicht ermittelten sie ja seit Beginn der Untersuchungen in die falsche Richtung. Vielleicht hatte die Ermordung der Journalistin gar nichts mit deren journalistischer Arbeit zu tun. Eine Beziehungstat, vielleicht. Ein Ex-Freund. Ein entfernter Verwandter, der sich mit ihr wegen einer Erbschaft überworfen hatte. Obwohl. Susannes Ausdruck, den er heute Nacht noch gelesen hatte, ließ den Zusammenhang zwischen Ermordung und Arbeit beim Neckarstädter Boten als möglich und logisch erscheinen.

Susanne war auf einen Artikel in dem Anzeigenblatt gestoßen, eher auf einen Aufruf, veröffentlicht Ende Juni 2007. Magdalena Moormann berichtete darin von einem Verbrechen, das im Frühjahr 1947 in der Quadratestadt anscheinend hohe Wellen geschlagen hatte. Die 47er Sache, fiel es Lauer ein. Die Informationen der Moormann waren spärlich gestreut und Lauer war sich nach der Lektüre des Beitrags nicht sicher, ob die Journalistin nicht bewusst Fakten zurückgehalten hatte. Im April war ein Angehöriger der US-Streitkräfte in der Neckarstadt in einer Privatwohnung ermordet worden. In dem Artikel gab es keinen Hinweis auf die Tötungsart. Verhaftet wurde eine 33-jährige Neckarstädterin, die die Tat auch gestanden haben sollte und die im Oktober 1947 verurteilt worden war. Zu welcher Strafe stand nicht in dem Artikel. Die Moormann schloss ihren Bericht mit einem Aufruf zur Mitarbeit.

»Wer weiß etwas von diesem schrecklichen Verbrechen, das unsere Heimatstadt erschütterte? Wer hat den Prozess gegen die Mörderin als Augenzeuge mitverfolgt? Wer kann sich an die Erzählungen seiner Mutter, seines Vaters oder seiner Großeltern erinnern, die beim Sonntagsbraten über dieses schreckliche Verbrechen geredet haben? Wir freuen uns über jeden Hinweis. Selbstverständlich behandeln wir Ihre Informationen auf Wunsch auch streng vertraulich.«

Es folgte eine Telefonnummer, die Lauer als die Privatnummer der Moormann erkannte, und eine E-Mail-Adresse, von der er wusste, dass sie der Journalistin gehörte. Susanne hatte aber noch mehr recherchiert. Auffallend fand sie, dass außer diesem auf der ersten Seite platzierten Aufruf im Neckarstädter Boten selbst nichts mehr über den Fall aus dem Jahr 1947 veröffentlicht worden war. Hatten sich keine Zeitzeugen gemeldet? Die persönlichen Aufzeichnungen der Moormann ließen diesen Schluss nicht zu. Susanne war bei den Unterlagen der Journalistin auf einen Schnellhefter gestoßen, in dem zahlreiche Notizen mit Namen und Telefonnummern aufgelistet waren. Lauer mochte gar nicht daran denken, was für Arbeit da auf sie zukommen würde, wenn sie allen diesen Spuren nachgehen mussten. Auch im E-Mail-Verkehr fanden sich eine Reihe von Mails, die das Geschehen von 1947 zum Inhalt hatten. Susanne hatte den Schriftverkehr auf einer Din-A4-Seite zusammengefasst. Meist waren es Informationen vom Hörensagen. Es hatten sich auch einige Mannheimer gemeldet, die damals als Kinder das Geschehen mitbekommen haben wollten. Die einzelnen Aussagen widersprachen sich oft. Einmal war das Opfer ein weißer US-Soldat, dann war es, wie es in einer Mail hieß, ein ›dreckiger Nigger‹, mal wurde der Soldat erstochen, mal erschossen, mal mit einer Bronzestatue erschlagen, mal hatte er die arme Frau vergewaltigt und im Grunde nur seine ›gerechte Strafe‹ bekommen, mal war die Frau eine Professionelle, die den Soldaten hatte ausrauben wollen. Und immer wieder fanden sich Gedichte und Lieder, die das Geschehen aufgriffen, kommentierten und verfremdeten. Lauer musste an Anton Lehnert denken, den Rentner, den er am Dienstag im Limoni getroffen und der ihm das Schimperstraßenlied über den Mord von 1926 vorgesungen hatte. Insgesamt bot sich ein verwirrendes, in großem Maße uneinheitliches Bild. Auf jeden Fall genug Material, um einen packenden Artikel oder gleich eine ganze Serie zu veröffentlichen. Nichts war jedoch geschehen. Moormanns Aufruf im Neckarstädter Boten, dann Funkstille. Susanne hatte nachgeforscht. Es war wirklich kein weiterer Artikel erschienen. Warum hatte die Moormann dieses Material nicht ausgeschlachtet? Das passte nicht zu ihr. Lauer musste an die Artikel zum ›Miethai‹ denken. Da war sie doch auch nicht so zimperlich mit Verdächtigungen, Vermutungen, gewagten Schlussfolgerungen umgegangen. Selbst wenn es wie im Fall des Dackels um ihre ureigenen Interessen ging. Susanne war auf eine Mail gestoßen, die sie im Originalton wiedergab und die sie nachträglich im Ausdruck rot angestrichen hatte.

»Liebe Frau Journalistin,
ich weiß viel von der Sache aus dem Jahr 1947. Mein bester Freund war der Sohn der Frau, die 1947 im November hingerichtet wurde. Ich kann Ihnen erzählen, wie es wirklich war. Sie müssen mir nur versprechen, dass Sie mit einer

Veröffentlichung so lange warten, bis ich mit Ihnen geredet habe. Ich melde mich bald wieder bei Ihnen.«

Eine Unterschrift fehlte. Die Mail datierte vom 29. Juni 2007, Petras Geburtstag, dachte Lauer und war von sich selbst überrascht. Jahrelang hatte er keinen einzigen Gedanken an diesen Tag verschwendet. Die hingerichtete Frau hatte anscheinend einen Sohn gehabt. Wie alt war er damals gewesen? Was war mit ihm passiert? Was machte er jetzt? Lebte er überhaupt noch? Bei der Mail-Adresse war Susanne noch nicht weitergekommen. 1947 hingerichtet? Gab es nach dem Krieg in Deutschland noch die Todesstrafe? Da mussten sie unbedingt nachhaken. Lauer schaute auf die Uhr. Es war Viertel vor zehn. Noch immer war er allein im Büro. Und der angenehme Luftzug von vorhin war verschwunden. Der Büroraum unter dem Dach kam langsam auf Betriebstemperatur.

»Gute Arbeit, Susanne«, sagte Lauer und wedelte mit dem Ausdruck. Susanne ließ sich auf ihren Stuhl fallen. Das war nicht die optimistische, lebensfrohe, junge Frau, die Lauer kannte. Susanne wirkte abgespannt, hatte dunkle Ringe unter den Augen und stützte ihren Kopf auf die Hände.

»Mann, war das spät heute Nacht. Und zu viel getrunken hab ich auch. Und zu wenig geschlafen, das vor allem.«

Lauer stellte eine Tasse Kaffee vor die Praktikantin.

»Frisch gemacht und extra stark.«

»Danke«, sagte sie und die Andeutung eines Lächelns huschte ihr über das Gesicht.

»Sie haben das da gelesen?«

»Aufmerksam gelesen, ja. Könnte eine Spur sein.«

»Könnte, könnte. Das ist DIE Spur, Chef.«

Die Müdigkeit und die Abgespanntheit waren wie weggewischt.

»Langsam, Susanne. Wir hatten in diesem Fall schon manche angeblich heiße Spur, die ins Nichts führte. An der 47er Sache könnte aber in der Tat was dran sein.«

»Guten Morgen, alle zusammen.«

Julian Meißner betrat gut gelaunt das Büro, blickte um sich, sah Susanne und legte die Stirn in Falten.

»Was ist denn mit dir passiert?«

»Geburtstagsfest meiner Mutter. Dafür scheint es dir ja prächtig zu gehen?«

»Und wie, meine Frau wurde gestern Nachmittag aus dem Krankenhaus entlassen. Meine Eltern haben sie zusammen mit den Kindern abgeholt. Das war vielleicht eine Überraschung, als ich gestern Abend nach Hause gekommen bin.«

»Und wie geht es Ihrer Frau?«, fragte Lauer.

»Die Blutungen haben aufgehört, aber sie muss noch im Bett bleiben. Gar nicht so einfach bei unseren Rabauken. Ihre Eltern bleiben aber noch einige Tage da. Sie sind wirklich eine große Hilfe.«

Erst jetzt bemerkte Lauer, dass der Turban fehlte. Lediglich ein Pflaster zierte Meißners Stirn. Der rechte Arm war immer noch bandagiert und in einer Schlinge. Jedoch, das fiel Lauer gleich auf, hinkte Meißner nicht mehr.

»Was ist mit unserem Polenkiller?«, fragte Meißner in die Runde.

»Den habe ich ganz vergessen«, gab Lauer zu. »Ich kümmere mich drum.«

Lauer griff nach dem Telefonhörer, hielt jedoch inne.

»Wir müssen mehr über die 47er Sache herausbekommen. Was ist da genau passiert? Gab es 1947 noch Hinrichtungen? Susanne nimmt sich noch einmal die Unterlagen der Moormann vor. Meißner, Sie recherchieren im Internet über die Todesstrafe, ich kümmere mich um unseren Golf-Rowdy. Susanne, informieren Sie bitte unseren Kollegen über die neue Spur im Fall Moormann.«

»Nicht nötig«, sagte Meißner. »Ich bin im Bilde, hab den Ausdruck von Susanne schon gestern gelesen.«

»Okay, dann an die Arbeit! Um halb eins tragen wir unsere Ergebnisse zusammen.«

Susanne wunderte sich über die bestimmten Anweisungen, die Lauer in einem regelrechten Befehlston vorgetragen hatte. Lauer selbst musste an die junge Pathologin denken, mit der er heute Morgen telefoniert hatte.

Zwanzig

»Der Verurteilte erschrak in starkem Maße. Er faltete die Hände und weinte leise vor sich hin. Das war die Reaktion des zum Tode Verurteilten, als ihm der Staatsanwalt mitteilte, sein Gnadengesuch sei abgelehnt. Die Antwort ist übrigens im Protokoll festgehalten.«

Meißner unterbrach seinen Bericht, griff nach einem Stück Pizza und biss hinein. Lauer hatte zwei Familienpizzen beim Pizzaservice um die Ecke bestellt.

»Der Mann hatte am 28. Januar 1948 einen Lastwagenfahrer mit seiner Wehrmachtspistole abgeknallt und mit Helfern die neuen Reifen abmontiert, um sie auf dem Schwarzmarkt zu verhökern. Wegen Mordes wurde er zum Tode verurteilt. Am 18. Februar 1949, es war ein Mittwoch, wurde er im Gefängnishof des Tübinger Landgerichts um sechs Uhr in der Früh mit dem Fallbeil hingerichtet. Es war das letzte Mal, dass in Westdeutschland von einem Zivilgericht die Todesstrafe vollstreckt wurde. Am 24. Mai 1949 trat das Grundgesetz in Kraft. Im Artikel 102 heißt es …«

»Meißner, wir wissen, dass mit dem Grundgesetz die Todesstrafe in unserem Land abgeschafft wurde«, unterbrach Lauer den Vortrag.

»In Westberlin übrigens«, ließ sich Meißner nicht aus dem Konzept bringen, »galt bekanntlich das Grundgesetz mit gewissen Einschränkungen. Dort wurde die Todesstrafe erst 1951 abgeschafft. Am 12. Mai 1949 wurde mit einem Raubmörder dort das letzte Todesurteil vollstreckt. Die Alliierten konnten allerdings weiterhin die Todesstrafe verhängen. Bis Anfang der fünfziger Jahre haben die West-Alliierten 486 Todesurteile vollstrecken lassen, fast ausnahmslos NS-Verbrecher. In der DDR wurde die Todesstrafe erst 1987 aus dem Gesetzbuch gestrichen. 211 Verurteilte wurden dort durch die ›Fallwertmaschine‹, so wurde die Guillotine dort genannt, oder durch Erschießen liquidiert. Der

Letzte war ein Stasi-Hauptmann, der am 26. Juni 1981 in Leipzig hingerichtet wurde durch einen unerwarteten, gezielten Nahschuss ins Hinterhaupt, so hieß das offiziell.«

Meißner nahm einen weiteren Bissen der Pizza. Das Stück in seiner Hand musste inzwischen schon längst kalt sein. Lauer ergriff die Gelegenheit und dankte Meißner für den fundierten Bericht, der wissenschaftlichen Normen gerecht geworden sei. Diesen kleinen Seitenhieb auf die Perfektion seines Kollegen konnte er sich nicht verkneifen.

»Und was haben Sie in unserem speziellen Fall aus dem Jahr 1947 herausgefunden?«, fragte Lauer Susanne.

»Schwierig, es gibt nicht allzu viele Informationen, zumindest in den Unterlagen der Frau Moormann. Einige interessante Details habe ich doch gefunden. Also: Am 4. April 1947 wurde in der Zwei-Zimmer-Wohnung der Henriette Büskens in der Bürgermeister-Fuchs-Straße ein George McNamara, Sergeant der US-Armee, erschlagen und zwar, halten Sie sich fest, mit einer Axt. Die Tatwaffe wurde übrigens nie gefunden. Henriette Büskens ging zur Polizei, stellte sich und gestand die Tat. Sie wurde verhaftet. Ab diesem Zeitpunkt wird es kompliziert, weil die Zivilverwaltung und die Militärgerichtsbarkeit der US-Streitkräfte sich nicht einigen konnten, wer für das Verfahren zuständig sei. So wie ich es verstanden habe, wurde die Frau vor ein deutsches Gericht gestellt und im Oktober 1947 zum Tode verurteilt. Das Urteil wurde am 4. November 1947 in Stuttgart vollzogen, Schafott.«

Susanne biss zum ersten Mal in die Pizza und verzog umgehend das Gesicht.

»Schmeckt ja eklig, total gummiartig. Wer macht denn so eine unterirdische Pizza? Was uns für unseren Fall interessieren dürfte …«

»Ist die Art der Tötung«, unterbrach Meißner Susanne.

»Das sowieso. Jedoch etwas anderes ist viel wichtiger. Frau Büskens hatte einen Sohn und war alleinerziehend. Der Junge, über den ich kaum etwas gefunden habe, war ungefähr dreizehn oder vierzehn Jahre alt. Er kam, als seine Mutter verhaftet wurde, in ein Heim und soll in eine Pflegefamilie vermittelt worden sein. Dazu habe ich noch nichts gefunden.«

»Das bringt uns weiter, Susanne. Gut recherchiert«, lobte Lauer die Praktikantin. Auch Lauer griff nach der Pizza.

»So schlecht ist die doch nicht«, sagte er und es klang wenig überzeugend.

»Das sagen Sie nur, weil Sie das Zeug bestellt haben«, sagte Meißner.

»Konzentrieren wir uns auf unsere Arbeit«, beendete Lauer die Pizza-Diskussion. »Wie weiter jetzt?«

Lauers Frage stand im Raum.

»Zuerst einmal würde mich interessieren, was Sie herausgefunden haben«, sagte Meißner.

»Richtig, Gerald Kollnig, unser Golf-Rowdy, wie Sie ihn so schön tituliert haben, Meißner.«

Lauer blätterte in seinem Block.

»Also, unser Freund wurde zur Notaufnahme ins Uniklinikum gebracht, dort von Dr. Mertensen, einem Oberarzt, untersucht. Diagnose: Schlüsselbeinbruch und Rippenprellungen und eine leichte Gehirnerschütterung, alles nicht so schlimm. Beim Schlüsselbein scheint kein operativer Eingriff nötig zu sein, der Arzt meint, ein Fixieren des Bruches wäre wahrscheinlich ausreichend. Das sollen weitere Untersuchungen nächste Woche zeigen. Kollnig wurde dann gestern gegen 18:30 Uhr ins Café Landes gebracht und liegt dort auf der Krankenstation. Beim Transport vom Klinikum in den Herzogenried hat er anscheinend erbärmlich gejammert. Am Montag soll er vernehmungsfähig sein.«

»Das bringt uns weiter, Lauer. Gut recherchiert«, meinte Meißner. Susanne sah ihn erschrocken an, Lauer jedoch lachte los.

»Sie haben wirklich Humor, Meißner, gestern, das ist anscheinend keine Eintagsfliege gewesen.«

Lauer nahm sich ein weiteres Stück Pizza, biss zu und verzog jetzt auch das Gesicht.

»Stimmt, Susanne, die ist ja auch inzwischen kalt.«

Er warf den Rest in den Papierkorb.

»Wir sind auf einem guten Weg«, sagte Lauer und er fühlte sich genauso pathetisch, wie seine Worte klangen.

»Was den Golf-Fahrer angeht, brauchen wir unbedingt DNA-Material«, sagte Meißner. »Der vermeintliche Mörder hat seinem Opfer schließlich ins Gesicht gespuckt.«

»Richtig, Meißner, ich rufe gleich in der Justizvollzugsanstalt an, dass die das ganz schnell in die Wege leiten.«

»DNA-Material«, sagte Meißner. »Gut, ansonsten müssen wir das Verhör am Montag abwarten. Müssen wir in den Knast?«

»Mir wäre es lieber, wenn wir ihn hier in die Mangel nehmen könnten«, sagte Lauer.

»Der Fall scheint relativ klar zu sein«, sagte Susanne. »Mit der Journalistin sieht es anders aus.«

»Wir haben die Reaktionen auf ihren Aufruf zu dem Mord von 1947, Adressen, Telefonnummern, da müssen wir ansetzen«, sagte Lauer und es klang fast ein wenig verzweifelt. Meißner nahm sich den Schnellhefter vor.

»Wahnsinn«, sagte er nach einer Weile. »Das dauert Wochen, bis wir das alles durchgecheckt haben. Eine Nadel im Heuhaufen.«

»Eine Nadel, die es vielleicht noch nicht einmal gibt«, bekräftigte Susanne.

»Wir können die Sache aber auch anders angehen«, schlug Lauer vor. »Der Sohn der Frau, die zum Tode verurteilt wurde. Als sie verhaftet wurde, kam er in ein Heim, da muss es doch Unterlagen geben, da muss es doch eine Spur geben. Die Pflegefamilie, vielleicht wurde er adoptiert. Wir müssen den Jungen finden.«

»Ich frage mich, welche Nadel einfacher zu finden ist«, sagte Meißner.

»Julian, du eingeschworener Pessimist! Herrn Lauers Idee

ist gar nicht schlecht. Der Junge, das könnte der Schlüssel zur Lösung des Mordes an Magdalena Moormann sein.«

»Der Junge«, sagte Meißner und wie er das Wort betonte, war klar, was folgen würde. »Der Junge von damals ist ein alter Mann, wenn er überhaupt noch lebt. Und wenn es keinen Zusammenhang zwischen den Ereignissen von 1947 und der Ermordung der Journalistin gibt, stehen wir wieder am Anfang.«

»Es gibt keinen anderen Weg, Meißner. Bis Montag sollten wir uns Gedanken machen, wie wir den Jungen finden können, ich bleibe dabei, ein Junge, wir suchen einen dreizehn- oder vierzehnjährigen Jungen.«

»Übrigens, Chef«, sagte Meißner und Lauer wusste, dass Meißner, wenn er ihn so titulierte, immer etwas im Schilde führte. »Was sind das für Gerüchte, die im Präsidium kursieren, Entführung und so? Meinen Sie nicht, dass Sie uns informieren sollten?«

»Gerne, Meißner«, antwortete Lauer. »Aber das ist eine lange und verzwickte Geschichte. Ich kann sie Ihnen erzählen, aber nicht hier in unserem stickigen Büro. Ich lade Sie ein, Meißner, zu einem Weizenbier, Sie natürlich auch, Susanne, am Rhein im Gasthaus am Fluss, da weht bestimmt ein Lüftchen, da lässt es sich aushalten. Auf geht's!«

Sonntag, 22. Juli 2007

Einundzwanzig

Er saß am Küchentisch und wartete. Neben ihm stand sein Koffer. Er hatte ihn mit allem gepackt, was er brauchte. Unterwäsche zum Wechseln. Socken. Ein Handtuch, ein Badetuch, sein Kulturbeutel. Kultur! Was er in der Wohnung dieser Person angerichtet hatte, hatte mit Kultur nichts zu tun. Diese Person hatte es nicht anders verdient. Er fühlte keine Reue.

Warum wühlte sie in der Vergangenheit? Warum ließ sie das Vergangene nicht ruhen? Warum trieb sie ihn in die Enge? Warum wollte sie ihn bloßstellen? Warum wollte sie seine Mutter vorführen? Noch einmal vorführen, nach so vielen Jahren. Dabei war sie doch damals vorgeführt worden in einem Schauprozess, von dem die Zeitungen gierig berichtet hatten. Vorgeführt bis zum bitteren Ende. Vorgeführt bis zum Tod.

Er saß am Küchentisch und wartete. Sie tappten weiterhin im Dunkeln. Neben ihm lag die Sonntagsausgabe des Rhein-Neckar-Anzeigers. Der Immobilienmakler war inzwischen außer Verdacht. Er hatte angeblich mit der Sache nichts zu tun. Obwohl sich diese Person auf ihn eingeschossen hatte. Eine regelrechte Kampagne gestartet hatte. Ihn als Miethai diffamiert und auch ihn in die Enge getrieben hatte. Mit der Ermordung dieser Person hatte der Makler jedoch definitiv nichts zu tun, betonte der Pressesprecher der Polizei. Was ja auch der Wahrheit entsprach. Kein Wort mehr über Ermittlungsmethoden eines Polizisten, der den Immobilienmakler beim Verhör bedroht haben sollte. Das wird bestimmt unter den Teppich gekehrt, dachte er. Es ist wie immer.
Im Fall des erschossenen Polen war ein Tatverdächtiger verhaftet worden. Nach einer dramatischen Verfolgungsjagd durch halb Mannheim. Mehrere Verkehrsunfälle, zwei

Schwerverletzte, einige leichter Verletzte, enormer Sachschaden. Die Ermittlungsarbeit der Polizei wurde in den höchsten Tönen gelobt. Das interessierte ihn weniger.

Eine neue Spur im Fall der erschlagenen Journalistin. Dabei sollte die Tatwaffe, die am Tatort zurückgelassen worden war, eine zentrale Rolle spielen. Keine weiteren Angaben aus ermittlungstaktischen Gründen.

Das schreiben sie immer, dachte er. Wenn sie nichts wissen. Wenn sie im Dunkeln tappen. Wenn sie nichts in der Hand haben. Obwohl, seine Axt. Doch da machte er sich keine Sorgen, die Axt würde ihnen auch nicht weiterhelfen. Wenn sie jedoch in der Vergangenheit schnüffelten, wenn sie erst einmal auf den erschlagenen US-Soldaten und den Prozess gegen seine Mutter stießen, und das würden sie über kurz oder lang, dann war der Weg zu ihm nicht mehr weit.

Er saß am Küchentisch und wartete. Neben ihm sein gepackter Koffer. Er saß da und wartete. Er wusste, sie würden kommen. Heute. Morgen. In einer Woche. Es spielte keine Rolle, wann. Es würde klingeln. Er würde die Tür öffnen, würde sie hereinbitten, würde sie bitten, Platz zu nehmen, würde ihnen einen Tee anbieten, würde sich anhören, was sie vorzubringen hatten. Er würde nicht leugnen. Sie würden ihn mitnehmen. Und vielleicht würden sie dann verschwinden, würden ihn nicht weiter quälen, die Schatten aus der Vergangenheit. Sicher war er sich da jedoch nicht. Dass sie kommen würden, da war er sich jedoch sicher.

In der ersten Zeit würde seine Mutter keine Ruhe geben, würde die Krankenschwestern und die Pfleger auf Trab halten, würde nach ihm fragen, jeden Samstag, pünktlich um 16 Uhr. Dann würde sie ihn vergessen. Nach einigen Wochen. Sie würde nicht mehr daran denken, dass er sie samstags um 16 Uhr immer besucht hatte. Sie würde vergessen, dass sie einen Sohn gehabt hatte. Und das war gut so.

Montag, 23. Juli 2007

Zweiundzwanzig

»Mann, ich brauch jetzt dringend eine Zigarette. Sonst sag ich kein Wort mehr.«

Der junge Mann lümmelte in seinem Rollstuhl und bemühte sich, einen unbeteiligten und gelangweilten Eindruck zu machen.

»Sie haben doch die ganze Zeit noch nichts gesagt«, sagte Meißner. »Dann als Vorleistung eine Zigarette?«

Lauer und Meißner waren am Montagmorgen notgedrungen ins Café Landes, die Justizvollzugsanstalt im Herzogenried, gefahren. Kollnigs behandelnder Arzt hatte angerufen und mitgeteilt, dass der Untersuchungshäftling nicht transportfähig sei.

»Hier drin ist Rauchverbot«, sagte Lauer.

»Rauchverbot? Wer sagt denn das?«

»Ich sage das. Es gibt keine Zigarette! Weiter im Text!«

Lauer stellte auf stur. Der Arzt hatte ihnen eine Stunde zugebilligt und davon waren erst zehn Minuten vergangen.

»Noch einmal von vorne«, ergriff Meißner die Initiative. »Sie brauchen keinen Anwalt, richtig?«

»Absolut korrekt, Kollege.«

»Herr Kriminaloberkommissar heißt das!«

Lauers Stimme war nicht mehr ganz so ruhig.

»In Ordnung, Herr Kriminaloberkommissar. Und Sie, Sie sind dann der Kaiser von China.«

»Keinen Anwalt?«

»Keinen Anwalt, korrekt. Was soll ich mit so einem Wichser? Den Typ, den meine Mutter engagiert hat, hab ich zum Teufel gejagt. Kostet nur Geld. Bringt nichts. Brauch ich nicht. Wozu denn? Ich hab doch nichts verbrochen.«

Lauer rollte mit den Augen, sagte aber nichts. Meißner drückte auf den Aufnahmeknopf des kleinen Rekorders, der vor ihm stand.

»Vernehmung Gerald Kollnig in der Mordsache Mateusz

Gorzcyzka, Beginn 10:50 Uhr. Sie wurden über Ihre Rechte belehrt. Sie haben das Recht zu schweigen. Sie haben darauf verzichtet, einen Verteidiger hinzuzuziehen«, sagte Meißner.

Kollnig nickte.

»Was wollten Sie auf der Friesenheimer Insel?«, fragte Lauers Kollege zu Beginn der Vernehmung.

»Meine Freundin jobbt im Tierheim, die wollte ich besuchen. Ja, ich wollte meine Freundin besuchen. Seit wann ist denn das verboten?«

»Sie haben den polnischen Staatsbürger Mateusz Gorcyzka nicht erschossen?«

»Hab ich nicht, kenn ich nicht, diesen Mateusz Dingsbums, nie gehört, nie gesehen. Nächste Frage.«

»Das gelbe Teilchen, das von Ihrer Stoßstange stammt und das wir am Tatort gefunden haben?«, nahm Meißner einen neuen Anlauf.

»Keine Ahnung? Vielleicht habt ihr Bullen das an den Tatort gelegt, um mich reinzureiten.«

»Warum sollten wir Sie reinreiten?«

Lauer bewunderte seinen Kollegen, der sich nicht von der provokanten Art des Verdächtigen beirren ließ.

»Und die Waffe, die wir in Ihrem Zimmer gefunden haben?«

»Waffe? Eine Waffe in meinem Zimmer? Welche Waffe? Ich weiß nicht, wovon Sie reden. Die wollen mich doch alle bloß reinlegen, die Wichser.«

»Also, noch einmal von vorne.«

Lauers Handy klingelte. Er nahm ab, nickte mehrmals und sagte: »Ist das sicher?«

Dann legte er auf, trat neben Meißner und flüsterte ihm ins Ohr. Dessen Augen wurden immer größer.

»Kollnig!«, sagte er dann und machte eine Pause. »Schluss mit lustig. Wir haben jetzt lange genug Theater gespielt. Mein Kollege Herr Kriminalhauptkommissar Lauer hat gerade einen Anruf vom Dezernat 42 bekommen, das ist die Kriminaltechnik, müssen Sie wissen. Der Täter hat den unglücklichen Polen angespuckt, mitten ins Gesicht. Unsere Spezialisten von der Spurensicherung haben dieses DNA-Material gesichert und mit der Probe, die Sie am Samstag unter Protest abgeben mussten, verglichen. Das Ergebnis liegt vor. Mit einer Sicherheit von 99,99 Prozent sind die beiden DNA-Proben identisch. Sie, Herr Kollnig, haben Mateusz Gorcyzka ins Gesicht gespuckt, bevor Sie ihn erschossen haben oder danach, das können wir nicht feststellen. Dass Sie ihn angespuckt haben, das ist bewiesen. Leugnen ist zwecklos.«

Mit dem jungen Mann im Rollstuhl ging eine Veränderung vor sich. Zuerst sank er in sich zusammen, sein Kinn fiel auf die Brust, seine Augen schlossen sich. Dann ging ein Ruck durch Gerald Kollnig. Sein Körper straffte sich, seine unbeteiligte Langeweile schien wie weggeblasen, er saß aufrecht und konzentriert im Rollstuhl. Und als er anfing zu reden, hatte sich seine Stimme verändert. Der herablassende, überhebliche Tonfall war verschwunden, der junge Mann wirkte hochkonzentriert.

»Gut, Schluss mit den Spielchen. Ich hab den Polen erschossen. Vor der Brücke über die Autobahn, auf Höhe der Gärtnerei, hinter dem Penny, hat der mich überholt und dann hat der voll abgebremst. Eine Schweinerei, hab ich gedacht. Das darfst du dir nicht gefallen lassen, hab ich mir gesagt. Mit mir darf der das nicht machen. Und dann hab ich auch noch das polnische Kennzeichen gesehen. Nicht mit mir, hab ich mir gesagt und das Gaspedal voll durchgetreten. Also hab ich den Polen überholt, hab ihn ausgebremst und gezwungen anzuhalten. Ich bin ausgestiegen und hab ihn zur Rede gestellt. Mann, der Typ hat mich beleidigt, hat mich einen Scheiß-Nazi genannt, mich, können Sie sich das vorstellen? Ich muss mich von einem Polen mit Touristenvisum als Nazi beleidigen lassen! Da bin ich durchgedreht, hab meine Pistole gezogen und hab abgedrückt. So ist das gewesen, so und nicht anders.«

»Und das Anspucken?«

»Daran kann ich mich nicht erinnern. Ich war aufgeregt, der Pole hatte mich schwer beleidigt. Das müssen Sie doch verstehen. Das war doch fast so was wie Notwehr.«

Lauer und Meißner sahen sich an. Keiner von ihnen kommentierte die letzte Aussage des jungen Mannes, der gerade gestanden hatte, den Polen Mateusz Gorcyzka erschossen zu haben.

Meißner rutschte auf seinem Schreibtischstuhl hin und her, immer wieder griff er nach dem Vernehmungsprotokoll, das Gerald Kollnig unterschrieben und in dem er das Geständnis gemacht hatte, den Polen erschossen zu haben.

»Ich weiß nicht«, sagte er.

»Was wissen Sie nicht?«, fragte ihn Lauer. »Dass man einen Menschen wegen solch einer Lappalie umbringen kann? Das will mir auch nicht in den Kopf. Aber unsere Aufgabe ist es nicht, Verständnis zu entwickeln, wir müssen nur aufklären.«

Es klopfte. Frau Werner stand im Türrahmen.

»Der Polizeipräsident hat angerufen, während Sie im Café Landes waren. Ich soll Ihnen ausrichten, der Bericht aus Ludwigshafen liege vor. Äußerst bedenklich. Das waren seine Worte. Er erwartet Ihren ausführlichen Bericht, schriftlich, bis morgen. Und morgen früh will er Sie auch sprechen.«

»Danke, Frau Werner«, sagte Lauer. »Ich kümmere mich darum.«

»Das meine ich nicht«, griff Meißner den Faden wieder auf. »Natürlich ist das Mordmotiv für einen rational denkenden Menschen nicht erklärbar. Mir geht jedoch was anderes durch den Kopf.«

»Mein kleiner Trick«, unterbrach ihn Lauer. »Macht der Ihnen zu schaffen? Anstatt mir für den genialen Einfall zu gratulieren. Schließlich hatte Frau Werner nur wegen einer Spesenabrechnung angerufen.«

»Nein, auch das meine ich nicht«, sagte Meißner. »Obwohl. Ein versierter Anwalt kann uns das Geständnis um die Ohren hauen. Das war nicht legal, Lauer.«

»Legal hin, legal her, egal. Morgen oder übermorgen kommt der Befund und dann haben wir es schwarz auf weiß, dass die Speichelproben identisch sind.«

»Mir geht es um ganz was anderes«, beharrte Meißner. »Mir fehlt die innere Logik in Kollnigs Aussagen.«

»Ich verstehe nicht, worauf Sie hinauswollen.«

»Sie kennen die Örtlichkeit, Lauer. Der Penny-Markt, die Gärtnerei, die seit einigen Jahren nicht mehr betrieben wird, dann geht es rechts ab zur Umgehungsstraße. Da ist man aber schon an der Brücke über die Autobahn. Und keine dreihundert, höchstens vierhundert Meter weiter haben wir das Auto des Polen gefunden. Auf deutlich weniger als einem Kilometer soll sich jetzt Folgendes ereignet haben:

Der Pole überholt mit seinem antiken Opel Kadett den hochgetunten gelben Golf Kollnigs vor der Brücke über die Autobahn, auf Höhe der Gärtnerei, dann bremst er ab und bringt Kollnig damit zur Weißglut. Der wiederum drückt aufs Gas und zieht an dem Kadett vorbei, bremst den Polen aus und zwingt ihn, auf dem Fahrradweg kurz hinter dem Wäldchen anzuhalten. Was sagen Sie dazu?«

»Stimmt, Meißner, um diese Manöver auszuführen, hätten die beiden Autofahrer viel mehr Platz gebraucht. An Kollnigs Aussage ist was faul.«

»Sie haben es erfasst. Was machen wir?«

»Wir müssen Kollnig noch einmal vernehmen, so schnell wie möglich.«

»Ein Fingerschnipsen. Ein Wimpernschlag. Ein Nichts. Ein Menschenleben.«

Lauer saß an dem Tisch im Vernehmungsraum in der Justizvollzugsanstalt, der Tisch, an dem ihm Gerald Kollnig gegenübergesessen hatte. Es war noch keine fünf Minuten her, dass der Beamte den jungen Untersuchungshäftling abgeführt hatte. Meißner ging auf und ab.

»Sie werden ja richtig poetisch, Lauer.«

Lauer schlug mit der flachen Hand so auf den Tisch, dass Meißner zusammenzuckte.

»Dieser blonde Milchbubi!«

Lauer war gezeichnet von dem Verhör, das um 17 Uhr begonnen und sich endlos hingezogen hatte. Erst wollte der Arzt seine Einwilligung für ein zweites Verhör am gleichen Tag nicht geben. Das lasse der instabile Gesundheitszustand nicht zu, aber Meißner hatte nicht locker gelassen. Jetzt war es halb neun.

»So etwas habe ich noch nicht erlebt«, sagte Meißner. »wir haben unseren Fall geklärt. Wir wissen definitiv, wer den polnischen Erntehelfer erschossen hat. Wir haben einen Mörder. Der hat ein Geständnis abgelegt. Trotzdem bin ich ratlos, Lauer, so ratlos, wie ich bei noch keinem gelösten Fall war. Ein großes Rätsel bleibt im Raum stehen. Was hat diesen unauffälligen, jungen Mann dazu gebracht, einen Menschen so kaltblütig zu erschießen? Können Sie mir das sagen?«

Lauer machte Anstalten aufzustehen, ließ sich dann aber doch auf den Stuhl zurückfallen.

»Nein, Meißner, das kann ich nicht.«

Meißner lachte plötzlich auf.

»Wissen Sie, dass wir albern sind?«

Lauer schaute ihn fragend an.

»Na, die Schau, die wir abziehen. Lauer, Meißner! Meißner, Lauer!«

»Sie haben Recht, Meißner«, sagte Lauer. »Warum duzen wir uns nicht einfach. Wo wir doch schon einige Jahre zusammenarbeiten. Ich heiße Leo.«

Meißner blieb stehen und holte Luft.

»Julian«, sagte er und Lauer glaubte ihm anzusehen, dass die Dynamik, die sein dahingesagter Einwurf entwickelte, ihn überrollte.

Drei Stunden hatten sie Kollnig immer wieder die gleichen Fragen gestellt. Meißner hatte sich sogar an einer Skizze des Tatorts versucht. Gerald Kollnig war bei seiner Version geblieben. Der Pole überholt ihn, provoziert, er selbst gibt Gas, zieht vorbei, bremst den Polen aus, geht zum weißen Kadett vor, der beschimpft ihn als Nazi, Kollnig verliert die Nerven, drückt ab. Irgendwann hatte nur noch die Zigarette gezählt, die Lauer und Meißner ihm verweigerten.

»Okay«, sagte der jungen Mann schließlich. »Machen wir einen Deal.«

Noch immer klang seine Stimme selbstsicher und überheblich.

»Nur eine einzige Zigarette, jetzt sofort, und ich verrate euch, wie es wirklich war.«

Lauer winkte ab, aber Meißner fragte: »Woher haben wir die Gewissheit, dass Sie uns nicht hereinlegen?«

»Ehrenwort, Kumpel, mein Ehrenwort«, sagte Kollnig feierlich.

Lauer setzte zu einer Antwort an, aber Meißner gab ihm ein Zeichen und hielt Kollnig eine Packung Zigaretten hin. Wieder einmal wunderte sich Lauer über seinen Kollegen, der Nichtraucher war. Kollnig saugte hastig an der Zigarette. Dann sprudelte es nur so aus ihm heraus. Lauer konnte sich auch täuschen, aber er hatte das Gefühl, als ob die Stimme des jungen Mannes nicht mehr ganz so selbstsicher klang.

»Ich war mit einem Freund in der Stadt. Auf der Feudenheimer Landstraße, kurz hinter der Esso-Tankstelle, hat mich so ein Idiot überholt und mich auch noch geschnitten, weil er gleich nach rechts auf die B38a abgebogen ist. Protzauto, schwarzer Porsche Boxster, Cabriolet, Scheiß-Angeber, Sonnenbrille, gegelte schwarze Haare, aufheulender Motor. Ich bin geradeaus weiter gefahren, die Hauptstraße entlang. Und mit jedem Meter, den ich zurückgelegt hab, ist meine Wut größer geworden. Was bildet der Typ sich ein? Wen, glaubt der, hat er vor sich? Beim Tengelmann war dann plötzlich dieser weiße Schrott-Opel vor mir. Polacken-Kennzeichen: Der ist mir gerade recht gekommen. Und dann ist der auch noch nach Ilvesheim weitergefahren. Sein Pech! Kann ich doch nichts dafür. Kann ich noch eine Kippe haben? Danke. Was kann ich denn für meine Wut? Die kommt einfach. Die wächst. Die wird immer stärker. Da komm ich nicht gegen an. Der Pole war fällig. Klar, Pech für ihn, tut mir auch leid. Was tuckert der auch vor mir her? Ich voll aufs Gas. Toller Sound, mein Golf. Mann, ist das ein Gefühl. Ich den voll geschnitten, brems ihn aus, Reifen quietschen, der Pole reagiert gut, alle Achtung, fährt mir nicht hinten drauf, bringt seine Schrottkarre direkt hinter meinem Golf zum Stehen. Kein Blatt Papier passt da zwischen die Stoßstangen. Ich greife mir die Pistole aus dem Handschuhfach, steige aus, der Pole hat, als ich an seinem Auto stehe, das Fenster schon runtergekurbelt. Der hat keinen Ton gesagt, hat nicht provoziert, das hab ich heute Morgen erfunden, der hat mich nur angeschaut. Ich hab auch kein Wort gesagt, hab gleich abgedrückt. Dem muss dann der Fuß von der Kupplung gerutscht sein. Jedenfalls macht dem seine Karre einen kleinen Sprung vorwärts und beschädigt meinen Golf, nicht schlimm, ich hab nichts gesehen. Dabei muss das gelbe Teilchen abgefallen sein. Sonst hättet ihr mich nie gekriegt. Niemals! Ich hab dem Kerl dann vor Wut noch ins Gesicht gespuckt. Ist am Verrecken, der Pole, und muss noch auf mein Auto knallen. Weiß der Idiot nicht, was mir mein Golf bedeutet? Aber ehrlich, ihr hättet mich nie geschnappt.«

Nein, dachte Lauer, als der junge Mann mit seinem Geständnis fertig war, der ist immer noch so arrogant wie heute Morgen auch.

Lauer war jetzt doch aufgestanden. Wie er seine Hände auf den Tisch stützte, kam er Meißner alt und müde vor.

»Julian, Kollnig hat nicht den Rowdy, der ihn bedrängt hatte, erschossen. Und er wusste es! Kannst du dir das vorstellen?«

Meißner schüttelte heftig den kopf.

»Ich bin so ratlos wie Sie. Für diesen Mord, Leo, gibt es keine plausible Erklärung. Dafür sind wir auch nicht zuständig. Wir sind für die Fakten zuständig.«

»Zuständig, zuständig sind wir natürlich nicht, aber das Gefühl ist einfach besser, wenn man versteht, warum ein Mensch gestorben ist.«

Lauer drückte die Klingel neben der Tür. Zusammen warteten Sie auf den Vollzugsbeamten, der sie nach draußen bringen würde.

»Begleitest du mich zur Verlobten? Ich finde, die hat ein Recht darauf, informiert zu werden, wer den Menschen erschossen hat, den sie liebte.«

Meißner schaute auf die Uhr. Bevor er sich eine Antwort zurechtlegen konnte, sagte Lauer: »Lass mal, Julian. Das kann ich auch alleine erledigen. Deine Familie wartet.«

Nachrichten überbringen. Nichts war Lauer unangenehmer. Es gab Abstufungen. Am schlimmsten war die Überbringung der Todesnachricht, ohne Zweifel. Und die Nachricht über die Aufklärung, die Nachricht, dass der Täter gefasst war und hinter Schloss und Riegel saß, brachte den Angehörigen oft eine gewisse Erleichterung und auch Tröstung. Die Ungewissheit war zu Ende, das Verarbeiten konnte anfangen. Der Täter war in Gewahrsam. Die gerechte Strafe wartete auf ihn. Die Ernüchterung würde früh genug kommen. Spätestens, wenn geltungssüchtige Anwälte mit allerlei Schach- und Winkelzügen das Strafmaß drücken wollen und auch vor einer nachträglichen Verunglimpfung der Opfer nicht zurückschrecken. Wenn er an Petra Sievers dachte, die Verlobte des toten Polen, wenn er an die Sinnlosigkeit seines Todes dachte, war Lauer sich nicht sicher, ob die Nachrichten, die er überbringen würde, tröstlich waren. Und Gerald Kollnigs Mutter hatte auch ein Recht darauf zu erfahren, dass ihr Sohn einen anderen Menschen erschossen, dass er die Tat eingestanden hatte. Auch kein leichter Weg nach Wallstadt. Das musste bis morgen warten, entschied Lauer. Vielleicht konnte Meißner diese Aufgabe übernehmen.

Als Lauer in seinem Auto saß und sich überlegte, wie er am schnellsten von der Justizvollzugsanstalt nach Ilvesheim kommen konnte, fiel ihm Susanne ein. Außer ›Guten Morgen‹ und ›Auf Wiedersehen‹ hatte er kaum ein persönliches Wort mit ihr gewechselt. Den ganzen Tag über hatte sie vor dem Laptop von Magdalena Moormann gesessen. Morgen früh musste sich Lauer unbedingt um seine Praktikantin kümmern. Und es interessierte ihn, ob sie etwas Neues herausgefunden hatte. Lauer fühlte sich erschlagen, regelrecht überrollt von diesem Montag, den Ereignissen, die dazu geführt hatten, dass der Mord an dem Polen geklärt war und doch unerklärlich blieb. Der Samstagnachmittag auf den Rheinterrassen im Gasthaus am Fluss. Susanne hatte Lauer ungläubig angeschaut, als er Meißner und ihr die Entführungsgeschichte erzählt hatte. Meißner hatte pausenlos ›Das wird noch böse enden!‹ vor sich hingemurmelt.

Und alle hatten sie viel gelacht. Schade nur, dass Meißner nicht so lange bleiben konnte. Lauer und Susanne hatten dafür Verständnis. Dann der geruhsame Sonntag. Morgens hatte er spontan bei Fabian angerufen und sich mit ihm zum Frühstück im Flic-Flac am Schillerplatz verabredet. Das Frühstück war harmonisch verlaufen, sie hatten sich kein einziges Mal gestritten und das war in der letzten Zeit so gut wie nie vorgekommen. Danach hatte er seinen Cadillac, sein absolutes Heiligtum, aus der Garage geholt, burgunderrot mit cremefarbenem Überbau, Baujahr 78. Eine Zeit lang daran herumpoliert, obwohl alles einwandfrei war und glänzte. Getankt und war zu einer Spritztour in den Odenwald aufgebrochen. Er war auch in Rippenweier vorbeigekommen, genau an der Stelle, an der im vorigen Jahr dieser Abiturient im Sportflitzer seines Freundes tödlich verunglückt war. Es war, wie sich ziemlich schnell herausstellte, kein Unfall gewesen. Der Freund des Toten hatte das Auto manipuliert. Eine unheilvolle Mischung aus Neid, Eifersucht und blankem Hass. Lauer war nachmittags an der Juhöhe eingekehrt, hatte paniertes Schnitzel mit Kochkäse und Bratkartoffeln gegessen. Dann war er gemütlich nach Mannheim zurückgezockelt, hatte sein Schmuckstück in die Garage in der Bruchsaler Straße ganz in der Nähe seiner Wohnung zurückgebracht. Bevor er das Garagentor zugleiten ließ, hatte er liebevoll über das Blech des Cadillacs gestrichen. Entspannt und erholt steckte er den Schlüssel in seine Wohnungstür. Drinnen klingelte das Telefon. Sobald er seinen Namen genannt hatte, hatte seine Mutter ihn nicht mehr zu Wort kommen lassen.

»Gestern bin ich nach Hause gekommen, fix und fertig von der langen Busfahrt. Noch dazu erkältet. Verflixte Klimaanlage in diesem Hotel. Warum tue ich mir das nur an? Und mein Sohn, der kümmert sich nicht um seine Mutter. Ich hatte gehofft, du würdest heute vorbeikommen. Wenigstens anrufen hättest du doch können. So geht man nicht mit seiner Mutter um.«

So ging es die ganze Zeit weiter. Lauer hielt sich den Hörer vom Ohr. Irgendwann legte er einfach auf. Die Kraft, die er an diesem Sonntag getankt hatte, war jetzt wie weggeblasen. Und den verflixten Bericht für den Polizeipräsidenten über die Entführung, in der er diese seltsame Rolle gespielt hatte, den musste er auch noch schreiben. Und das würde nicht so lustig werden, wie das ungezwungene Zusammensein auf den Rheinterrassen.

Dienstag, 24. Juli 2007

Dreiundzwanzig

Lauer war spät dran. In der Nacht hatte es ein wenig abgekühlt, zumindest hatte er es so empfunden. Jetzt brannte die Sonne schon wieder so heiß wie Mutters Backofen und die Luft war staubig wie sein Bücherregal im Wohnzimmer.

Alle Parkplätze um das Polizeipräsidium herum waren belegt, aber im Hof fand er noch einen Stellplatz. Als er das Büro betrat, nahm ihn Frau Werner gleich in Beschlag.

»Ein Glück, dass Sie endlich da sind, Chef. Unser aller Präsident Herr Dr. Faulhaber wartet dringend auf Ihren Bericht in der Entführungssache. Entführt, wer wurde denn entführt? Ich weiß gar nicht, worum es da geht. Punkt elf will er Sie sehen.«

Lauer schaute auf die Uhr über der Tür. Viertel vor zehn.

»Faulhaber hat den Bericht wahrscheinlich schon. Ich habe ihn gerade bei seiner Sekretärin abgegeben.«

Susanne saß vor dem Notebook und sagte nur kurz angebunden: »Morgen.«

Meißners Platz war leer.

»Sie sind spät dran«, sagte Frau Werner.

»Ein harter langer Tag gestern«, antwortete Lauer. »Das Verhör mit dem jungen Mann, der den Polen erschossen hat, hat sich in die Länge gezogen. Und bis in die Nacht hinein habe ich diesen verdammten Bericht geschrieben. Verschlafen, Frau Werner, ich habe heute Morgen schlicht und einfach verschlafen.«

Frau Werner schenkte ihm eine Tasse Kaffee ein, ein Service für Lauer, der normalerweise nicht zu ihrem Repertoire an Dienstleistungen gehörte.

»Den kann ich gebrauchen, danke.«

Er nippte nur vorsichtig, weil er wusste, dass der Kaffee seiner Sekretärin nicht nur stark, sondern auch immer richtig heiß war.

»Wo ist Meißner?«

»Seiner Frau geht es wieder schlechter, neue Blutungen. Herr Meißner rechnet mit dem Schlimmsten. Er hat sich am Telefon nicht gut angehört.«

Wie Frau Werner das ›Herr‹ betonte, sagte alles. Lauer ging in sein Büro durch und fand zwei Blätter auf seinem Schreibtisch. Beide hatten mit dem Fall des toten Polen zu tun. Die bei Gerald Kollnig gefundene Waffe war zweifelsfrei identisch mit der Tatwaffe. Die Waffe war nicht registriert und auch nicht als gestohlen gemeldet. Es blieb also ein Rätsel, woher Kollnig die Waffe hatte. Und der schwieg eisern zu diesem Punkt. In der zweiten Nachricht wurde bestätigt, dass die Speichelspuren an der Backe des Opfers mit dem DNA-Material des jungen Mannes übereinstimmten.

»Gut«, sagte Lauer laut und mehr zu sich selbst.

Schnelle Arbeit, dachte er noch für sich. Der Fall war gelöst. Und zwar umfassend und wasserdicht. Kollnig und sein möglicher Anwalt würden den Kopf des stürmischen Golffahrers nicht aus der Schlinge ziehen können. Frau Werner goss ihm Kaffee nach, sehr ungewöhnlich, fand Lauer. Dann legte die Sekretärin ihm einen Fresszettel auf den Schreibtisch.

»Das habe ich mir beim Anruf von Herrn Meißner aufgeschrieben. Er hat nichts dazu gesagt, nur den Namen solle ich Ihnen unbedingt sagen.«

»Sandra Maurer«, las Lauer vor.

»Sandra, ist das nicht das Mädchen, das vor einigen Jahren so brutal ermordet wurde?«

Frau Werner hatte ein außerordentliches Gedächtnis.

»Richtig, ein Mordopfer, ungeklärter Fall.«

»Und was hat sie mit unseren aktuellen Fällen zu tun?«, fragte Susanne aus dem Hintergrund. Anscheinend war sie doch nicht so sehr in ihre Arbeit am Notebook vertieft.

»Kollnig kannte sie. Damals haben wir ihn auch vernommen. Als Zeugen nur.«

»Was will uns nur Julian damit sagen?«

Wie Susanne die Frage betonte, war es Lauer klar, dass sie die Information nicht einordnen konnte.

»Vielleicht will er uns sagen«, antwortete Lauer, »dass wir Kollnig in diesem alten, ungeklärten Fall ein wenig auf den Zahn fühlen sollten. Obwohl ich zugeben muss, dass das verdammt viele Zufälle wären. Trotzdem, einen Versuch ist es wert.«

Er rief in der Justizvollzugsanstalt an und nach endlosem Hin und Her, nach unzähligen Weiterleitungen und Warteschleifen erhielt er endlich die Information, dass Kollnig im Moment in ärztlicher Behandlung war, dass die beiden Verhöre am Montag ihn überfordert hätten, dass sich sein Zustand verschlechtert habe, dass heute auf keinen Fall eine weitere Vernehmung möglich sei, dass es frühestens am Mittwoch oder erst am Donnerstag gehe. Lauer redete auf seinen Gesprächspartner ein, sprach von neuen Verdachtsmomenten, von einem ungeklärten Mordfall, von nicht aufschiebbaren Ermittlungen, und das alles in einem einschmeichelnden Ton, der irgendwie einen Sog entwickelte.

»Gut, heute um 18 Uhr«, sagte Lauer schließlich nach zähen Verhandlungen. »Danke für Ihr Verständnis.«

Er legte auf und ballte die Faust.

»18 Uhr, heute Abend. Und Sie kommen mit«, sagte er zu Susanne.

Susanne hatte inzwischen einiges herausgefunden. Die verurteilte Frau, Henriette Büskens, war am 4. November 1947 in Stuttgart hingerichtet worden, morgens um sechs Uhr. Sie hatte tatsächlich einen Sohn gehabt, Ralf, geboren am 22. März 1933. Zum Zeitpunkt der Ermordung des amerikanischen Soldaten im Schlafzimmer seiner Mutter war er demnach 14 Jahre alt gewesen. Wenn er noch lebte, musste er jetzt 73 sein. Susanne hatte auch herausgefunden, wer die Frau war, die im Dezember 1947 den 14-jährigen Ralf Büskens aufgenommen und schließlich im Mai 1948 adoptiert hatte. Felicitas Schilling, 1916 geboren, also jetzt schon 91 Jahre alt, lebt seit einem Jahr in einem Pflegeheim auf dem Lindenhof.

»Mit dem Adoptivsohn ist es schwieriger«, sagte Susanne. »Der hat den Namen seiner Adoptivmutter angenommen. Bis zu seinem 25. Lebensjahr ist alles klar und logisch und nachvollziehbar. Die Adoption 1948, die Namensänderung, Ralf Schilling, 1949 Ausbildung bei Bopp & Reuther als Werkzeugmacher. 1951 ein Umzug vom Almenhof nach Neckarau. 1957, im Alter von 24 Jahren, zog er bei seiner Mutter aus und nahm sich eine eigene Wohnung in der Neckarstadt. Vom Mai 1958 liegt eine Abmeldung vom Ordnungsamt vor. Keine Ummeldung, keine Neuanmeldung. Jede Spur verliert sich. Er scheint nicht mehr zu existieren.«

Sie kramte in ihren Unterlagen.

»Kommt Zeit, kommt Rat«, sagte Lauer und musste über seinen Spruch grinsen.

»Das bekommen wir schon noch heraus. Schließlich haben wir ja den Namen der Frau und ihren Aufenthaltsort. Ich habe im Moment ein anderes Problem. Was bringt uns das in unserem Mordfall weiter?«

»Eine fertige, in sich schlüssige Geschichte kann ich Ihnen nicht auf dem Tablett servieren«, gab Susanne zu. »In den Unterlagen von Frau Moormann finden sich viele Mosaiksteinchen, die aber nicht so richtig zusammenzupassen scheinen.«

»Oder wir sehen nicht den Zusammenhang. Erzählen Sie doch einfach, Susanne.«

»Die Reaktionen auf den Aufruf zu dem Mord aus dem Jahr 1947 waren überwältigend. Briefe, Faxe, Mails, anscheinend auch etliche Anrufe, wie aus handschriftlichen Notizen hervorgeht. Vieles davon unbrauchbar. Wichtigtuer. Aufschneider. Angeber. Neugierige. Eine E-Mail-Zuschrift hielt Frau Moormann für bedeutsam. Sie antwortete. Es geht um den Unbekannten, die erste Mail kennen

Sie ja schon. Da schreibt er, er sei mit dem Sohn der hingerichteten Frau befreundet gewesen. Es entwickelte sich ein reger E-Mail-Verkehr, ohne dass unser Unbekannter wirklich substantielle Aussagen zu den Geschehnissen gemacht hätte. Er hielt die Journalistin hin, so kommt es mir jedenfalls vor. Er wiederholte immer wieder die Bitte, nichts zu veröffentlichen, erst wolle er mit der Frau reden. Und am Ende kam auch eine Verabredung zustande, zumindest per E-Mail. Und jetzt wird es interessant: Am Samstag, dem 14. Juli 2007, also ausgerechnet am Todestag von Frau Moormann, war dieses Treffen vereinbart. Ich weiß nicht, ob die arme Frau den Herrn Unbekannt wirklich getroffen hat, sicher ist, dass sie verabredet waren.«

»Haben Sie etwas über die Identität des Mannes herausbekommen?« fragte Lauer.

»Nichts, absolut nichts!«, antwortete Susanne. »Die E-Mail-Adresse des Herrn Unbekannt existiert nicht mehr. Der Mann hatte sich über Web.de einen Mail-Zugang angelegt. Die Anmeldedaten sind falsch, das habe ich über den Provider in Erfahrung gebracht. Die Mails an die Journalistin wurden von Rechnern in drei verschiedenen Internetcafés in der Innenstadt und der Schwetzinger Vorstadt verschickt. Keinerlei Hinweise.«

Lauer stand auf und holte sich aus dem Nebenzimmer einen weiteren Kaffee.

»Auch einen, Susanne?«

»Nein, danke.«

»Bleibt immer noch die Frage, wie uns das alles in unserem Fall weiterbringt«, sagte Lauer, als er zurückkam.

»Mir fehlt der rote Faden, die Struktur«, sagte Susanne.

»Dann versuchen wir doch, eine Struktur zu finden«, entgegnete Lauer. Er klemmte ein neues Blatt auf das Flipchart, das in der Ecke stand und höchst selten benutzt wurde. Er suchte nach einem Filzstift und fing an zu schreiben.

Fakten:

- *Aufruf der Journalistin zu dem Mordfall von 1947*
- *unzählige Antworten der unterschiedlichsten Art*
- *E-Mail des Unbekannten, angeblich ein Freund des Sohnes der hingerichteten Frau*
- *E-Mail-Verkehr Moormann - Unbekannt*
- *Verabredung für den 14. Juli 2007 - Todestag der Journalistin*
- *tatsächliches Treffen am 14. Juli?*

Schlussfolgerungen:

- *Zusammenhang zwischen dem Unbekannten und Moormanns Ermordung?*
- *Warum will der Unbekannte nicht, dass die Journalistin über den Fall berichtet?*
- *Warum hätte er sie töten sollen? Motiv?*

»Genau! Das ist der Punkt«, sagte Lauer, nachdem er sich minutenlang sein Werk angeschaut hatte. Er unterstrich das Wort ›Motiv‹ mehrmals.

»Wo ist da ein Motiv? Warum sollte unser Unbekannter die Journalistin töten? Wegen eines Mordfalls, der sechzig Jahre zurückliegt? Der abgeschlossen, der gesühnt ist. Die Frau wurde schließlich schuldig gesprochen und hat für ihre Tat mit dem Tod bezahlt. Ich weiß nicht. Mir ist unwohl. Wir gehen wieder wie selbstverständlich davon aus, dass es einen Zusammenhang zwischen 1947 und 2007 gibt. So wie wir davon ausgegangen sind, dass es einen Zusammenhang zwischen der Ermordung und dem Miethai gibt, dass es einen Zusammenhang zwischen dem Dackel und der Ermordung gibt. Wir sind auf dünnem Eis.«

Lauer legte eine Pause ein. Dann dozierte er weiter.

»Sind wir Kriminalisten das nicht immer? Auf dünnem Eis, meine ich. Und müssen wir nicht immer irgendwelche Konstruktionen annehmen, um sie dann überprüfen zu können. Irgendwie klingt das doch alles plausibel.«

»Bis auf die entscheidende Frage nach dem Motiv«, sagte Susanne.

Wieder kramte sie in ihren Unterlagen.

»Hier«, sagte sie schließlich und reichte Lauer einen kleinen Fresszettel. In kleiner zierlicher Schrift, die er inzwischen als die Schrift der Journalistin kannte, las er: »Wo war der Sohn beim Mord? Augenzeuge?«

»Gute Frage«, sagte Lauer. »Also, Susanne, gehen wir von der Hypothese aus, dass 1947 und 2007 zusammenhängen. Was folgt als Nächstes?«

»Ganz einfach, Chef, wir kommen nur weiter, wenn wir mit der Frau im Altersheim reden.«

»Richtig!«

»Ich will Sie nicht stören«, sagte Frau Werner, die in der Tür stand. »Aber elf ist schon vorbei. Der ...«

»Sie stören doch nie«, sagte Lauer. »Den Präsidenten hätte ich doch glatt vergessen. Susanne, fragen Sie nach, wann wir mit der Frau reden können. Ich bin hoffentlich gleich wieder zurück.«

Dass Dr. Faulhaber nicht gerade bester Laune war, bemerkte Lauer gleich, als er das weitläufige Rundzimmer betrat. Er schaute von den Unterlagen, die er gerade intensiv zu bearbeiten vorgab, nicht hoch, deutete mit der Hand nur auf den Stuhl direkt vor seinem Schreibtisch. Also nicht der gemütliche Sessel. Lauer setzte sich und wartete. Schließlich klappte der Vorgesetzte den Aktenordner zu und schaute Lauer an. Lauer wusste nicht, wie lange er sich schon im Büro des Polizeipräsidenten aufgehalten hatte. Es kam ihm wie eine Ewigkeit vor. Und noch immer hatte Faulhaber kein Wort gesagt.

»Tja, Lauer.«

Endlich, dachte Lauer, aber er sollte weiterreden.

»Der Reihe nach. Fangen wir mit dem weniger Unerfreulichen an, Stichwort Polenmord.«

Lauer war froh, noch eine Gnadenfrist zu bekommen. Er

informierte seinen Chef über den Ausgang der Ermittlungen, die Verhöre mit Kollnig, das umfassende Geständnis.

»Schön und gut«, war sein Kommentar und mehr an Anerkennung für den gelösten Fall kam nicht über seine Lippen.

»Auf Ihren ausführlichen Bericht warte ich immer noch, aber damit lassen Sie sich seit jeher Zeit. Es liegt übrigens eine Beschwerde von Kollnigs Anwalt vor.«

»Hat er jetzt doch einen?«, rutschte es Lauer heraus.

»Natürlich«, sagte Faulhaber. »Sie hätten es mit der Länge der Vernehmung übertrieben, der angegriffene Gesundheitszustand, Sie wissen schon.«

»Hätten wir das Verhör mitten im Geständnis unterbrechen sollen?«

»Nein, nein, bleiben Sie ruhig, Lauer, das werden wir schon deichseln. Kein Grund zur Besorgnis, zumindest in diesem Fall nicht.«

Lauer hatte nicht das Gefühl, dass er im Gespräch gerade lauter geworden war.

»Gut, dieser Fall ist gelöst. Ein Glück, dass das organisierte Verbrechen in keiner Weise involviert ist.«

»Richtig. In keiner Weise involviert«, wiederholte Lauer und fragte sich, wo Dr. Faulhaber wohl diese Formulierung aufgeschnappt hatte.

»Die Journalistin.«

Lauer beschränkte sich in diesem Fall auf das Wesentliche, sprach von einer vielversprechenden Spur, skizzierte kurz die Spur in die Vergangenheit, die Spur zurück ins Jahr 1947.

»In diesem Fall erwarte ich schnell einen Zwischenbericht. Und es wäre schön, wenn wir auch hier der Presse einen Erfolg melden könnten.«

Die Presse! Darauf kam es Faulhaber an. Die Presse! Die zählte!

»Die Entführung. Eine seltsame Sache.«

Faulhaber schlug den Aktenordner wieder auf, entnahm ihm ein Schriftstück und wedelte damit vor Lauers Gesicht.

»Ihr Bericht wirft mehr Fragen auf, als er beantwortet. Der junge Staatsanwalt aus Ludwigshafen erhebt massive Anschuldigungen gegen Sie. Einbruch in ein Häuschen des mutmaßlichen Entführers.«

»Es war ein winziges Klohäuschen, ein Scheißhaus, verdammt noch mal«, erregte sich Lauer jetzt wirklich.

»Gut, ein Klohäuschen.«

Faulhaber sprach betont langsam und ruhig.

»Was um alles in der Welt hatten Sie bei diesem Fall überhaupt zu schaffen? Außerhalb unserer Landesgrenzen. Sie wissen, wie sensibel solche Sachen sind. Ohne Ermittlungsauftrag. Und was ich Ihnen am meisten vorwerfe: Sie wussten von einer Straftat und haben nichts unternommen. Sie haben nicht unverzüglich Anzeige erstattet. Lauer! Strafvereitelung im Dienst!«

Lauer, der sich vor dem Gespräch vorgenommen hatte, sich nicht aus der Ruhe bringen zu lassen, stand kurz davor, seine sämtlichen guten Vorsätze über Bord zu werfen.

»Ich gehe recht in der Annahme, dass Sie meinen Bericht gelesen haben, Herr Polizeipräsident?«

»Hören Sie auf mit Ihrer Ironie. Natürlich habe ich dieses, dieses«, suchte er nach dem richtigen Wort. »Dieses Schriftstück gelesen, ach was, gelesen, studiert, regelrecht studiert habe ich Ihren, Ihren Schrieb. Dass Sie persönlich in die Sache involviert sind, darf doch nicht dazu führen, dass Sie gegen Recht und Gesetz verstoßen.«

Schon wieder ›involviert‹, dachte Lauer.

»Ihre persönliche Betroffenheit muss obsolet sein. Verstehen Sie mich, Lauer?«

Lauer war nicht klar, was Faulhaber mit obsolet in diesem Fall meinte, aber er nickte.

»Ich habe Fehler gemacht, Herr Polizeipräsident, gravierende Fehler. Es tut mir leid.«

»Lassen Sie die Floskeln. Ihren Bericht habe ich an die mit dem Fall befassten Kollegen weitergeleitet. Die werden sich sicher mit Ihnen in Verbindung setzen. Und dann, Lauer, werden die Sie ordentlich in die Mangel nehmen. Verdient haben Sie es auf jeden Fall.«

Lauer wollte aufstehen.

»Bleiben Sie sitzen, ich bin noch nicht fertig. Die Vorwürfe, die gegen Sie erhoben werden, sind zu gravierend, die kann ich nicht unter den Teppich kehren.«

»Natürlich nicht«, sagte Lauer, der auf den vorderen Rand des Stuhls zurückgerutscht war.

»Ich habe disziplinäre Vorermittlungen eingeleitet. Ich habe das nicht gerne gemacht, ich war dazu gezwungen. Verstehen Sie mich?«

Wieder nickte Lauer. Aus dem Gesichtsausdruck seines Vorgesetzten schloss er, dass es diesem nicht unbedingt schwergefallen war, Ermittlungen einzuleiten.

»Die Kollegen werden auf Sie zukommen.«

Es würde in nächster Zeit einiges auf ihn zukommen, das war Lauer klar.

»Es ist alles offen, Einstellung der Ermittlungen, Verweis, Degradierung. Ich hoffe nur, dass wir das so hinbiegen, dass keine strafrechtlich relevanten Anklagepunkte hängenbleiben.«

Lauer blickte seinen Vorgesetzten mit Verwunderung an, aber er fragte nicht nach. Er rutschte auf der Stuhlkante ein kleines Stückchen weiter nach vorne, bereit zum Sprung. Er hielt es in diesem pompösen Büro mit der wunderbar verzierten Stuckdecke und dem eindrucksvollen Spiegel aus der Zeit des Kurfürsten nicht mehr aus. Er wollte das Rundzimmer verlassen, so schnell wie möglich. Faulhaber war jedoch noch nicht am Ende angelangt.

»Komische Sache, diese Entführung. Das Geld an den Entführer überweisen. So etwas habe ich in meiner Karriere noch nicht erlebt. Übrigens, der Polizeipräsident aus Ludwigshafen hat mich angerufen, bei dem haben Sie einen Stein im Brett. Er hat Sie über den grünen Klee gelobt. Und an seinem eifrigen Staatsanwalt hat er kein gutes Haar gelassen. Das nur nebenbei. Sie können gehen, Lauer.«

Lauer hatte schon den Türgriff in der Hand, als sein Vorgesetzter ihm nachrief: »Ich wusste gar nicht, dass Sie einen Sohn haben, noch dazu einen erwachsenen.«

Für einen Moment zögerte Lauer und überlegte, was er darauf erwidern sollte. Dann drückte er die Türklinke durch und verließ das Zimmer, ohne auf Faulhabers Einwurf einzugehen.

Vierundzwanzig

Dass das Gespräch mit Frau Schilling nicht die erhofften Ergebnisse bringen würde, war Lauer ziemlich schnell klar. Warum er trotzdem so lange blieb und immer wieder neue Versuche einer sinnvollen Kommunikation unternahm, konnte er nicht sagen. Tat die alte, verwirrte Frau ihm leid? Musste er an seine eigene Mutter denken, die auch schon auf die Fünfundsiebzig zuging? Bis auf einige Wehwehchen, über die sie so ausgiebig jammern konnte, ging es ihr ausgesprochen gut und geistig war sie noch absolut fit. Was, wenn sie so abbauen würde wie Frau Schilling? Susanne stand die ganze Zeit am Fenster und beteiligte sich nicht am Gespräch. Am Anfang fiel es Lauer gar nicht auf, dass Frau Schilling wirklich dement war, wie die Schwester die beiden Besucher vorher gewarnt hatte. Begrüßung, Austausch von Allgemeinplätzen.

Dass ihr das drückend schwüle Wetter zusetze. Dass so eine Hitze nicht jedes Jahr vorkomme. Dass das Essen hier ganz passabel sei. Dass sie unter der Woche nie Besuch bekomme. Nur ab und zu der Arzt, aber der zähle ja nicht als Besuch. Dass ihr Junge sie jeden Samstag besuche. Hier hakte Lauer ein.

»Erzählen Sie von Ihrem Jungen, Frau Schilling! Wie heißt er denn?«

»Ralf. Ein guter Junge«, sagte Frau Schilling. »Er besucht mich. Immer samstags. Immer um 16 Uhr.«

Sie schwieg.

»Und was macht er an den anderen Tagen?«

»An den anderen Tagen? Zur Schule, da geht er zur Schule. Was soll er denn sonst machen? Er hat gute Noten, müssen Sie wissen. Er ist fleißig. Er schwänzt nicht, er schwänzt nie. Er ist ein guter Junge, mein Ralf.«

Sie schwieg.

»Sie haben Ralf adoptiert?«

Frau Schilling sah Lauer an.

»Wer sind Sie überhaupt? Was machen Sie in meinem Zimmer? Haben Sie es auf meine Ersparnisse abgesehen? Ich rufe die Schwester! Die kann sehr ungemütlich werden.«

Lauer versuchte, die Frau zu beruhigen und zeigte ihr seinen Dienstausweis.

»Hat mein Ralf etwas ausgefressen? Er ist so oft allein. Ich muss putzen gehen. Die Witwenrente reicht nicht aus. Er kann nichts angestellt haben. Lassen Sie meinen Sohn in Ruhe. Ralf ist ein guter Junge.«

»Nein, nein, Ralf hat nichts angestellt. Wir möchten mit Ihrem Sohn reden.«

»Dann müssen Sie am Samstag kommen. Am Samstag besucht mich Ralf. Pünktlich um 16 Uhr.«

»Was macht Ihr Sohn denn unter der Woche, Frau Schilling? Wo wohnt Ihr Sohn?«

»Sohn? Was für ein Sohn? Ich habe keinen Sohn. Was reden Sie da für einen Unsinn?«

Susanne drehte Lauer und der alten Frau jetzt den Rücken zu und schaute aus dem Fenster.

»Aber Ihr Sohn, Frau Schilling. Ralf. Ihr guter Junge, der Sie jeden Samstag besucht.«

»Heute ist nicht Samstag. Heute kommt Ralf nicht. Erst wieder am Samstag.«

Es klopfte. Die Schwester, die Susanne und Lauer zu Frau Schilling geführt hatte, streckte den Kopf zur Tür herein. Als sie die alte Frau in ihrem Sessel sah, sagte sie: »Herr Kommissar, ich glaube, Sie sollten jetzt besser gehen. Wir dürfen Frau Schilling nicht zu viel zumuten.«

Lauer nickte und wollte sich von der alten Dame verabschieden. Die drehte den Kopf zur Seite und presste ihre Hände auf den Schoß. Susanne verließ hinter Lauer wortlos das Zimmer.

»Ja, ihr Sohn besucht sie jeden Samstag. Schon Stunden vorher wird sie unruhig, ist nicht mehr ansprechbar, läuft in ihrem Zimmer hin und her. Als ob eine innere Uhr in ihr ticken würde. Und wehe, wenn ihr Sohn zu spät kommt, wie vorletzten Samstag.«

»Vorletzten Samstag?«, fragte Susanne die Schwester.

»Ja, vorletzten Samstag, es war der 14., glaube ich. Da war sie richtig unausstehlich, weil ihr Sohn ein oder zwei Stunden zu spät gekommen ist. Wie die sich aufgeführt hat!«

Frau Schillings Betreuerin war gesprächig. Im Schwesternzimmer erfuhren Lauer und Susanne bei einer Tasse Kaffee und einem Stück Pflaumenkuchen vom Blech, von der Schwester selbst gebacken, dass der Sohn ein freundlicher älterer Herr sei, bestimmt schon Mitte 70, man sehe es ihm aber nicht an, er habe sich gut gehalten. Sie erfuhren, dass er sich rührend um seine Mutter kümmere, dass sie gar nicht seine leibliche Mutter sei, dass sie ihn kurz nach dem Krieg adoptiert habe, dass er nicht Schilling heiße, dass er nach seiner Heirat den Namen seiner Frau angenommen habe, dass er in Käfertal wohne, dass sie selbstverständlich die Anschrift und auch die Telefonnummer dem Herrn Hauptkommissar heraussuchen könne.

»Hat Herr Wunschner denn was ausgefressen?«, fragte sie, als sie Lauer die Daten auf einem Notizzettel gab.

»Das kann ich Ihnen leider nicht sagen«, berief sich Lauer auf laufende Ermittlungen. Er bedankte sich und Susanne und er verließen das Heim.

Draußen auf der Straße atmete Lauer tief durch.

»Sie waren bei der alten Frau so abwesend«, sagte er zu Susanne.

»Die arme Frau, das Zimmer, der Geruch, die ganze Atmosphäre, alles hat mich an meine Urgroßmutter erinnert. Die hat auch alles vergessen. Zuerst hat meine Mutter sie zu Hause gepflegt, dann wurde sie bettlägerig und ist in ein Heim gekommen. Über ein Jahr hat sie dann noch gelebt.

Leben, als ob man so etwas leben nennen könnte. Hinvegetiert ist sie. Ich habe mich kaum noch getraut, sie zu besuchen. So möchte ich nicht enden.«

Susanne schüttelte sich.

»Was reden Sie da, Susanne«, sagte Lauer. »Sie sind noch so jung.«

Erst als er hinter dem Steuer seines Fabia saß, schaute er auf den Notizzettel. Ralf Wunschner, Innere Wingertstraße, Käfertal, Telefon ...

»Anrufen werden wir nicht«, sagte Lauer.

»Vorletzten Samstag«, sagte Susanne nachdenklich. »Ist Ihnen das auch aufgefallen? Der 14. Juli. Der Tag, an dem Frau Moormann ermordet wurde.«

»Richtig, Susanne«, sagte Lauer und drehte den Zündschlüssel. »Auf nach Käfertal!«

Fünfundzwanzig

Wenn Lauer später von der Lösung im Fall Moormann erzählte, fing er stets mit der Bemerkung an, die endgültige Auflösung sei in rekordverdächtigem Tempo erfolgt.

»Nie war die Zeit vom allerersten direkten, persönlichen Kontakt mit einem Verdächtigen bis zu dessen Geständnis kürzer. Alles spielte sich in wenigen Sekunden ab«, pflegte er dann zu sagen.

Die Innere Wingertstraße lag in einem gewachsenen Wohngebiet in Käfertal, das mehr an ein Dorf als an eine Stadt erinnerte. Das Haus, in dem Wunschner wohnte, war ein neu renoviertes Einfamilienhaus, bei dem auch das Dach frisch eingedeckt war. Schwalbenschwänze, vom Feinsten, sah Lauer auf den ersten Blick. Er drückte auf die Klingel am Gartentor, schaute in den gepflegten Vorgarten und wartete. Gerade, als er die Klingel ein zweites Mal betätigen wollte, öffnete sich die Haustür. Ein gebeugter, alter Mann erschien. Sein Gesicht kam Lauer grau und eingefallen vor. Von wegen ›gut erhalten‹, wie die Schwester im Pflegeheim behauptet hatte. Herr Wunschner sah nicht gerade gesund aus. Lauer stellte sich und Susanne vor und fragte, ob sie eintreten könnten.

»Ich habe Sie erwartet, Herr Hauptkommissar«, sagte der alte Mann. »Sie suchen den Mörder dieser Person, dieser Journalistin. Er steht vor Ihnen.«

Lauer verschlug es die Sprache. Er schaute zu Susanne und hatte den Eindruck, als zittere sie leicht.

»Wollen Sie hier Wurzeln schlagen? Warum kommen Sie mit Ihrer netten Begleitung nicht herein?«

Der Flur duster und spärlich möbliert. Das Wohnzimmer das gerade Gegenteil. Ein großes Fenster, das fast über die ganze Breite des Raums ging, dahinter der Garten, klein, aber mit vielen verschiedenen Farbtönen. Gleißende Helle. Eine halb heruntergekurbelte Markise über der Terrasse. Nur leicht gedämpftes Sonnenlicht.

»Schön haben Sie es hier«, sagte Susanne.

»Finden Sie?«, sagte der alte Mann. »Ja, hier kann man es aushalten an diesen Hundstagen.«

Lauer und Susanne bewunderten den Garten. Herr Wunschner holte sie in die Wirklichkeit zurück.

»Kaffee kann ich Ihnen nicht anbieten, den gibt es in meinem Haushalt nicht, der Magen, müssen Sie wissen. Tee habe ich frisch aufgebrüht. Ostfriesenmischung. Darf ich Ihnen einschenken?«

Susanne und Lauer nickten synchron.

»Milch und Zucker, bitte bedienen Sie sich.«

Die Korrektheit, die Freundlichkeit des Mannes verwirrten Lauer und standen im Gegensatz zu dem schockierenden Geständnis, das er bei ihrer Ankunft gemacht hatte. Susanne trank ihren Tee schwarz, Lauer nahm ein Stück Zucker und rührte viel zu lange in der Tasse. Er schaute sich um. Auch das Wohnzimmer war zurückhaltend möbliert. Eichenparkett, kein Teppich, vor dem Panoramafenster keine Vorhänge, ein grünes Ledersofa, passende Sessel dazu, alle mit Würde abgesessen, ein Couchtisch mit makelloser Glasplatte, eine Schrankwand, aus den Siebzigern, tippte Lauer, keine Bilder an den Wänden. Nur das Foto einer Frau in der Regalwand.

»Meine Frau, vor drei Jahren verstorben«, sagte Herr Wunschner, der Lauers Blick gefolgt sein musste. Lauer nahm den Löffel endlich aus der Tasse und nippte. Stark und heiß. Er ließ ein weiteres Stück Zucker in den Tee fallen.

»Kräftige Mischung«, sagte der alte Mann. »Vertrage ich nur mit viel Milch und Zucker.«

Susanne hatte, während sie den Tee probierte, den Mann nicht aus den Augen gelassen. Jetzt griff sie nach dem Milchkännchen.

»Was wollen Sie von mir wissen, Herr Hauptkommissar«, fragte Herr Wunschner. »Legen Sie los!«

»Erzählen Sie einfach«, sagte Lauer, stellte die Tasse auf den Glastisch und lehnte sich im Sessel zurück.

»Menschen sterben an gebrochenen Herzen. Lachen Sie nicht. Ich meine es ernst. Menschen sterben wirklich an gebrochenen Herzen. Das geschieht jeden Tag und es wird jeden Tag geschehen bis ans Ende aller Tage. Das Leben geht schließlich weiter. Mir geschah es in jenem Oktober 1947, als meine Mutter starb. Hingerichtet von einer unbarmherzigen Justiz. Für mich gestorben. Ich denke oft an sie. Nachts, wenn ich wach liege und mich hin- und herwälze, weil ich nicht schlafen kann, geht sie mir durch den Kopf, geht die Schuld, die ich mir aufgeladen habe, durch den Kopf. Und wenn ich dann doch einmal Schlaf finde, träume ich von ihr, sehe sie vor mir, wie sie mich fragt: ›Warum? Warum nur?‹ Alles ist da, als ob es gestern passiert wäre. Nichts, aber auch gar nichts ist vergessen. Und die Bilder sind nicht verblasst in all den Jahren. Doch ich habe es im Griff, glauben Sie mir. Klar, ich trauere immer noch um meine Mutter, um meine wirkliche Mutter, nicht um die Frau, die im Pflegeheim vor sich hinvegetiert, obwohl ich ihr auch dankbar sein muss. Sie ist nicht meine Mutter. Ich habe gelernt weiterzuleben nach dem Tod meiner Mutter. So wie ich auch über den Tod meiner Frau hinweggekommen bin. Und dann taucht diese Person auf und will alles ans Licht der Öffentlichkeit zerren. Ist ganz wild darauf, jede Einzelheit öffentlich zu machen, jedes noch so kleine Mosaiksteinchen, jedes Gefühl, jede Erinnerung, alles, einfach alles. Ich war wie vor den Kopf gestoßen, als mir der Artikel aus der

Neckarstadt in die Hände fiel. Ich wollte mit meiner Trauer in Ruhe gelassen werden, die schrecklichen Ereignisse vom Herbst 1947 sollten nicht wieder aufgewühlt und ausgebreitet werden. Die Schatten der Vergangenheit haben mich begleitet, all die Jahre. Ich konnte mit ihnen leben. Jetzt standen sie vor mir, wollten Macht über mich bekommen, wollten mich verschlingen. Zuerst habe ich die Journalistin hingehalten, ich wollte Zeit gewinnen. Sie war aber besessen von dem Gedanken, die Wahrheit zu veröffentlichen, die ganze Wahrheit und nichts als die Wahrheit, wie sie sagte. Sie war wie von Sinnen. Ich traf mich ein erstes Mal mit ihr in einem Café in der Innenstadt, stellte mich als der beste Freund des Jungen vor, der seine Mutter verloren hatte, versuchte, alles herunterzuspielen, das sei schon so lange vorbei, niemand habe ein Interesse an diesem Fall. Sie ließ nicht locker. Die Tatwaffe, sie wollte wissen, ob ich etwas davon wusste. Wie groß sie gewesen sei, die Axt. Wie die Verletzung ausgesehen habe. Ob es Fotos gebe. Wie der Prozess verlaufen sei. Ob die Mörderin gestanden habe. Wie die Öffentlichkeit auf das Todesurteil reagiert habe. Was mit der Leiche der Mörderin geschehen sei. Sie wollte alles wissen. Und sie ließ mir keine Ruhe. Es war unerträglich. Sie war unerträglich. Sie wollte alles an die Öffentlichkeit zerren. Sie wollte meine Mutter bloßstellen, wollte sie zum zweiten Mal verurteilen, als ob sie nicht mit ihrem Leben schon genug gebüßt hätte. Ich köderte sie. Ich hielt sie hin. Machte ihr den Mund wässrig. Sagte, ich könne ihr die Mordwaffe präsentieren, aber nur, wenn sie mir verspreche, mit der Veröffentlichung noch zu warten. Es fiel ihr schwer, ich merkte es sofort, aber sie willigte ein. Beim zweiten Treffen, zu Hause bei ihr in der Schimperstraße, brachte ich die Axt mit, die Sie und Ihre Leute am Tatort gefunden haben. Die Tatwaffe, mit der ich diese Frau an diesem Nachmittag erschlagen habe. Richtig gierig war sie auf diese verrostete Axt. Ich wollte das nicht, das müssen Sie mir glauben. Was spielt das für eine Rolle? Plötzlich lag sie vor mir, diese klaffende Wunde am Schädel. Ich ließ die Axt fallen. Was hatte ich nur getan? Die alte Axt flog bei mir im Schuppen herum. Natürlich war sie nicht die Tatwaffe von 1947. Sie haben das doch bestimmt nicht geglaubt. Dieser Person konnte man jeden Bären aufbinden. Ich habe dann meine Strategie geändert, als mir klar war, dass ich sie nicht umstimmen konnte. Ich war ehrlich zu ihr, gestand ihr, dass ich der Sohn sei. Dass es meine Mutter war, die zum Tode verurteilt und hingerichtet worden war. Das stachelte sie noch mehr an. Ob ich denn Augenzeuge gewesen sei, fragte sie. Meine Reaktion, ein Zucken in meinem Gesicht, eine winzige Geste, was weiß ich, was mich verraten hat. Plötzlich war alle Aufgedrehtheit weg. Sie schaute mich an, sie musterte mich und sagte mit leiser Stimme: ›Sie, Sie selbst haben den amerikanischen Soldaten erschlagen.‹ Ich kann nicht erklären, warum, aber ich nickte einfach. ›Sie wollten Ihre Mutter beschützen‹, sagte sie. Ich nickte wieder. ›Und Ihre Mutter ist für Sie gestorben, hat sich für ihren Sohn aufgeopfert‹, sagte sie. Noch immer kam sie mir ausgesprochen ruhig vor. ›Ich bitte Sie‹, sagte ich. ›lassen Sie das. Wühlen Sie das nicht alles wieder auf. Zerren Sie das nicht wieder ans Licht der Öffentlichkeit. Lassen Sie meine Mutter in Frieden ruhen. Es geht nicht um mich. Es geht nur um meine Mutter‹, flehte ich sie an. ›Ich bitte Sie um alles in der Welt.‹ Da wurde sie wieder hektisch und laut. Wie wenn ein Schalter umgelegt worden wäre. Das sei ihre große Chance. Ein Knüller. Damit könne sie die Auflage verdoppeln. Ach was, es ginge doch gar nicht um dieses Käseblättchen. Mit dieser Story, ja, sie sagte Story, komme sie in die erste Liga. Spiegel, Focus, Stern. Alle Türen stünden ihr offen. Diese einmalige Gelegenheit lasse sie sich nicht vermasseln. Meine Bitte hatte sie gar nicht erreicht. Und dann wollte sie alles wissen. Wie ich die beiden erwischt hätte? Bitte um eine genaue Beschreibung, Details. Ob ich gedacht hätte, der Soldat wolle meiner Mutter wehtun. Wie ich zugeschlagen hätte, genau, Details, bitte Details! Wie meine Mutter reagiert habe, nachdem ich zugeschlagen hatte. Ich erzählte ihr alles. Erzählte von den Vorwürfen, die meine Mutter mir gemacht hatte. ›Ralf, nein, nein, was tust du da?‹ Wie sie den sterbenden Soldaten in die Arme genommen hatte. ›Warum, mein Sohn, warum nur?‹ Wie sie geweint hatte. Wie sie mich in den Arm genommen hatte. ›Alles wird gut, alles wird gut. Du brauchst keine Angst zu haben. Das verspreche ich dir.‹ Alles erzählte ich ihr. Ausführlich. Mit allen Details. Ich solle ihr vorführen, wie ich den Mann erschlagen hatte. Ich erzählte ihr, wie er auf dem Bett kniete, Mutter unter sich. Sie zerknüllte einige Kissen und kniete sich auf das Sofa. ›So?‹, fragte sie. Sie kniete mit dem Rücken zu mir. ›Los doch, zeigen Sie mir, wie Sie zugeschlagen haben!‹ Sie war aufgeregt, hektisch. Ich packte die Axt, holte aus. Ich sah plötzlich meine Mutter vor mir, sah den amerikanischen Soldaten, hörte die Töne, die ich nicht verstand, die ich nicht einordnen konnte. Ich holte aus mit der Axt, und während ich ausholte, war das Bild, das ich gerade noch gesehen hatte, wieder weg. Ich schlug zu. Noch bevor das Beil auf den Kopf traf, war mir bewusst, dass ich nicht auf den Soldaten einschlagen würde, dass ich diese Person treffen wollte, dass diese Person, wenn die Axt auf den Schädel treffen würde, endlich Ruhe geben würde. Dass sie den ganzen Schmutz nicht an die Öffentlichkeit zerren würde. Dass Mutter ihre Ruhe haben würde. Dass ich meine Ruhe haben würde. Ich habe nicht geplant, sie umzubringen, das müssen Sie mir glauben. Es hat sich einfach so ergeben. Sie hat nicht locker gelassen. Und ich bereue es nicht. Auch heute bereue ich nicht. Glauben Sie mir, Herr Hauptkommissar, diese Person hat es verdient. Und ich habe keine Angst, wenn Sie mich jetzt mitnehmen. Ich habe keine Angst vor dem Gefängnis. Nur dass jetzt doch alles in den Medien breitgetreten wird, das macht mich traurig. Wenn ich Pech habe, erlebe ich den Prozess noch. Kommt ganz darauf an, wie lange es dauert. Ich bin nämlich krank, müssen Sie wissen. Pancreaskarzinom. Endstadium. Einige Monate noch, vielleicht ein halbes Jahr. Etwas länger, etwas kürzer, so genau könne man das nicht voraussagen, sagt mein Arzt. Gestorben bin ich schon lange. An dem Tag, als meine Mutter getötet wurde. Menschen sterben an gebrochenen Herzen.«

Lauer saß da und fixierte seine Teetasse. Er schien erstarrt zu sein. Susanne starrte aus dem Panoramafenster ins Nichts. Beide waren unfähig, einen klaren Gedanken zu fassen. Minuten vergingen. Endlich erhob sich Ralf Wunschner vom Sofa und breitete die Arme aus. Eine Geste der Hilflosigkeit.

»Und weiter?«, fragte er.

Lauer stand auf.

»Ich verhafte Sie wegen des Verdachts, Magdalena Moormann erschlagen zu haben und wegen des Verdachts ...«

Er brach ab, kam sich lächerlich vor. Was soll das, dachte er. Der Mord von 1947. Der lag so weit zurück. Ein Junge von 14 Jahren.

»Alles, was Sie sagen, kann gegen Sie verwendet werden.«

»Lassen Sie gut sein, Herr Kommissar. Alles, was ich Ihnen und Ihrer Kollegin gesagt habe, gebe ich selbstverständlich auch noch offiziell zu Protokoll. Damit alles seine Richtigkeit hat. Und Sie können sicher sein, ich werde nicht auf die Idee kommen, mein Geständnis zu widerrufen. Könnten Sie freundlicherweise auf die Handschellen verzichten?«

»Selbstverständlich«, sagte Lauer mechanisch.

»Einen Moment noch, ich hole nur noch meine Sachen. Es steht alles schon bereit.«

Sekunden später stand der alte, kranke Mann im Flur, in der Hand einen kleinen Koffer.

Kurz vor halb sechs saß Lauer an seinem Schreibtisch. Vor ihm lag ein Schreiben des Polizeipräsidenten, kein Fresszettel mit eilig hingeschriebenen Anweisungen, wie es sonst

Faulhabers Art war. Ein offizielles Schreiben. Von der Sekretärin getippt, auf offiziellem Briefpapier mit Logo und allem Drumherum.

»Sehr geehrter Herr Kriminalhauptkommissar Lauer, in Anbetracht der laut gewordenen Vorwürfe gegen Ihre Person im Mordfall Magdalena Moormann und im Entführungsfall Pascal Geerdts lade ich Sie am Freitag, dem 27. Juli 2007, um 10:30 Uhr zu einer ersten Anhörung im Beisein des stellvertretenden Kripochefs in mein Büro. Sie erhalten die Möglichkeit, sich zu den Vorwürfen zu äußern.«

Zum Schluss die üblichen Floskeln. Freitagmorgen. Schrecklich, wie geschwollen der oberste Vorgesetzte der Mannheimer Polizei sich auszudrücken pflegte, dachte Lauer. Er wunderte sich, aber das Schreiben, das sich so bedrohlich anhörte, ließ ihn kalt. Er schob das Schreiben zur Seite und rieb sich die Augen. Es gab weiß Gott andere Probleme auf der Welt.

»Was für ein Tag!«, murmelte Susanne.

Gerade hatten sie und Lauer den alten Mann in der Untersuchungshaft abgeliefert. Lauer hatte in seinem Leben schon viele Verhaftungen vorgenommen, aber diese hier ging ihm wirklich an die Nieren. Wie lächerlich kam ihm da die Vorladung zur Anhörung auf seinem Schreibtisch vor.

»Warum hat er nur zugeschlagen?«, fragte Susanne mehr sich selbst. »Die Sache von 1947, da hätte ihm doch kaum noch was angehängt werden können, bei seinem Gesundheitszustand.«

»Das lässt sich rational nicht erklären«, sagte Lauer. »Eine Verkettung unglückseliger Umstände. Wenn man Herrn Wunschner überhaupt einen Vorwurf machen kann, dann den, sich auf den Artikel hin bei der Journalistin gemeldet zu haben.«

Lauer schaute auf die Uhr.

»Es wird Zeit, Susanne, wir müssen los. Vielleicht ist es nicht verkehrt, wenn wir bei der Vernehmung Kollnigs ein Foto von Sandra Maurer dabeihaben«

»Einen Moment, Chef, ich lass das schnell ausdrucken. Am besten zwei Fotos.«

Lauer war gespannt, mit was für Überraschungen dieser Tag noch aufwarten würde.

Sechsundzwanzig

Dass Susanne in das Verhör eingriff, war nicht abgesprochen. Die Fahrt in die Justizvollzugsanstalt im Herzogenried verlief schweigend. Zu sehr wirkte das Geständnis des alten Mannes noch nach. Der Beginn des Verhörs überraschte Lauer nicht. Kollnig spielte den Überlegenen, den Gelassenen, verlangte nach Zigaretten, die es nicht gab, zeigte sich trotzig, beantwortete nur widerwillig die von Lauer gestellten Fragen zum Tathergang im Fall des Polen.

»Hab ich doch alles schon erzählt. Was soll das?«

In Kollnigs Antworten fanden sich keinerlei Widersprüche zu seiner letzten Aussage. Lauer hatte sich noch keine Gedanken gemacht, wie er das Gespräch auf den Mord an Sandra Maurer bringen sollte.

»Mann, ich brauche jetzt wirklich eine Zigarette, dringend, Mann!«, sagte Kollnig und es klang theatralisch.

»Ich habe keine«, antwortete Lauer und schaute den Wärter an, der neben der Tür stand.

»Nichtraucher, tut mir leid«, sagte der.

»Also weiter«, sagte Lauer.

»Nichts weiter«, sagte der junge Mann. »Ich sage gar nichts mehr. Mir reicht es!«

In diesem Augenblick legte Susanne das erste Foto vor Kollnig auf den Tisch. Sandra, lachend, fröhlich, ausgelassen, Lebensfreude versprühend, aufgenommen im Juli oder August 2005, wenige Wochen vor ihrer Ermordung.

»Was soll das?«, fragte Kollnig und seine Stimme klang eine Spur weniger überheblich. Susanne ging nicht auf die Frage ein. Sie saß einfach da und schaute dem jungen Mann ins Gesicht und sagte nichts. Minuten vergingen. Plötzlich sprang Kollnig auf, sein Stuhl kippte nach hinten um.

»Hinsetzen«, befahl Lauer und war selbst überrascht, dass der Verdächtige seinen Stuhl wieder hinstellte und sich wortlos setzte, nachdem er zuvor einen Blick auf den Wärter geworfen hatte.

»Kein Problem«, sagte Kollnig in Richtung des Wärters, der bereits zwei, drei Schritte in seine Richtung gemacht hatte, und unterstrich seine Aussage mit einer unbestimmten Geste, die Lauer so verstand, dass es keinen Grund für ein Eingreifen des Wärters gab.

»Was soll der bescheuerte Psycho-Kram?«, fragte Kollnig und er war wieder genauso cool wie vorher.

»Erzähl mir von Sandra«, sagte Susanne.

»Was soll das alles? Was hat das mit dem Polen zu tun?«

»Erzähl mir von Sandra. Du mochtest sie. Stimmt's?«

Susanne redete leise und langsam.

Sie duzt den Kerl, dachte Lauer.

»Die war schon in Ordnung«, sagte Kollnig und er redete im Tonfall von Susanne. Lauer hatte das Gefühl, dass Susanne gerade dabei war, einen Draht zu dem jungen Mann zu finden.

»Aber von dir wollte sie nichts wissen. Hab ich nicht Recht?«, sagte sie.

»Was soll der Scheiß? Wir waren Kumpels. Auf Sandra konnte man sich verlassen.«

»Du warst in sie verliebt!«

»Was soll das Psycho-Gerede? Du gehst mir auf die Nerven. Sandra und verlieben. Die war keine zum Verlieben. Die ist mit jedem ins Bett gegangen.«

Susanne stand auf und stellte sich hinter Kollnigs Stuhl.

»Du brauchst hier keine Schau abzuziehen. Sandra sah gut aus. Sie hat dir gefallen?«

»Jedem hat sie gefallen. Das war ja gerade das Problem. Jeden hat sie um den Finger gewickelt. Die konnte jeden kriegen, glaub mir. Nur bei mir lief nichts. Reden, mit mir könne man so toll reden, ich könne so gut zuhören. Das wolle sie nicht kaputtmachen. Dabei wollte ich was ganz anderes von ihr. Und sie säuselte immer: ›Mit dir kann ich mich so toll unterhalten.‹ Ihr Standardsatz. Schwachsinn!«

Susanne legte die Hände auf den Stuhl, auf dem Kollnig saß.

»Mehr war nicht drin?«

»Da ist nichts, absolut nichts, gelaufen.«

»Und das hat dir gestunken?«

»Ist mir doch egal. Wenn die nicht will. Dann eben eine andere.«

»Aber du warst doch schon traurig?«

»Was soll das? Ich? Traurig? Wegen der? Du spinnst doch!«

Kollnig schüttelte die Hände von der Stuhllehne ab. Susanne ging zu ihrem Platz zurück, ignorierte die Beschimpfung und redete in ihrer leisen Stimme einfach weiter.

»Du warst in Sandra verknallt.«

Kollnig schlug mit der Hand zur Seite.

So wie man eine Fliege verscheucht, dachte Lauer.

»Hast du es ihr gesagt?«

Kollnig saß bewegungslos da. Sein Blick fixierte die gegenüberliegende Wand. Unvermittelt legte Susanne das zweite Foto, das sie hatte ausdrucken lassen, vor Kollnig auf den Tisch, direkt neben das Porträt der strahlenden, ausgelassenen Sandra. Ebenfalls eine Porträtaufnahme. Ebenfalls ein Mädchen. Ob es sich dabei um Sandra handelte, war auf den ersten Blick nicht zu erkennen. Das Gesicht der Leiche, die im November 2005 in dem kleinen Weiher gefunden worden war, nach zwei Monaten im Brackwasser. Kollnig starrte das Bild an. Dann zeigte er eine Regung. Er hielt sich den Arm vor das Gesicht.

»Schau dir das Bild an. Das ist Sandra! Schau sie dir an!«, sagte Susanne und ihre Stimme war bestimmend und laut.

»Nein«, schrie der junge Mann und wischte mit seinem anderen Arm beide Fotos vom Tisch.

Endlich, dachte Lauer.

Susanne stand auf, suchte die Bilder zusammen und legte sie an ihren alten Platz zurück. Dann griff sie nach Kollnigs Arm.

»Du schaust dir jetzt Sandra an, Gerald. Sandra im August und Sandra im November.«

Ohne sich weiter zu wehren, blickte Kollnig auf die Fotos.

»Wenn du willst, kannst du mir erzählen, was passiert ist.«

Der junge Mann schaute hoch, blickte Susanne in die Augen und senkte dann den Blick wieder. Der Wärter an der Tür räusperte sich. Lauer fuhr zusammen. Es kam ihm wie ein Donnergrollen vor, so still war es in den letzten Sekunden im Raum gewesen.

»Ist doch sowieso alles egal«, sagte Kollnig. »Was soll's? Dann erzähl ich dir eben, was passiert ist.«

Er hat sich schon wieder im Griff, dachte Lauer. Ist schon wieder, er suchte nach dem passenden Wort, teilnahmslos, genau, das trifft es. Teilnahmslos. Kollnig griff nach dem Novemberfoto und drehte es um, sodass das Gesicht nicht mehr zu sehen war.

»Das darf ich doch jetzt.«

Die strahlende Sandra ließ er liegen.

»Ja, ich bin am 8. September 2005 abends im Asia-Imbiss gewesen, hab ich alles schon erzählt. Bin bald wieder gegangen. Hatte mich mit ihrem Bruder verabredet, wollten Computer spielen, Bier trinken. Ich bin aber nicht gleich zu ihm gefahren. Hab hinterm Friedhof gewartet. Auf Sandra. Halbe Stunde später ist sie gekommen. ›Kann dich mitnehmen‹, hab ich zu ihr gesagt. ›Fahr doch sowieso zu deinem Bruder.‹ ›Die paar Meter‹, hat sie gelacht. Ich hab einfach ihr Vorderrad abmontiert und alles in den Kofferraum geknallt. Ich bin dann aber nicht bis zu Sandra nach Hause gefahren. Bin im Feld beim Weiher nach rechts abgebogen, hab angehalten, das Licht ausgemacht. Hab zu ihr gesagt, dass ich scharf auf sie bin. Sie hat gelacht, hat mich ausgelacht. ›Weißt du überhaupt, wie man ein Kondom überzieht?‹, hat sie gesagt und weitergelacht. Immer weiter. Da hab ich die Nerven verloren. Ich hab losgeschrien: ›Quatschen, das kann man gut mit mir, nicht wahr? Jetzt zeig ich dir, was ich sonst noch so drauf habe!‹ Ich hab ihr gesagt, sie solle sich nicht so zieren. Ich hab ihr gesagt, sie lasse sich doch mit jedem ein. Ich hab ihr gesagt, sie solle sich nicht so anstellen. Sie hat jedoch um sich geschlagen. Sie hat geschrieen. Ich war wie von Sinnen. Plötzlich hat sie sich nicht mehr bewegt. ›Mach keinen Scheiß!‹, hab ich zu ihr gesagt und ich hab sie geschüttelt. Ich hab dann bald gemerkt, dass ich Murks gebaut hatte. Das war's, aus, fertig!«

Lauer wollte schon das Aufnahmegerät ausschalten, Susannes Frage hielt ihn jedoch davon ab.

»Bist du danach wirklich zu Sandras Bruder gegangen?«

»Klar, warum sollte ich nicht? Aber den Computer haben wir nicht angemacht. Hatten beide keinen Bock.«

»Du warst direkt, nachdem du Sandra getötet hattest, bei ihrem Bruder?«

»Ruhig bleiben! Was ist denn dabei?«

»Und was habt ihr gemacht?«

»Ein Bier getrunken, dann noch eins und noch eins. Dagesessen und kein Wort geredet. Mit Sandras Bruder kann man echt gut dasitzen und einfach nichts sagen. Guter Kumpel.«

»Und du triffst dich immer noch mit ihm?«

»Klar! Im Moment jedoch nicht. Daran seid ihr schuld!«

Kollnig streckte sich.

»Es reicht! Jetzt möchte ich meine Ruhe haben.«

Lauer schaltete das Aufnahmegerät jetzt wirklich ab. Er winkte dem Wärter, der den jungen Mann, der gerade seinen zweiten Mord gestanden hatte, abführte. An der Tür blieb Kollnig stehen und drehte sich zu Susanne um.

»Wie heißt du eigentlich?«

»Er hat Murks gebaut, Murks. Murks!«, sagte Lauer. »Bringt ein Mädchen um und spricht von Murks. Unfassbar! Zieht die meiste Zeit hier eine Schau ab, erzählt Schreckliches und sitzt teilnahmslos hier rum.«

»Unbarmherzig teilnahmslos«, sagte Susanne.

»Bringt das Mädchen um und geht zu ihrem Bruder und trinkt ein Bier nach dem anderen mit ihm«, sagte Lauer. »Unfassbar.«

»Sie haben Recht. Ich könnte laut losschreien, wenn ich mir das alles vorstelle«, sagte Susanne.

»Übrigens, Susanne, gutes Verhör, Sie waren ruhig und überzeugend.«

»Das hat nur so ausgesehen, Chef, innen drin hab ich gezittert und gebibbert.«

»Aber man hat's nicht gemerkt. Sie haben Kollnig zum Sprechen gebracht.«

Susanne lief rot an.

»Ich habe es kaum ertragen. Diese Teilnahmslosigkeit. Bringt zwei Menschen um und tut, als ob nichts wäre. Kommt sich noch toll dabei vor. Ich fasse es nicht.«

Susanne schüttelte sich.

»Was macht eigentlich unser Kollege Meißner?«, wechselte sie das Thema. »Haben Sie noch etwas von Julian gehört?«

»Nichts, Susanne.«

Siebenundzwanzig

Lauer saß auf seinem Balkon und schenkte sich Rotwein nach. Der dicke Kater hatte sich auf seinem Schoß bequem zusammengerollt. Lauer hatte die letzte Flasche St. Laurent aus dem Keller geholt. Er musste sich unbedingt um Nachschub kümmern. Vielleicht am Wochenende. Ein Ausflug in die Pfalz, nicht schlecht, die Vorstellung, gut essen gehen, entspannen. Das Ganze mit einem Besuch bei seiner Mutter verbinden. Obwohl: Entspannen und Besuch bei der Mutter, das waren Gegensätze. Und nach der Hektik der letzten Tage hatte er Ruhe wirklich nötig. Vielleicht sollte er am Freitag bei Faulhaber einfach Urlaub beantragen. Einige Tage wegfahren, abschalten. Und mit Meißner und Susanne wäre für Vertretung gesorgt. Vielleicht war ja ein Urlaubsantrag gar nicht nötig, dachte er zynisch. Je nachdem, wie das Gespräch bei Faulhaber verlief.

»Sie erhalten die Möglichkeit, sich zu den Vorwürfen zu äußern.«

Was sollte er sagen? Dass er in Ladenburg keinen guten Tag gehabt hatte? Dass ihn der Anruf seines Sohnes unmittelbar vor der Befragung durcheinandergebracht hatte? Dass dies einem erfahrenen Beamten nicht passieren dürfe? Dass er den Entführungsfall unverzüglich zur Anzeige hätte bringen sollen, auch gegen den Willen der betroffenen Mutter? Dass er Privates und Dienstliches in Zukunft strikt trennen würde? Dass er mit dem Einbruch auf dem Gartengrundstück gegen geltendes Recht verstoßen hatte? Dass ihm das alles unendlich leidtue? Dass er sich entschuldige? Dass er sich in Sack und Asche kleide? Dass er auf Knien angerutscht komme? So eine Art Canossa-Gang, Lauers Canossa. Lauer auf den Knien im Rundzimmer vor dem großen Spiegel. Was für ein Bild! Genau das erwartete doch der Polizeipräsident. Lauer würde ihm nicht den Gefallen tun. Das nahm er sich vor.

Vorhin hatte er Susanne zum Bahnhof gefahren. Sie war ganz aufgekratzt gewesen, hatte pausenlos geredet, ohne Punkt und Komma, wie an ihrem ersten Tag, als er mit ihr zusammen in die Schimperstraße gefahren war. War das wirklich erst eine Woche her? Lauer fand, dass die junge Praktikantin sich gut anstellte. Es machte Spaß, mit ihr zu arbeiten. Im Auto war sie überwältigt gewesen von ihrer ersten Woche bei der Mannheimer Kripo. Zwei Mordfälle geklärt. Und quasi im Vorbeigehen noch zwei alte, schon zu den Akten gelegte Fälle gelöst. Zwei Morde im Quadrat. Eine beachtliche Bilanz, fand Susanne. Und sie, die kleine Praktikantin, hatte daran ihren Anteil.

»Aber nicht immer geht es so hoch her in Mannheim wie in den letzten Tagen. Es könnte der Eindruck entstehen, Mannheim sei eine Hochburg des Verbrechens. Meistens geht es hier gemütlicher und beschaulicher zu«, hatte Lauer gesagt, als er sich von Susanne am Bahnhof verabschiedet hatte.

»Morgen früh kannst du etwas später kommen«, hatte er ihr noch nachgerufen, war sich aber nicht sicher, ob sie es auch wirklich gehört hatte.

Zu Hause war ihm als erstes das Telefon im Flur aufgefallen. Das rote Lämpchen des Anrufbeantworters blinkte. Lauer drückte auf den Abspielknopf.

»Sie haben zwei neue Nachrichten. Nachricht eins, empfangen heute um 8:34 Uhr: ›Hallo, hier ist deine Mutter. Wie kommst du dazu, einfach den Telefonhörer aufzulegen? Das gehört sich nicht gegenüber seiner Mutter.‹

Nachricht zwei, empfangen heute um 17:12 Uhr: ›Hallo, Leo, alles klar. Hast du etwas von Sybille gehört? Mit der Exmatrikulation ist alles bereinigt, rückgängig gemacht, keine Probleme. Die Fachliteratur macht mir zu schaffen. Für meine Abschlussarbeit brauche ich unbedingt einige Fachbücher. Mit einem Hunderter wäre mir arg geholfen. Tschüss, Fabian.‹«

Lauer nahm sich vor, das Geld gleich morgen früh zu

überweisen. Die Lust, seine Mutter am Wochenende zu besuchen, war, nachdem er die Nachricht vom Band gehört hatte, noch gesunken. Ein Besuch ließ sich aber wahrscheinlich nicht vermeiden.

Lauers Handy klingelte. Er schaute auf das Display. Meißner. Den hatte er ganz vergessen. Dem musste er unbedingt noch von den neuen Entwicklungen berichten, Moormanns Mörder gefasst, den Mord an Sandra Maurer aufgeklärt. Meißner würde Augen machen.

»Julian, bist du das? Was gibt es?«

Meißners Stimme kam ihm unwahrscheinlich weit entfernt vor, müde und fremd.

»Das tut mir leid«, sagte Lauer. »Ich weiß gar nicht, was ich sagen soll.«

Anstatt zu schweigen, was besser gewesen wäre, wie er im Nachhinein fand, redete er weiter. Alles, was ihm einfiel, kam ihm plump und unpassend vor.

»Lass dich nicht unterkriegen. Das wird schon wieder werden. Wenn du reden möchtest, ich bin für dich da.«

Und so ging es eine ganze Weile weiter. Plattitüden. Worthülsen. Was faselte er da für einen Schwachsinn? Er wäre am liebsten im Boden versunken. Lauer spürte, dass Meißner auflegen wollte, aber er ließ nicht locker.

»Die Schwiegereltern sind noch da? Gut, ja, das ist gut. Da hast du einen Halt und für die Kinder eine Hilfe. Grüß sie alle von mir, besonders natürlich deine Frau. Alles Gute, Julian. Und noch was, bevor ich es vergesse, nimm dir doch einige Tage frei, das kannst du gut gebrauchen. Susanne und ich, wir schaukeln den Laden schon.«

Es gibt Situationen, da fehlen einem die Worte, dachte Lauer, nachdem er aufgelegt hatte. Er kam sich hilflos vor. Meißners Mitteilung, der erste Satz, den er am Telefon gesprochen hatte, hatte Lauer getroffen.

»Leo, unser Kind hat es nicht geschafft. Das wollte ich dir persönlich sagen.«

Meißners erschöpfte Stimme. Als sein Handy geklingelt hatte, hatte er vorgehabt, Meißner von Sandra zu erzählen, von Frau Moormann, von dem alten Mann und seinem erschütternden Geständnis, von dem Fahrer des gelben Golf, der teilnahmslos zwei Morde zugegeben hatte. Nichts von alledem hatte er Meißner am Telefon erzählt.

»Unser Kind hat es nicht geschafft.«

Wie unwichtig waren da die Vorkommnisse des Tages, die Lauer und Susanne so bewegt hatten.

Lauer trank sein Glas leer, setzte den Kater, der die Nackenhaare stellte, auf den kleinen Tisch, erhob sich und ging ins Wohnzimmer. Er schaute seine Blues-CDs durch, alphabetisch geordnet, eine stattliche Sammlung. Er konnte sich nicht entscheiden. Sein Blick fiel auf eine silberne Scheibe, die ein wenig unter den CD-Player gerutscht war, eine Scheibe, die er vergessen hatte aufzuräumen. Bach. Johann Sebastian. Die Goldberg-Variationen. András Schiff. Piano. Nicht unbedingt Lauers Lieblingsaufnahme seiner Lieblingsmusik von Bach, aber von Zeit zu Zeit hörte er sich gerade diese Aufnahme gerne an. Er schob die CD in den Spieler und drückte auf die Play-Taste. Auf dem Display wurden die Sekunden gezählt, aber nichts passierte. Stille. Dann, nach elf Sekunden erst, setzte die Musik ein, zart, leise, vorsichtig. Niemand spielte die Goldberg-Variationen so zerbrechlich wie der Ungar.

Der Kater war in die Nacht verschwunden. Vielleicht hatten Mäuse ihn weggelockt, obwohl er nicht hungrig sein konnte. Lauer hatte ihn mit Serrano-Schinken gefüttert. Etwas anderes hatte er nicht im Kühlschrank gefunden. Oder der Kater war den Düften einer rolligen Katze erlegen? Die Klavierklänge wurden vom Wohnzimmer auf den Balkon geweht. Lauer griff nach der Postkarte, die er auf die Brüstung gelegt hatte. Er hatte sie bei seiner Rückkehr am Abend im Briefkasten gefunden. Ein altes Schwarzwaldbauernhaus,

Tannen, im Vordergrund eine Wiese, ganz rechts zwei Kühe. Ein Urlaubsgruß von Sybille.

»Wir erholen uns in der Abgeschiedenheit. Pascal ist noch durcheinander, kein Wunder, nach dem, was er durchgemacht hat, aber die psychologische Betreuung hier ist hervorragend. Da haben wir Glück gehabt. Vielen Dank für deine Hilfe! Wenn ich wieder in Mannheim bin, bedanke ich mich noch persönlich bei dir. Falls du es willst. Sybille«

Lauer kannte den Text auswendig. Was es mit der hervorragenden psychologischen Betreuung im Schwarzwald auf sich hatte, erschloss sich ihm nicht.

»Falls du es willst.«

Hätte er diese Karte vor wenigen Tagen bekommen, letzten Mittwoch oder letzten Donnerstag, seine Reaktion wäre eine andere gewesen, da war er sich ganz sicher. Jetzt wusste er nicht, ob er sich darüber freuen sollte, dass Sybille sich bei ihm bedanken wollte, persönlich.

Ein paar Tage wegfahren. Allein. Das würde ihm guttun. Das wusste er. Allein sein, das vor allem. Daraus würde nichts werden, jetzt, wo Meißner wahrscheinlich ausfallen würde. Der letzte Ton der Aria verhallte. Für wenige Sekunden herrschte Stille. Dann setzte András Schiff mit der lebhaften 1. Variation ein. Lauer goss sich Wein nach, schloss die Augen und ließ sich von der Musik einfangen. Die Fälle waren gelöst. Für ihn.

Danke an

Irene, die ›Bluthitze‹ vom ersten Wort an unermüdlich und mit vielen, auch kritischen Anmerkungen begleitet hat,

Julia, die mich medizinisch beraten und trotz vieler Nachtdienste das Manuskript mit Sprachgefühl durchgesehen hat,

Florian, der den unverbrauchten Blick auf den Fernmeldeturm fotografiert und mich auf Ungereimtheiten im Text aufmerksam gemacht hat,

Heiko Prodlik-Olbrich, der ›Bluthitze‹ mit der Titelgrafik und den Illustrationen bereichert hat,

Martin Boll, den Pressesprecher der Mannheimer Polizei, der mir das Polizeipräsidium nahegebracht hat und der im Dauereinsatz war, wenn es galt, große und kleine Details der Polizeiarbeit zu klären,

Ulrich Wellhöfer, meinen Verleger, mit dem ich nun schon beim dritten Buch konstruktiv zusammengearbeitet habe.

Das Buch, das Leo Lauer im 10. Kapitel nicht in seinem Regal finden kann, Rolf Bossert – ›Auf der Milchstraße wieder kein Licht‹, erschien 1986 im Rotbuch Verlag und ist vergriffen. 2006 veröffentlichte der Schöffling Verlag unter dem Titel ›Ich steh auf den Treppen des Winds‹ Rolf Bosserts gesammelte Gedichte aus den Jahren 1972 bis 1985.

Krimis im Wellhöfer Verlag

ANNE HASSEL UND
URSULA SCHMID-SPREER (Hrsg.)
Nürnberger Morde

208 Seiten
11,90 Euro

ALEXA STEIN (Hrsg.)
Im Morden was Neues

224 Seiten
11,90 Euro

GUDRUN WEITBRECHT (Hrsg.)
Henker, Huren, Mordgesellen
Historische Schwabenmorde

256 Seiten
12,80 Euro

www.wellhoefer-verlag.de